À COR
DA
PELE

À COR DA PELE

JOHN VERCHER

TRADUÇÃO
ALVES CALADO

PREFÁCIO
PAULO LINS

TRAMA

Título original: *Three-Fifths*

Copyright © 2020 by John Vercher

Publicado originalmente nos Estados Unidos por Polis Books, LLC em setembro de 2019

Direitos de edição da obra em língua portuguesa no Brasil adquiridos pela Trama, selo da Editora Nova Fronteira Participações S.A. Todos os direitos reservados. Nenhuma parte desta obra pode ser apropriada e estocada em sistema de banco de dados ou processo similar, em qualquer forma ou meio, seja eletrônico, de fotocópia, gravação etc., sem a permissão do detentor do copirraite.

Editora Nova Fronteira Participações S.A.
Rua Candelária, 60 — 7.º andar — Centro — 20091-020
Rio de Janeiro — RJ — Brasil
Tel.: (21) 3882-8200

> *Aviso de gatilho: Este livro contém cenas de violência motivadas por preconceito racial. Por ser uma obra de ficção, qualquer semelhança com histórias reais terá sido mera coincidência.*

Dados Internacionais de Catalogação na Publicação (CIP)
(Câmara Brasileira do Livro, SP, Brasil)

Vercher, John
    À cor da pele / John Vercher ; tradução Alves Calado; prefácio Paulo Lins – 1. ed. – Rio de Janeiro: Trama, 2021.
    256 p.

Título original: *Three-Fifths*
ISBN 978-65-89132-01-1

1. Ficção americana I. Título.

21-60597   CDD-813

Índices para catálogo sistemático:
1. Ficção : Literatura norte-americana 813
Aline Graziele Benitez - Bibliotecária - CRB-1/3129

www.editoratrama.com.br

   / editoratrama

… COR DA PELE

Para Michelle, JJ e Miles
Vocês são tudo para mim

PREFÁCIO
A COR DA PELE QUE REFLETE NA ALMA

Quando se deparam com o romance *À cor da pele*, o leitor e a leitora podem ter o pressentimento de que vão navegar pelo submundo do crime nos Estados Unidos, de que vão entrar no universo das gangues de jovens negros envolvidos com armas, com o tráfico de drogas, com a guerra de quadrilhas. Mero engano. Nesta obra escrita por John Vercher, os quatro protagonistas — Bobby, Aaron, Isabel e Robert — compõem uma trama de amizade e medo, amor e desapego, família e abandono, assassinato e desespero, discutindo o racismo de uma forma profunda e natural, nunca vista na literatura e no audiovisual.

A história se passa em Pittsburgh, num período de apenas três dias, no ano de 1995, e tem como tema central a questão racial, que assola todos os países que participaram do tráfico de escravizados africanos ou em que houve escravidão.

Porém, ao contrário das narrativas a que estamos habituados, em que o povo preto aparece apanhando e sofrendo racismo pessoal ou estrutural, a discussão em *À cor da pele* é interna. O questionamento a respeito do racismo vem do sentimento das pessoas em relação à constituição de suas próprias famílias, de uma forma singela e espontânea. A miscigenação se manifesta no pensamento de Bobby, no desejo de ser negro expresso por Aaron, na luta de Isabel contra seu pai racista e na preocupação em sobreviver que o negro Robert demonstra no diálogo com o mestiço Bobby:

— *Eu sou médico. Ralei o rabo para chegar aonde estou. Mas não se passa um dia sem que eu não olhe no espelho e veja um negro antes de ver um médico. Porque preciso. Para sobreviver. Sou uma porcaria de um médico, Bobby, mas é isso que preciso fazer para sobreviver. Para ficar em segurança, preciso me lembrar de que existe um monte dos seus avôs por aí, que me enxergam do mesmo modo. Primeiro como negro. Se não me lembrar disso posso ser morto. E acho que você sabe disso. Sabe por quê?*
Bobby balançou a cabeça.
— *Porque acho que todo dia você vê a mesma coisa. Acho que você se olha no espelho e diz a si mesmo que é branco porque acha que é isso que precisa fazer para sobreviver. É isso que faz você feliz e mantém você em segurança.*

Em todos os países em que há população de origem africana, os homens negros e as mulheres negras são os mais pobres, os que têm menor grau de escolaridade, os que mais morrem assassinados pela polícia e os que lotam os presídios. O racismo é o mal que mais mata no planeta, e, por isso, trabalhos como este, de escritores negros, vêm sendo lançados para fortalecer, incentivar, se somar ao movimento e à resistência negra, que nunca deixaram de lutar e hoje crescem de forma unificada no mundo todo.

A história começa quando um jovem branco, de forma não premeditada, mata um jovem negro. A trama se desenvolve em torno desse crime, mas vai se aprofundar apresentando a trajetória de cada um dos protagonistas em núcleos separados. Essas personagens só se encontram nos capítulos finais do romance.

Por ser uma narrativa em que o racismo é questionado acima de tudo e nada fica fora da discussão racial, sabemos a cor de todas as personagens. Cada uma delas apresentada por meio de digressões. É assim que ficamos sabendo que Bobby nunca conheceu o pai, um homem negro, e que sua mãe é uma mulher branca, filha de um racista convicto. Bobby, como muitos mestiços brasileiros, foi tido como branco ao longo de toda sua existência, como forma de proteção, pois tinha a pele clara e o cabelo liso, como os parentes de sua família materna. Isabel, viciada em álcool, é uma mulher com pouca força para se tornar altiva e mantém um relacionamento conturbado com o filho. Aaron, um sujeito que se torna supremacista branco, passou a juventude toda imitando a fala e os trejeitos dos jovens negros de forma neurótica.

Esses temas ganham destaque pela escrita de John Vercher e pela tradução de Alves Calado. Não há como negar a semelhança com Machado de Assis. A construção de parágrafos curtos, as orações enxutas, os diálogos bem-feitos e os cortes nos momentos exatos. Na trama bem amarrada e cheia de suspense, nada fica fora do lugar. Nenhuma frase, a mais ou a menos, prejudica o entendimento do texto.

À cor da pele é um dos melhores livros que li nos últimos tempos. Um novo clássico, não só por sua temática, urgente nos dias de hoje, mas pela forma genial de abordar um problema de tão grandes dimensões através de um olhar subjetivo e crítico.

Paulo Lins
Escritor, autor de *Cidade de Deus*

CAPÍTULO UM

Março de 1995

    As caçambas de lixo fediam a sobras de comida e ao agridoce de cerveja rançosa. As lâmpadas dos postes iluminavam flocos de neve que pairavam no ar imóvel como vaga-lumes aprisionados. O ar frio enrijecia os pulmões de Bobby, e ele lutou contra um espirro. Meteu o cigarro atrás da orelha, sugou um jato da bombinha de asma e depois o acendeu. O enxofre do fósforo penetrou no nariz e fez seus olhos lacrimejarem. Enxugou os olhos turvos e, através da cerca da área de carga e descarga, viu que havia alguém do outro lado.

— Quem é aquele cara? — perguntou a Luis.

Luis deu de ombros. Bobby chegou mais perto, passando os dedos através do aramado. Um homem branco e grande estava sentado na beira da carroceria de uma picape branca, parada na sombra entre as luzes dos postes. Os braços grossos do sujeito envolviam os joelhos puxados contra o peito.

Bobby e Luis trocaram olhares nervosos. Bobby tateou o maço de dinheiro no bolso e olhou para Luis. O cozinheiro magricelo era bem mais baixo do que Bobby e pesava uns bons dez quilos a menos. Dali não viria nenhuma ajuda se esse cara decidisse fazer alguma coisa.

— Quer entrar de novo pela frente? — perguntou Bobby.

— Não, meu carro está parado aqui. Tudo bem, mano, não precisa amarelar.

Bobby sinalizou com o dedo médio levantado. *Foda-se, se ele não está com medo...* Empurrou o portão que se abriu rangendo. A cabeça do homem se levantou bruscamente. Ele pulou da carroceria da picape.

Luis e Bobby andaram mais rápido.

— Ei, Bobby — disse o homem. — Aonde você vai?

Bobby parou derrapando. Quando se virou, seu queixo caiu e o cigarro ficou grudado na parte interna do lábio. Aaron tinha raspado a cabeça completamente. Os braços pálidos estavam cobertos de tatuagens, mas os desenhos não podiam ser identificados na escuridão. Ele acendeu o isqueiro e a chama iluminou seu rosto, revelando uma topografia de violências passadas. Uma cicatriz protuberante atravessava por baixo do olho, outra saía dos lábios, se curvando na direção do nariz. Bobby quis desviar os olhos, mas em vez disso forçou a vista para enxergar melhor. Aaron fechou o isqueiro lançando o rosto de volta nas sombras.

— Caralho — disse Bobby. — Olha só esse filho da puta marombado.

Aaron sorriu com a boca cheia de dentes grandes e branquíssimos. Bobby recuou o queixo, surpreso. Aaron comprimiu o sorriso, cobrindo-o com os lábios.

— Traz esse rabo magro pra cá — disse Aaron. Em seguida estendeu os braços e Bobby entrou no abraço apertado. Bobby lhe deu dois tapas com força nas costas, para que ele o soltasse, mas Aaron apertou com mais força. Fedia a cerveja e suor. Quando Bobby recuou, Aaron deu um beijo no topo de sua cabeça. Bobby se afastou e Aaron o encarou.

— Senti sua falta, mano — disse ele.

— Tá legal, tá legal. — Bobby empurrou Aaron, e riu. — Me solta, veado.

— Ei, não vem com essa merda. — Aaron lhe deu um empurrão de brincadeira. Bobby captou uma expressão por trás do sorriso hesitante de Aaron e se lembrou daquele primeiro dia no centro de informações. *Idiota*. Abriu a boca para pedir desculpa quando Luis o chamou, parado junto à porta aberta do seu carro.

— Bobby! A gente se vê amanhã?

Bobby acenou, despedindo-se. Luis sugou o ar entre os dentes e entrou no carro. Aaron deu alguns passos vacilantes de volta à picape, onde uma embalagem de seis cervejas vazia estava na caçamba ao lado de outra pela metade. Aaron sentou-se na beirada e riscou a neve com o bico da bota. Bobby se acomodou ao lado dele enquanto Luis ia embora no carro.

— Tá andando com os cucarachas agora? — perguntou Aaron.

— Luis? Ele é gente fina. — Bobby deu uma cotovelada no braço de Aaron. — É um dos bons, saca?

— Ahã.

Bobby parou de sorrir. Aaron piscou para ele e lhe deu uma cotovelada de volta.

— Três anos! — gritou Bobby, e lhe deu um tapa no ombro. — Meu Deus, moleque, é bom ver você.

Aaron gargalhou e estendeu uma cerveja para Bobby, que a empurrou de volta.

— Ainda, é? — perguntou. Bobby confirmou com a cabeça. — Você já é maior de idade, mano, e a gente nem começou a comemorar.

— Tô de boa, cara. Você sabe.

— Qual é! Uma só não vai matar você. Três anos, você mesmo disse. Quantas vezes eu vou sair da prisão?

— Espero que seja só essa.

— É isso aí. Então bebe uma comigo, tá? Além disso, o alcoolismo não é genético, mano.

— Você é idiota? É genético sim.

— Verdade? Que coisa!

Aaron engoliu a cerveja e jogou a garrafa vazia para a parte de baixo do estacionamento, onde ela se despedaçou melodicamente em cacos. Agora, embaixo da luz do poste, Bobby examinou o rosto de Aaron. O nariz parecia ter sido quebrado mais de uma vez, e a cicatriz embaixo do olho era protuberante e inchada, como se alguém a tivesse costurado com arame farpado. Havia algo mais do que os danos físicos no rosto. Um verniz de tristeza, de sorrisos doloridos e dissimulados. Aaron começou a tirar o rótulo de uma garrafa nova. Bobby apertou o ombro dele e o sacudiu, perguntando:

— Você tá legal, cara?

— Eu não pareço legal? — Outro sorriso tenso.

Bobby deu de ombros.

— É. Mais ou menos. — E deu um tapinha na picape. — Isso aqui é uma lindeza, por sinal.

— O velho estava com ela me esperando. Presente de volta ao lar.

— Tremendo presente.

— Ele disse que eu merecia.

Os dois riram. Aaron não tinha merecido muita coisa desde que eles tinham se conhecido. O pai era um banqueiro de investimentos e grande doador para campanhas de candidatos ao governo local. Pai e filho faziam grande proveito das vantagens resultantes. Multas por excesso de velocidade desapareciam. Prisões por furtar gibis eram apagadas dos registros permanentes.

Então veio a posse de drogas para tráfico. Falta grave. E ele xingou o juiz. Uma temporada longa e difícil na prisão o esperava.

E, no entanto, apenas três anos. O pistolão tinha seus benefícios.

— Olha, é ótimo ver você e coisa e tal, mas tá fazendo um frio da porra aqui fora. Vamos pra algum lugar, e me dá as chaves, porque você já está de porre.

— Só mais uns minutos, falou? — pediu Aaron. — Fiquei mais de mil dias trancado. Esse ar é bom demais, mano. Mesmo quando deixavam a gente sair no pátio, o ar de lá era diferente. Como se ficasse sujo quando passava pela cerca. — Ele espanou a neve da borda lateral da caçamba da picape. — Quando eu estava vindo para cá, esse negócio parecia um caixão. Seguinte: você quer ficar com ela? É sua.

Alguns caras da cozinha estavam no semiaberto ou sob condicional. Russell, o gerente, tinha passado um tempo na prisão quando era mais novo. Costumava contar a história de como foi parar lá, como saiu e que não deixaria que eles cometessem o mesmo erro duas vezes.

— Vocês precisam entender que esse sistema é pensado para manter os moleques como vocês dentro dele. Assim que ganham o rótulo, o fedor de prisão... nunca mais vão ter oportunidade. Especialmente quando se parecem com a gente. Eles vão procurar qualquer motivo para levar vocês de volta lá para dentro. Não podem pagar as custas judiciais porque aquele emprego limpando a calçada só paga salário mínimo? Volta para dentro. Foram apanhados andando com um mano que foi acusado também? Volta para dentro. Vocês, neguinhos mais novos, não têm nem meia chance. As pessoas vão falar com vocês sobre responsabilidade, vão dizer que vocês não se responsabilizam por nada. Que gostam daquela vida. Se vocês ficarem voltando sempre para lá, isso pode acabar se tornando verdade. Se ficarem por tempo suficiente, se as coisas que acontecerem com vocês forem bastante ruins, se vocês não souberem o que fazer da vida do lado de fora, mesmo dizendo outra coisa a vocês mesmos, que não querem voltar pra lá de jeito nenhum, aquele fica sendo o único lar que vocês conhecem.

Bobby nunca engoliu isso, que o sistema estava decidido a pegá-los. Invariavelmente os canas apareciam e arrastavam um dos favoritos de Russell, deixando-o parado junto à porta, balançando a cabeça. Mas sentado na beira daquela picape e olhando Aaron roer as unhas, um pouco do que Russell costumava dizer fez algum sentido para Bobby. Aaron não cumprira uma pena tão longa, mas a vida que ele levava antes da prisão tinha sido fácil. Os problemas que ele próprio provocava desapareciam com um telefonema do pai às pessoas certas. Talvez agora, de volta ao mundo, ele percebesse que tinha se acostumado ao ar sujo do encarceramento. Talvez aquele mundo, de algum modo, desse mais conforto a ele do que este. Parecia tremendamente irracional, mas estava ali.

Bobby afastou o pensamento e estendeu a mão para as chaves. Os dois entraram na picape. Quando Bobby baixou a mão para ajustar o banco, roçou em alguma coisa áspera. Puxou um tijolo com as bordas quebradas.

— Eles ensinam trabalho de pedreiro na cadeia? — Bobby forçou um riso, mas Aaron não sorriu. Ele pegou o tijolo com Bobby e o colocou no chão, ao lado das cervejas. — Sério. Pra que é isso?

— Lembra daquele bastão pequeno que eu deixava embaixo do banco para o caso de acontecer alguma merda? — Bobby confirmou com a cabeça. — Tinha uma pilha desses tijolos quebrados perto de uma caçamba de lixo do lado de fora da prisão, por isso eu peguei um. Nem todo mundo aqui fora vai ficar feliz em me ver, como você.

— É, certo, saquei, acho. Mas um tijolo?

— Até eu arranjar uma arma, é.

— Fa…lou, fodão. — Bobby riu, mas Aaron permaneceu em silêncio. Os dois fecharam as portas e Bobby ligou a picape. Aaron dobrou os joelhos junto do peito. Apesar de todo o corpanzil novo, da pele tatuada e das cicatrizes, ele era um destroço ansioso. Estava apavorado.

— Mano, você não estava brincando, não é? Tem certeza que você tá legal?

Aaron estendeu a mão para o rádio. Bobby sentiu o interior dos ouvidos ficar tenso, preparando-se para o hip-hop pesado e grave com o qual Aaron adorava torturá-lo sempre que o levava de carro para a escola.

Em vez disso, uma música clássica veio pelos alto-falantes. Aaron soltou os joelhos. Parou de roer as unhas e relaxou no banco. Bobby olhou para ele, de lado. Aaron gargalhou, depois disse:

— Tá legal, tá legal.

— Olha, se você precisa falar alguma coisa... — disse Bobby.

— Fica frio. Tem um motivo, eu juro.

— Tô doido pra ouvir.

Bobby balançou a cabeça e levou a picape para a avenida McKnight. Agora a poeira de neve oscilava para um lado e para o outro na rua seguindo os carros à frente deles como serpentes fantasmagóricas, e o calor do aquecedor fazia os limpadores se arrastarem gemendo no para-brisa. Pararam num semáforo e a música terminou. A estação de rádio pública fez uma pausa para o noticiário.

— Estou de saco cheio desse julgamento — disse Bobby. — Eu nem tenho televisão e mesmo assim não consigo me livrar. — Aaron deu um risinho, mas continuou olhando pela janela. — Quero dizer, você deveria ouvir os caras lá na cozinha, jurando que ele não é culpado. Como se fossem ganhar alguma coisa se ele for considerado inocente. É uma maluquice do caralho. — Bobby olhou para Aaron esperando uma resposta, mas não veio nada. — Ah, *agora* você fica quieto? É melhor dizer alguma coisa, porque nesse momento parece que você vai pirar e me assassinar, tipo o Coronel Mostarda, com um tijolo, na picape branca.

Aaron se virou para ele e franziu os olhos.

— Acha que eu seria capaz de machucar você?

— Não, não, tô brincando. Mais ou menos. Só parece que você já tá meio chapado, e tudo bem, deveria estar mesmo, na boa, mas a gente tá ouvindo essa música velha e triste pra caralho, você tá com os braços mais grossos do que as minhas pernas e nem fala mais como antigamente e... porra, mano, não sei o que pensar.

— Como é que eu falava antes?

— Corta essa, cara, aquela merda de branco imitando preto. Você tá ligado.

— É, eu tô. — Aaron estufou as bochechas e soltou o ar através dos lábios franzidos. — Tá legal. A música. Trabalhei na biblioteca assim que fui pra lá. Você lembra como eu era magrelo. Depois...

Ele parou. Bobby desviou o olhar da rua para Aaron. Os faróis de um carro vindo na faixa oposta iluminaram o rosto dele. Seus olhos úmidos brilhavam.

— Depois que o negócio aconteceu, eles acharam que eu ficaria mais seguro trabalhando lá. Tinha uma parte onde a gente podia escutar CDs. Mas só tinha música clássica. Nada agressivo. Nenhum metal. Absolutamente nenhum rap. Mas aí eu li num livro...

— Eles faziam você ler? Talvez não tenha sido tão ruim para você, afinal de contas — disse Bobby, dando-lhe um tapa no ombro. Aaron não devolveu o sorriso e Bobby pigarreou.

— Eu descobri que umas músicas dessas provocaram tumulto quando foram tocadas pela primeira vez. Maior viagem, não é?

Alguma coisa nova na voz dele, uma rachadura quase imperceptível, uma leve hesitação, fez com que Bobby não gostasse do rumo que essa história estava tomando. Assentiu para responder à pergunta de Aaron e ansiou pelo silêncio do qual tinha acabado de reclamar.

— O que eu iria fazer? — perguntou Aaron. — Eu era só um carinha se cagando de medo. Não dormia nunca, e mesmo quando começava a apagar, de tão exausto, o menor som me fazia dar um pulo. Por isso, eu achava um canto no meio das pilhas de livros da biblioteca e ficava escutando de novo e de novo, até precisar voltar para a cela. E esperava o fim de semana em que ia ver você. — Ele começou a se remexer de novo e abriu outra cerveja. Terminou-a em cinco goles rápidos.

— Não demorei muito até memorizar os movimentos das músicas. Dez mil repetições, certo? Devo ter duplicado isso. Comecei a cantarolar as músicas, para cair no sono. Na primeira noite funcionou, a noite em que tive a primeira hora de sono sem interrupção foi na noite antes da sua visita.

Ele parou. Torceu as mãos em volta da garrafa de cerveja como se ela fosse um trapo molhado.

— Na primeira vez foi só uma surra. Foi isso que me garantiu o trabalho na biblioteca. Na noite antes de você me visitar, Bobby, eu tentei lutar com ele, juro que tentei, mas ele era forte demais. Ele bateu minha cabeça na parede da cela e meu corpo não cooperou mais. Pelo menos não comigo. Eu só podia tentar fazer com que a música estivesse alta na minha cabeça a ponto de abafar os sons. Não deu certo.

Ele continuou praticamente sem pausa:

— Mas mais tarde, na enfermaria, deu. Enquanto me costuravam, meu cérebro ficava tentando fazer com que eu revivesse o que ele fez comigo, ficava repetindo que ele disse que aquilo era só o começo, que os outros teriam a vez, depois que ele me domasse. Por isso eu fiquei cantarolando enquanto a médica trabalhava. Lembro que ela me olhou, tipo... como é que eu podia estar cantando depois daquilo tudo? Foi a única coisa que me impediu de abrir os pulsos com os dentes que tinham sobrado.

Bobby apertou o volante com força e piscou para afastar a ardência nos olhos. Lembrou-se de Aaron do outro lado da janela de visita, apenas algumas horas depois do incidente, e agora entendia por que o amigo jamais quisera que ele voltasse. Tinham partido mais do que o rosto dele.

— Aaron. Sinto muito.

— Foi você que me colocou naquela cela? — Bobby balançou a cabeça. — Então não precisa lamentar. — Aaron se virou para olhar pela janela de novo e Bobby estendeu a mão para o ombro dele, mas puxou-a de volta, sem saber por que tinha feito qualquer dos dois movimentos.

Aaron sacudiu a cabeça e deu um tapa nas próprias bochechas.

— A merda é que eles não tinham gibis na biblioteca — disse com um arroto. — Tem muita coisa que você precisa me colocar em dia. Mas eles me mantiveram trabalhando na biblioteca e eu li. A princípio só ficção e coisas do tipo. Qualquer coisa para me distrair, saca? Mas aí eu recebi umas tarefas. Precisava começar a aprender idiomas, história do mundo, todo tipo de coisas.

— Tarefas? — perguntou Bobby. — Como assim?

— Seu sobrenome significa "de pele trigueira", em siciliano. Sabia?

Que diabo Aaron queria dizer? Quem deu uma tarefa a ele?

Aaron abriu a última cerveja. Bobby acelerou.

A picape passou rapidamente pela Duquesne e Bobby olhou para o funicular. Os trilhos estavam iluminados por uma fileira de lâmpadas brancas nas laterais. Nada disso se encaixava. Bobby tinha visualizado um sem-número de vezes o dia em que Aaron iria sair, mas a cada vez a cena em sua cabeça era diferente. Os dois voltariam imediatamente ao ritmo antigo. Bobby iria zombar dos quadrinhos da DC. Aaron iria zombar da Marvel. Os dois curtiriam o ódio em comum pela Image. Bobby pegaria no pé de Aaron por causa do gosto musical de merda. Aaron zombaria das roupas de merda de Bobby. Os dois comparariam vidas familiares de merda. Teriam três anos de volta. Felicidade instantânea, bastava acrescentar água.

Os dois brincaram, riram, mas era tudo oco, errado. Aaron estava diferente e isso ia além da mudança física, do volume corporal. Essa parte fazia sentido. Mesmo para além da música, das tatuagens e do modo de falar, algo pairava diminuindo a luz que antes irradiava dele. Os sorrisos eram tensos. Como se não fossem permitidos.

Bobby precisava mudar isso. Não importava o que tivesse acontecido com ele: seu melhor amigo estava de volta. Aaron ainda precisava da sua ajuda, mas não como quando eram pequenos. Agora era diferente. Isso Bobby não sabia se poderia consertar. Chegaram à avenida Forbes. A Cathedral of Learning era como um farol à distância.

— Aonde a gente vai, afinal? — perguntou Bobby.

— Ah, merda, é... North Oakland. Preciso encontrar uma pessoa hoje à noite.

— Acabou de sair e já voltou para o movimento?

— Não, não é nada disso. Eu prometi a uma pessoa que ia dar uma olhada em alguém. Ficar um pouco com ele.

— Saquei, ficar comigo e minha mãe em Homewood iria prejudicar o seu estilo. Isso eu admito: em comparação com a minha casa, uma cela pareceria um hotel de luxo. — Aaron riu. — E aí, o que você quer fazer, mano? A gente não precisa ir para lá agora, não é? Você foi solto!

— Estou com uma fome do caralho. Ah, merda. Vamos lá na "O".

Bobby gemeu. Aaron sabia que ele odiava a Original Hot Dog Shop. Era o único lugar aberto depois que os bares fechavam. Estudantes universitários bêbados e bandidinhos dos bairros próximos vinham em bando pegar birita, pizzas de cinco dólares e sacos de batata frita gordurosa do tamanho da cabeça de um adulto. Mas as ruas de Oakland estavam quase vazias. Os estudantes tinham ido passar as miniférias de primavera em casa. A Original era o último lugar aonde ele desejaria ir, mas Aaron parecia empolgado demais. Ele sempre tinha vivido para comer — e especialmente para ficar bêbado, coisa que já estava, e Bobby imaginou como o gosto daquela comida devia ser bom para ele, principalmente esta noite.

— Porra. Tá legal.

— Na boa? — perguntou Aaron.

— Sei que vou me arrepender, mas tudo bem, vamos lá. Você mesmo disse: quantas vezes meu melhor amigo vai sair da prisão? Mas aquela batata frita vai estragar seu corpinho novo de menina.

— Falou e disse.

Agora o sorriso era grande, os olhos estavam apertados e brilhantes.

Bobby parou na Bouquet, a menos de meio quarteirão da esquina onde ficava a "O". A luz do letreiro de néon encheu a picape e banhou os dois em vermelho. Aaron abriu a porta, mas Bobby ficou parado.

— O que você está fazendo? — perguntou Aaron.

— Estou congelando. Pegue o que você quiser, vou deixar a picape ligada.

— Falou. Enquanto eu estiver lá dentro, vou ver se eles têm absorvente no banheiro para a sua vagina.

— Ah, vai se foder, mano. — Bobby forçou outra risada e desligou o motor.

— É o meu garoto.

Para Bobby, o ar dentro da lanchonete tinha o gosto dos banheiros. Por mais que quisesse fazer isso por Aaron, seu sentido de aranha deu um alerta e ele quis mais ainda voltar para a picape. Então viu o motivo.

Dois jovens negros ocupavam uma mesa perto do balcão. Um estava de cabeça baixa e parecia apagado, com uma garrafa de birita quase vazia junto ao cotovelo. Usava um gorro azul e um casaco grosso, de flanela azul. Um uniforme que Bobby conhecia bem demais em Homewood, e o interior da sua boca ficou seco. O outro enfiava montes de batata frita na boca e bebia refrigerante de um enorme copo de plástico. Nele não havia nenhuma cor. Só um suéter castanho com capuz forrado e calça jeans azul-escura. Parecia mais novo do que Bobby e Aaron, mas olhou os dois intensamente quando entraram. Sob as luzes fluorescentes Bobby viu claramente pela primeira vez naquela noite o que sem dúvida o carinha também viu.

As tatuagens de Aaron.

Relâmpagos duplos nos ombros. Uma Águia de Ferro onde as clavículas se encontravam.

Teias de aranha nos dois cotovelos. Bobby sussurrou:

— Meu Deus.

Bobby ficou atrás de Aaron enquanto ele fazia o pedido junto ao caixa. Ouviu o carinha sentado à mesa sugar o ar pelos dentes, enojado.

— Essa noite isso aqui tá lotado de otário — disse ele. Bobby fingiu que não escutou e deu um olhar supostamente disfarçado por cima do ombro. O sujeito o encarou antes que Bobby girasse a cabeça para a frente outra vez. — É, você escutou o que eu falei.

Bobby olhou para as costas largas de Aaron. Aaron não ouviu ou não se importou, continuou fazendo o pedido.

— Aonde cê arranjou essas teias de aranha, hein? — perguntou o carinha a Aaron. — Em cana, não foi? Aposto que você é fodão mesmo.

Aaron se virou para olhar Bobby e sorriu.

Não sorria, por favor, não sorria. Por que você está sorrindo, porra?

Ele deu um tapa na barriga de Bobby com as costas da mão.

— Preciso mijar — disse. — Já volto.

— O quê? Não. Não vai, não vai, não vai... — mas Aaron se afastou. O velho atrás do balcão jogou um monte de batatas fritas moles dentro de um saco branco até ficar impossível de ser fechado, salpicando-o com manchas de gordura translúcidas. Bobby lançou olhares rápidos por cima do ombro para ver se o carinha ainda estava olhando.

Estava. O colega ao lado continuava meio inconsciente, mas se mexeu. Aaron voltou do banheiro enquanto o velho empurrava a pizza e a batata frita por cima do balcão.

— Tudo bem? A gente pode ir agora? — perguntou Bobby.

— O quê? A gente não vai comer aqui?

— O quê?

— Relaxa — disse Aaron. — Pode pagar e vamos embora.

— Muito engraçado — disse Bobby enquanto empurrava o dinheiro por cima do balcão.

— Filho da puta amarelão metido a marrento — disse o cara para Aaron.

Aaron gargalhou. Uma cadeira raspou contra o chão. O cara vinha logo atrás deles. Era mais alto do que Aaron, porém mais magro. O rosto era fino, a pele repuxada sobre os ossos embaixo.

O coração de Bobby martelou e ele sentiu a pressão familiar de um ataque de asma se aproximando, preenchendo os espaços no peito.

— Falei alguma coisa engraçada? — perguntou o cara para a nuca de Aaron. Aaron se virou, com a comida na mão, e olhou para o carinha.

— O que foi? É, eu sei o que essas tatuagens querem dizer, e não, não tenho medo. Vocês estão com sorte porque o meu mano tá dormindo.

— Ele levantou os ombros encarando Aaron.

Aaron não se abalou e sorriu.

— Com licença, por favor — disse. Em seguida se desviou do carinha e Bobby o acompanhou. *Graças a Deus*. Os dois foram para a porta.

— Foi o que eu pensei — disse o cara. — Vaza daqui.

Tão perto. Estavam quase fora.

A mão de Aaron estava na maçaneta. Ele a soltou e se virou de novo para o salão. Encostou a língua na parte de dentro do lábio superior e fez sons de macaco enquanto levantava o dedo médio para o cara. Bobby o empurrou para fora, mas já ouvia os passos atrás dos dois.

Aaron andou e Bobby o empurrou de novo para apressá-lo até a picape. Aaron deu alguns passos meio correndo e depois diminuiu a velocidade outra vez, enquanto enfiava um punhado de batatas na boca. A porta da "O" se abriu e bateu com força na parede.

— Gosta de brincar, é? — gritou o cara. E correu para eles. Bobby tentou correr, mas a calçada era escorregadia e ele quase caiu. O carinha o alcançou e agarrou a gola da sua jaqueta. Bobby gritou chamando Aaron, que agora estava correndo para a picape. Bobby entrou em pânico com a súbita covardia de Aaron, com medo de ele tê-lo deixado para levar uma surra ou coisa pior. Soltou-se do cara e correu para o lado do motorista da picape. Pulou dentro e fechou a porta. O carinha bateu na janela. Bobby ligou a picape, pronto para pisar fundo, quando se virou e viu que Aaron não estava ali, só a caixa de pizza e as batatas fritas esparramadas no banco. Levantou os olhos e viu Aaron passar pela frente dos faróis, indo na direção do rapaz. O cara recuou da janela de Bobby, que o viu sinalizando para Aaron ir com tudo. Bobby gritou para Aaron parar. Voltar e entrar na picape. Então viu o tijolo na mão dele.

O tijolo quebrou ossos e o carinha desmoronou. Uma marionete com os fios cortados. Bobby ouviu a cabeça dele bater na calçada. Agarrou a porta, com a respiração embaçando a janela. Recuou para limpar o vidro.

Linhas fundas riscavam a carne do rosto do garoto, sem sangue, até que sua boca se abriu, escancarando-se em silêncio. O sangue jorrou de cada corte. As botas remexeram a neve transformando-a numa lama suja enquanto ele se retorcia. Ele gemeu, a princípio baixinho, depois mais alto como uma sirene se aproximando. Os braços tremeram enquanto ele buscava desesperadamente se levantar da calçada. Bobby tentou abrir a porta, mas no pânico ele a havia trancado. Quando encontrou o botão e puxou a maçaneta, Aaron abriu a porta do carona. Bobby deu um pulo. Aaron largou o tijolo no piso.

— Vai, vai, vai — disse ele.

Aaron estava ofegando, mas sua voz saiu calma. Seu hálito fedia a cerveja. Bobby esqueceu que já havia ligado o carro e as entranhas do motor rangeram quando ele virou a chave de novo.

Os pneus cantaram enquanto ele pegava a esquina para a avenida Forbes. Aaron apertou o joelho.

— Mais devagar.

Aaron se inclinou para olhar pelo vidro traseiro enquanto Bobby espiava pelo retrovisor. A delegacia de polícia do outro lado da rua costumava manter uma radiopatrulha vazia parada do lado de fora, como dissuasão. Enquanto os dois passavam, o carro não se mexeu. Nenhuma luz. Nem sirene. Bobby olhou para trás uma última vez e viu a porta da Original se abrir antes que as luzes de néon sumissem de vista.

— Meu Deus, Aaron, que porra você fez?

A respiração de Bobby ficou mais curta e sentiu uma pontada no peito, a asma formando um pulmão de ferro em volta das vias aéreas, como se espinhos perfurassem seus pulmões. Quanto mais fundo tentava inalar, mais difícil era respirar outra vez. Chiou, enfiou a mão dentro da jaqueta e pegou a bombinha, mas largou-a no chão. Aaron pegou-a e a entregou. O sangue em seus dedos manchou o invólucro plástico e Bobby se perguntou se o sangue seria de Aaron ou do garoto. Olhou a bombinha na mão estendida de Aaron. Aaron viu o sangue e o limpou com a bainha da camiseta curta de malha canelada.

— Merda — disse ele. — Desculpa. Porra, sujei sua calça também.

Quando ele estendeu a bombinha de novo, a visão periférica de Bobby tinha começado a escurecer. Ele pegou-a e sugou com força.

Aaron abriu o porta-luvas e pegou um maço de cigarros. Estendeu um para Bobby enquanto apertava o acendedor no painel. Bobby pegou o cigarro e enfiou entre os lábios secos.

— Porra, mano. O que você fez? O que você *fez*?

— Você vai passar direto do lugar. Vira aqui.

O acendedor saltou. Aaron e Bobby estenderam a mão para ele ao mesmo tempo, mas Aaron deixou que ele pegasse. Talvez, se Bobby o apertasse contra o rosto de Aaron, ou melhor ainda, contra o olho, contra algo macio e doloroso, qualquer coisa que lhe desse tempo para sair, ele pularia da picape e deixaria que ela batesse num poste, enquanto ele corria pela noite. Poderia se esconder na catedral de St. Paul e ligar para a polícia.

E dizer o quê?

Que foi embora e deixou um cara para morrer? E, por sinal, o maníaco que fez isso estava bêbado demais para ir embora sozinho do local do crime, então adivinha quem cuidou disso para ele? Iriam prendê-lo também e ele iria acabar igual a Aaron no dia em que Bobby foi visitá-lo. Ou pior ainda, teria o crânio esmagado que nem aquele cara que ele tinha acabado de deixar para trás, se retorcendo na calçada.

Aquele carinha. Meu Deus, ele era filho de alguém. Tinha dezoito, dezenove anos? Não veria o próximo aniversário. Provavelmente não veria o dia de amanhã.

Bobby imaginou a mãe do garoto. A polícia batendo à porta dela para dizer que alguém tinha arrebentado a cabeça do filho com um tijolo e o deixado para morrer na rua. Pensou na própria mãe, Isabel, e imaginou os uivos de sofrimento, mas só conseguia ouvir os gemidos do cara. Os gritos imaginados da mãe do garoto e os verdadeiros dele pareciam dizer "por quê".

— Você passou direto pela rua — disse Aaron. Bobby piscou para afastar uma lágrima. — Pegue a próxima à esquerda.

O acendedor balançou enquanto Bobby o aproximava da ponta do cigarro. Aaron envolveu a mão de Bobby com os dedos para firmá-la. Bobby sentiu nos lábios o calor da resistência laranja, sentiu o cheiro do fumo queimado quando a ponta se acendeu. Seus pulmões estavam rígidos devido ao ataque de asma e ele tossiu até quase engasgar. Agradeceu por isso. Era uma desculpa para as lágrimas que escorriam pelo rosto. Aaron enxugou uma com um polegar calejado. Bobby deu um tapa na mão dele e disse:

— Me deixa, porra.

Aaron levantou as mãos num gesto de rendição, depois pegou gentilmente o acendedor da mão de Bobby. Acendeu seu cigarro e entreabriu sua janela. O ar frio entrou enquanto a fumaça era sugada para fora. Deslizou para baixo no banco e bateu com uma das botas no painel. Aaron podia ter matado o garoto, no entanto se reclinou no banco num prazer quase pós-coito. O Aaron que Bobby conhecia, ou melhor, o que ele achava que conhecia, não conseguiria trepar nem se pagasse por isso. Aaron pescoço de urubu, Aaron meio-quilo. Aaron, nerd dos quadrinhos colega de Bobby. Seu melhor amigo, Aaron, doido para se enturmar. Aaron, o branquelo que imitava os negros.

Alguma coisa tinha tomado o lugar dele. O nome dele. Uma imitação tosca da sua personalidade. Não era ele. Uma cabeça raspada e coturnos com cadarços vermelhos substituíam os jeans largos e os tênis Adidas com biqueira. O antigo pescoço magricelo desaparecia nas montanhas dos ombros. A cada vez que olhava para Aaron, Bobby tentava visualizar o garoto que ele conhecia antes de ser trancafiado, esperava que cada piscadela o trouxesse de volta de algum sonho febril, suando embaixo do edredom, encolhido na cama, mas só via o rosto do garoto negro esmagado, e seu estômago se revirava.

— Pega a direita — disse Aaron.

— Por quê?

Aaron olhou para Bobby com confusão genuína.

— Porque é o caminho pro apartamento? — perguntou.

— Tá de sacanagem? Você sabe o que eu quero dizer! Por que você fez aquilo com aquele moleque, porra?

— Por quê? O cara agarrou você, e você tá perguntando por quê? Quantas vezes, Bobby? — Seu lábio superior recuou mostrando os dentes. — Quantas vezes você me salvou das porras daqueles macacos na escola? No banheiro? No estacionamento? Lembra disso? Acha que eu ia deixar isso acontecer com você? Porque ia acontecer.

— Eu sei, mas...

— Mas nada. Meu Deus, mano, você mesmo dizia, um monte de vezes. Lembra? Na época eu não prestava atenção, mas aprendi. — Ele soprou uma nuvem de fumaça e se inclinou por cima do console ao lado de Bobby, quase desafiando-o a fazer contato visual. Inclinou a cabeça para trás, para a traseira da picape, indicando o lugar onde tinham deixado o rapaz. — Eles são animais, Bobby, e alguns animais precisam ser abatidos.

Bobby sentiu o rosto ficar vermelho. Enquanto girava o volante, lembrou-se de uma rua diferente.

Um beco, atrás da casa do seu avô.

Sua primeira briga, que ele jamais esqueceria, uma história que nunca tinha contado a Aaron nem a ninguém. Seu rosto se lembrou da ardência na bochecha, o gosto do sangue, metálico como uma moeda de um centavo na boca.

Tinha onze anos.

Foi a primeira vez em que disse a palavra "preto".

O mesmo dia em que sua mãe lhe contou que ele era um.

CAPÍTULO DOIS

Aaron o guiou até um prédio dilapidado em North Oakland. Abriu sua porta para sair, mas Bobby continuou na picape. Agarrou o volante e bateu com a testa nele. O cheiro de batata frita gordurosa e de pizza enchia a cabine e o deixava mais nauseado. Quando Aaron saísse, ele pisaria fundo, iria até a delegacia, entregar-se e entregar Aaron.

Mas a picape era de Aaron, e Bobby tinha abandonado o local de um crime.

Deixei aquele garoto lá, para morrer.

Uma lágrima bateu na sua perna, onde a mão de Aaron havia deixado uma digital sangrenta ao apertar seu joelho. Aaron fechou a porta.

— Olha, sinto muito — disse Aaron. — Eu não planejei aquilo.

— Você matou o cara, Aaron. Você matou o cara, porra.

— O que você queria que eu fizesse? Ele ia pegar você.

— Por *sua* causa.

— Ah, qual é, mano. Aquilo não foi nada. Ele não precisava pegar no nosso pé daquele jeito.

Bobby se virou, com a testa ainda encostada no volante, e espiou Aaron com os olhos lacrimosos.

— O que aconteceu com você? — perguntou.

— E se ele tivesse uma arma, Bobby? Já pensou nisso?

— Ele era um garoto, Aaron. Só um garoto vagabundo.

— E ninguém vai dar a mínima. Você sabe, mano. Esse papo furado é o mesmo da época de escola. Você não gosta de merda nenhuma e está começando a me deixar puto. Vamos. Pega a comida. Estou com uma fome da porra.

Aaron desceu da picape e bateu a porta com força. Bobby se encolheu e afastou a testa do volante. Controlou a respiração e racionalizou. Como explicaria sua participação naquilo? A picape não era dele, mas Aaron estava bêbado. Aaron o havia forçado a fazer isso. Mas ele nem tinha uma arma, uma faca, nada que faria os policiais acreditarem que ele havia ameaçado Bobby para cooperar. Aaron bateu no vidro e gritou um "vamos lá" abafado. Bobby tinha certeza de que devia existir uma saída, mas não agora. Tinha provocado Aaron mesmo sem querer, e se ele começasse a suspeitar que Bobby poderia entregá-lo e se entregar, quem poderia dizer que Bobby não terminaria como aquele carinha?

Espera um minuto. Esse era o mesmo moleque que mal pesava cinquenta quilos com a roupa molhada. Estou com medo dele?

Mas estava. Estava aterrorizado. Pegou a pizza e a batata frita e foi atrás.

O corredor do terceiro andar do prédio fedia a maconha. Um rap com graves pesados vibrava nas paredes de reboco rachado. A fonte de tudo era uma porta no fim do corredor. Bobby inclinou a cabeça para

Aaron, curioso quanto ao lugar para onde iam. Aaron bateu na porta com a palma da mão aberta. Nada. Xingou baixinho e bateu de novo. A música baixou. O ponto de luz no olho mágico ficou preto. Uma corrente deslizou. A tranca estalou.

Um garoto branco com cara de bebê e cabelo louro muito curto, não mais velho do que o que eles tinham deixado na rua, abriu a porta. Ele bateu a mão na de Aaron, depois puxou-o num meio abraço. Precisou ficar nas pontas dos pés para alcançar os ombros largos de Aaron. Usava uma camiseta de basquete comprida por cima de uma calça camuflada enfiada num par de botas com cadarços vermelhos, como as de Aaron. Quando ele deu um tapa nas costas de Aaron, Bobby viu uma suástica nas costas da mão e sentiu a volta de um calombo que estava se tornando familiar demais na garganta. O jovem skinhead viu Bobby parado junto à porta segurando a pizza e a batata frita como se fosse algum tipo de entregador.

— Quem é o carcamano aí? — perguntou a Aaron.

— Pega leve, Cort — respondeu Aaron. — É Cort, não é? — O rapaz assentiu. — Ele é gente fina.

Cort assentiu na direção da sala e sinalizou para Bobby entrar. Pegou a pizza e imediatamente se serviu de uma fatia mole, pendurando-a na boca enquanto largava o corpo num sofá verde-vômito. Uma .45 estava ao lado de um narguilé de um metro na mesinha de vidro à sua frente. Aaron apontou para a arma.

— Pra mim? — perguntou.

Cort confirmou com a cabeça e deu uma tragada funda no narguilé. Aaron pegou a pistola e a inspecionou antes de enfiar na cintura, às costas, como se fosse algo que ele sempre tivesse feito. Em seguida, puxou a persiana de uma janela e olhou para a rua. Cort soltou uma nuvem de fumaça e teve um ataque de tosse enquanto aumentava o volume de um episódio de *Yo! MTV Raps*.

Aaron se virou e o encarou irritado.

— Que porra cê tá olhando? — perguntou Cort. — Pega a visão!

— Pega a visão? — perguntou Aaron, depois riu com nojo. — O que você acha que o seu tio Hank diria se ouvisse você falando esse tipo de bobagem? Se pegasse você assistindo a esse lixo?

— É, bom, o imbecil ainda tá na tranca, não tá? Não vai dizer merda nenhuma.

Aaron foi até o sofá e parou junto de Cort, olhando-o de cima para baixo.

— Diga alguma coisa engraçadinha sobre ele de novo. — Aaron levou a mão às costas e pegou a arma. — Anda.

— Aaron, meu Deus — disse Bobby. As palavras saíram num sussurro, estranguladas pelo deserto em sua garganta.

Cort olhou para Aaron, depois para Bobby, que balançou a cabeça para ele. A fachada de durão do garoto se dobrou inteira.

— É, tudo bem, cara. Foi mal... quero dizer, numa boa.

— Bom — disse Aaron. — Desliga essa merda e mostra onde fica o banheiro.

Cort sinalizou. Bobby ficou olhando as botas pesadas de Aaron indo por um corredor curto e desaparecendo num cômodo à direita.

— É isso aí, mano — murmurou Cort consigo mesmo quando Aaron estava fora do alcance da audição.

Os efeitos sonoros de tiros de um boletim do *MTV News* explodiram no televisor atrás de Bobby, assustando-o. Tabitha Soren narrou os acontecimentos do dia no julgamento de O.J. Simpson. O detetive Furhman tinha sido questionado pelo uso de ofensas raciais no trabalho enquanto os advogados de defesa tentavam montar um argumento de conspiração. O skinhead balançou a cabeça e riu, zombando. E deu um soco na coxa de Bobby.

— Dá pra acreditar nessa merda? — perguntou. — É claro que ele é culpado. Olha os olhos dele. Não têm os brancos, é tudo preto. Tipo um... tipo... — Ele olhou para a tela com as pálpebras pesadas. Bobby se inclinou para ver se o garoto tinha apagado, e sugeriu um final para a frase:

— Um tubarão?

Os olhos de Cort se arregalaram e ele estalou os dedos para Bobby.

— Ah, merda, é, essa foi boa. Eu tava pensando num chimpanzé, mas um tubarão. Porra, é mesmo. De qualquer modo, espero que ainda enforquem pessoas na Califórnia. Tô certo?

Os pés de Bobby pareciam não pertencer a ele, depois as mãos, os braços, as pernas. Não conseguia sentir o rosto. Por um minuto pareceu que ele não estava realmente ali. Talvez não estivesse. Talvez tivesse escorregado na neve, apagado, e nada disso estivesse acontecendo. Na verdade, nesse momento ele podia estar numa cama de hospital enquanto o cérebro em coma inventava a coisa toda. Sem tentativa de assassinato. Sem cumplicidade com uma tentativa de assassinato. Só com o cérebro morto. O grave pesado martelava de novo na televisão. Cort balançava a cabeça e murmurava a letra de "Warning", de Biggie Smalls, depois olhou por cima do ombro para o corredor por onde Aaron tinha ido e baixou o volume outra vez. A sensação retornou jorrando nos membros de Bobby e ele foi pelo corredor, procurar Aaron, enquanto a água do narguilé borbulhava, lá atrás.

Aaron enxaguou a espuma das mãos. O ralo da pia era lento e a água se transformou numa sopa vermelha e branca antes de ser sugada. Aaron inspecionou as unhas. Bobby não tinha percebido como elas eram compridas. Lembrou-se de ter visto um seriado de TV em que os prisioneiros as deixavam crescer e lixavam criando pontas, e sentiu um arrepio.

— Tudo bem? — perguntou Aaron.

— Que lugar é esse? Quem é aquele cara?

Aaron sibilou entre os dentes.

— Aquele vagabundo. Não tem dignidade. Só não encho de porrada por causa do tio dele. Devo isso a ele. É por isso que vou ficar um pouco com o cara.

— O que você deve ao tio dele? — perguntou Bobby. Mesmo querendo saber, morria de medo da resposta.

— Nada. Tudo. Depende de quem pergunta. Ele me trouxe para a irmandade. Me manteve em segurança.

— Irmandade? — A voz de Bobby ficou mais alta. — Ouviu o que você disse? Não acredito. Estou falando com quem? Preciso cair fora daqui, porra.

— E ir pra onde, Bobby?

Aaron jogou água no rosto e procurou uma toalha, mas não havia nenhuma na barra. Quando puxou a bainha da camiseta para levá-la ao rosto, notou a mancha de sangue que tinha limpado da bombinha de asma. Tirou a camisa e enxugou o rosto com uma parte limpa. Seu peito e as costas estavam cobertos de espinhas e Bobby supôs que alguém na cadeia tinha descoberto um meio de arranjar anabolizantes para ele. Aaron se virou para mijar. Estava tatuado "88" nas duas escápulas. Entre as espinhas das costas havia cicatrizes redondas, a carne saltada da circunferência de uma ponta de cigarro acesa. Alguém o havia usado como cinzeiro.

Quando ele se virou de volta, o olhar de Bobby foi para a grande suástica no esterno, com os braços da cruz quebrada se dobrando sobre o peito. Bobby recuou enquanto Aaron ia em sua direção, até que bateu na parede do corredor estreito. Aaron se encostou no portal. Seu rosto se suavizou.

— Olha, desculpe eu ter pirado lá embaixo. Sei que você está com medo, mas aqui você está seguro. Você está sempre seguro comigo por perto. Pelo menos isso eu lhe devo. Vamos descansar um pouco e pensar direito de manhã. Prometo que tudo vai ficar bem. Agora vá pegar a pizza antes que aquele merdinha coma tudo. — Bobby abriu a boca para protestar, mas Aaron lhe deu um tapinha no rosto, passou por ele espremendo-se e foi até outra porta no fim do corredor.

Por um instante Bobby ficou furioso, muito mais com raiva do que apavorado. Quando Aaron encostou a mão no seu rosto, Bobby sentiu vontade de agarrá-lo pelo pescoço e gritar na cara dele. Queria apertar até encontrar o pomo de adão que costumava subir e descer no pescoço magricelo do garoto que Bobby sempre tinha de arrancar do estado perpétuo de paranoia alimentado pela maconha. Nunca havia sido o contrário. Claro, Aaron estava bêbado, mas por baixo de toda aquela calma bizarra devia existir aquele mesmo garoto em pânico.

Mas ele não estava lá. Os olhos pareciam tão frios quanto sua cor azul-gelo. Aaron tinha saído da cadeia menos de vinte e quatro horas atrás e praticamente havia matado alguém. Agora queria pizza. A prisão havia criado o Aaron da Prisão, e o Aaron da Prisão fazia o que achava que tinha de fazer, supostamente para proteger os dois. Ou ele gostava disso ou não se importava com a possibilidade de voltar para lá, caso fosse apanhado. Ou então alguma versão deturpada das duas coisas. Esse pensamento fez Bobby se cagar de medo outra vez.

Voltou pelo corredor. Será que havia um telefone nessa pocilga? Deveria ligar para Isabel. Viu um aparelho na parede da cozinha, perto da sala, e foi na direção dele, depois parou.

Aaron estava certo. Para onde ele iria? O que diria? O que Isabel poderia fazer?

Imaginou de novo a mãe do garoto, e a última coisa que queria era a pizza. Voltou para dizer que o próprio Aaron deveria pegar a porra da pizza, mas ele estava esparramado na cama de solteiro no quarto do fim do corredor, apagado. Talvez estivesse com medo e o esforço de manter a fachada o tivesse exaurido. Ou talvez estivesse mais bêbado do que Bobby havia pensado e simplesmente apagou. Bobby parou ao pé da cama, olhando, e em seguida deixou os olhos relaxarem, como fazia com as figuras em três dimensões que tinha visto no shopping e que deveriam se transformar em golfinhos. Não sabia por que estava olhando Aaron daquele jeito nesse momento, nem sabia o que esperava enxergar. Também nunca enxergava as imagens que os outros diziam que ele deveria perceber. Elas só lhe davam dor de cabeça.

Três anos antes Bobby havia esperado mais de trinta minutos para ver Aaron. Tinha sido a primeira semana dele na prisão. A fila dos visitantes era longa e fedia a uma mistura de diferentes perfumes e desodorantes que cheiravam igual àquela merda que Isabel usava quando saía à noite para dançar. Quando Bobby não viu nenhum outro homem ali, ficou preocupado com a hipótese de acharem que ele e Aaron eram um casal e se sentiu culpado porque isso significava preocupação com o que as pessoas pensavam *dele*, e não com o que isso significava para Aaron. Culpado ou não, egoísta ou não, o sentimento o impeliu a ir embora. Mas no momento em que se virou, um policial fez todos passarem pelos detectores de metal e os levou às cabines dos visitantes.

Uma mulher razoavelmente bonita sentou-se ao lado de Bobby. Os joelhos dele bateram na parte de baixo do balcão. Ela o encarou e ele soube — simplesmente soube — que ela também ficou pensando no que um cara estaria fazendo, visitando outro cara numa prisão masculina. Bobby enrolou o fio do telefone no polegar até que a ponta do dedo ficou vermelha. O grosso vidro de segurança tinha impressões palmares. Digitais. Manchas de batom cinza. Imaginou se a mulher ao lado dele beijaria o vidro ou tentaria tocar as mãos através dele, talvez fosse pôr um peito para fora e esfregá-lo contra o vidro enquanto seu homem encostava a palma da mão nele. Bobby percebeu que estava com as mãos úmidas. Não sabia por que se sentia tão nervoso. Só fazia uma semana que Aaron estava preso. Ele devia estar bem. Então a porta de aço se abriu com um guincho e um guarda guiou Aaron pelo cotovelo ossudo, nadando dentro do macacão laranja, de cabeça baixa, mancando.

Um olho estava roxo, inchado e fechado. Uma corrente de pequenos hematomas passava em volta do pescoço e um zíper de pontos descia pela lateral da cabeça, no lugar onde tinham arrancado parte do cabelo. Ele arrastou os pés até a janela e fez menção de se sentar, mas não conseguiu. Sua bunda pairou, até que as pernas tremeram. Ele comprimiu os lábios inchados e gotas de suor brotaram na testa com o esforço. Desistiu e apoiou um dos joelhos no banco enquanto os dois pegavam os telefones.

— E aí, mano? — disse Bobby.

Uma lágrima escorreu do olho bom de Aaron.

— Nunca mais volte aqui — disse ele.

As palavras saíram baixas e úmidas. Os dentes da frente tinham sumido. Aaron desligou o telefone e voltou arrastando os pés até o guarda. Bobby gritou para ele e, antes de perceber o que estava fazendo, apertou a palma da mão contra o vidro. Notou a mulher ao lado, olhando. Olhou para além da mulher e viu o homem dela, que espiou Aaron por cima do ombro. Bobby puxou a mão de volta rapidamente, percebendo que podia ter garantido a Aaron mais uma rodada do que ele havia recebido. A porta se fechou com uma pancada. Bobby ficou espiando até que seus olhos relaxaram e o foco pousou na marca da mão oleosa, impossível de ser destacada dos outros remanescentes de tentativas inúteis de conectar, a não ser porque era a mais recente. Limpou a impressão com a manga da camisa e saiu.

Tentou voltar lá uma vez, mas, depois daquele dia, seu nome não estava mais na lista. E em nenhum dos dias que se seguiram.

As cartas não eram respondidas. Dias viraram meses. Três anos. Um naco de tempo que parecia uma eternidade e ao mesmo tempo não muito longo. O suficiente para os limites da aparência de uma pessoa ficarem indefinidos, ainda que só um pouquinho. Tempo suficiente para Bobby achar que se lembrava exatamente de como era a voz de Aaron mas, depois de um tempo, não confiar totalmente na memória. Apenas o suficiente para ter passado direto por ele, quando viu Aaron no estacionamento pela primeira vez em todos aqueles anos.

Aaron roncou. Bobby atravessou o quarto sem fazer barulho e puxou a persiana da janela, olhando para a rua como Aaron tinha feito, presumivelmente procurando a mesma coisa. Mas não havia nenhum carro da polícia patrulhando as ruas. Nenhum carro. A neve havia se empilhado rapidamente e Bobby não conseguia identificar o que era rua e o que era calçada. Foi até a frente da cama e se enrolou no chão.

Quando Bobby tinha sete ou oito anos, a professora contou que haveria uma feira de livros na escola mais um menos dali a uma semana. Sua mãe só lhe dava dinheiro suficiente para comprar o lanche, mas na semana da feira Bobby comia o mínimo possível e procurava moedas por todo o apartamento. Ficava empolgadíssimo quando o caminhão parava e descarregava as estantes de metal com rodinhas.

Sempre ia direto para os livros da série *Escolha Sua Aventura*. O dinheiro só dava para um, talvez, dois livros, mas aqueles eram como quatro ou cinco livros em um, *se* ele fizesse as escolhas certas. Eram livros de fantasia cheios de dragões do arco-íris e cavaleiros das trevas.

Você entra numa caverna tendo apenas uma tocha ou passa em volta dela e sobe o caminho da montanha onde há todo tipo de monstros malignos? Bobby escolheu a caverna. Não falaram nada sobre monstros lá dentro, por isso achou que estava seguro.

A caverna acabou matando-o. Isso era uma bosta, mas aí ele precisava começar tudo de novo.

A adrenalina finalmente baixou e a exaustão se estabeleceu. Suas pálpebras estavam pesadas. Quando caiu no sono, visualizou uma página para onde deveria ter ido quando precisou tomar uma decisão.

Escolha sua própria aventura. Se você quer que seu melhor amigo skinhead confronte o membro de uma quadrilha, vire a página para ver o que acontece. Se quiser continuar até o próximo destino e não olhá-lo matar alguém, vá até a página noventa e três.

CAPÍTULO TRÊS

Robert captou o olhar de esguelha da enfermeira da emergência. Deu uma última tragada funda antes de jogar o cigarro na direção da rua. A guimba caiu na neve sibilando. Certamente ele não era o *único* médico que fumava, mas era um dos poucos. Sabia que isso não caía bem, mas tinha acabado de retomar o vício. Olhou o relógio. A enfermeira fazia parte do grupo que mudaria de turno. Ele poderia ir embora agora, se quisesse, mas não estava com pressa de voltar para casa. A solidão fazia tudo parecer maior. Passos descalços ecoando no piso de madeira da sala de jantar que, apesar de ter apenas oito cadeiras, parecia se estender como o salão de festas de um castelo enorme. A interminável cama *king-size* sem bordas. Ele sempre acordava no meio, não importando quantas vezes rolasse. A mesa da sala de jantar se estendendo até o infinito, nada interrompendo sua superfície de carvalho encerado, a não ser os documentos do divórcio que tinham chegado apenas alguns dias atrás.

Documentos que ela já havia assinado.

A neve pousada em cima do cabelo crespo salpicado de grisalho derretia e escorria, esfriando o couro cabeludo em alguns pontos. Estalou o dedo da aliança. Deslizou-a para trás e para a frente, o marrom-claro da pele quase branca por baixo. Era um velho hábito, jamais tinha se acostumado com a joia — com qualquer joia —, mas especialmente nas mãos.

Estava entrando para pegar as chaves quando escutou o uivo de uma sirene à distância. Esperou. O efeito Doppler se esvaiu enquanto a ambulância se aproximava. Ela derrapou ligeiramente antes de parar por completo embaixo da entrada em arco. A sirene foi desligada, mas um uivo abafado dentro do veículo a substituiu. As portas de trás se abriram, um paramédico pulou e ajudou o colega a guiar a maca. Um jovem negro e magro estava em cima, preso pelas correias, o agasalho com capuz encharcado de sangue. O lençol estava amarrotado junto aos pés, por causa da agitação das pernas, e coberto de urina e fezes. A máscara de oxigênio ficava embaçada a cada gemido.

Robert acompanhou os paramédicos para dentro e eles lhe passaram as informações a caminho da unidade de traumatologia. Os ossos do lado esquerdo do rosto do rapaz tinham sido esmagados e o lado direito estava riscado com fraturas, provavelmente de um impacto secundário. Poucos dentes continuavam intactos, e a mordida devido ao impacto havia lacerado a língua quase até o meio. Algumas lascas do osso orbital haviam lesionado o olho. Ele provavelmente iria perder a visão, se é que não o olho inteiro. Os poucos testes neurológicos que tinham podido fazer quando ele não estava tendo convulsões sugeriam um sangramento no cérebro.

Os pedaços de argamassa vermelha que Robert tirou da pele sugeriam que alguém o havia acertado com um tijolo. Será que tinham atirado o tijolo? Derrubado em cima dele? A força do impacto parecia impossível de ter sido infligida por uma pessoa.

A equipe de residentes agiu rapidamente para estabilizá-lo. Depois de mandar um bipe para o neurocirurgião de plantão, a equipe transferiu o rapaz para a UTI. Robert tirou a máscara e o capote, amarrotou-os e jogou na direção do lixo. Não acertou o alvo. Um técnico de emergência estava de costas para o posto de enfermagem, os cotovelos apoiados no balcão, dando em cima de uma jovem auxiliar. Ele viu o lançamento errado e inclinou o queixo para Robert.

— O que é mesmo que dizem sobre a escolha de profissão? — perguntou ele.

Robert deu um sorriso sem convicção e se juntou aos dois para olhar o prontuário do rapaz.

— Homewood — disse a si mesmo. Ele e o rapaz vinham do mesmo lugar, mas fazia anos que Robert não voltava lá. Desde antes de sua mãe adoecer. Depois o pai morreu. Depois a mãe foi morar com ele. Um jorro de solidão avassaladora o dominou e, em seguida, junto com o ar saindo com força, se esvaiu. Empurrou o prontuário.

— Provavelmente algum tipo de retaliação — disse o técnico de emergência.

Robert levantou os olhos.

— O quê?

O técnico se virou e apoiou o braço sobre o balcão acima de Robert. A protuberância de sua jaqueta escondeu parcialmente o crachá de identificação, mas Robert enxergou o primeiro nome, "Scott".

— O garoto — disse ele. — Provavelmente foi agredido como retaliação. O colega de gangue dele estava lá, quando a gente apareceu.

— O garoto não estava usando a cor da gangue — disse Robert. — Mas o amigo estava, então isso diz tudo, não é?

Scott se remexeu, ainda apoiado nos cotovelos.

— Foi você quem disse, o garoto é de Homewood. Faça as contas.

— Eu sou de Homewood — retrucou Robert. — Então o que você está dizendo é que "negro mais Homewood é igual a bandido de gangue". Minha conta está certa?

Scott se levantou e passou os dedos pelos cabelos, as bochechas pálidas ficaram ruborizadas.

— Não foi isso que eu quis dizer, e você sabe.

— Certo. — Robert se levantou e foi andando, mas parou. — Me deixe perguntar uma coisa. Quanto tempo vocês levaram para chegar lá?

— O quê?

— Quando veio o chamado e vocês souberam que um jovem negro tinha sido agredido, você se apressou? Ou terminou de pegar o número de telefone de alguma auxiliar em outro hospital?

— Está me chamando de racista?

— E quando você pegou o rapaz, fez tudo ao seu alcance na vinda até aqui para salvá-lo ou pensou: bom, é só um bandidinho de rua?

Robert viu de soslaio a auxiliar com quem Scott estivera falando trocar olhares desconfortáveis com a enfermeira ao lado de Robert. Scott apoiou as mãos no balcão, com o rosto tenso a não ser por uma pequena torção no lábio.

— Pode ir se foder, doutor. Você não sabe nada sobre mim.

— Sei — disse Robert. — Acho que sei, sim.

Scott deu um passo atrás, as mãos levantadas num fingimento de rendição, e foi para a porta deslizante que dava no estacionamento. No caminho segurou seu parceiro e os dois saíram sem olhar para trás. Robert se deixou cair de volta em sua cadeira. Sentiu um olhar e se virou para a esquerda, vendo Lorraine, a enfermeira encarregada do plantão, com os olhos arregalados. Então um sorriso franziu suas bochechas marrons.

— Está bem, dr. Winston — disse ela. — Eu entendo o senhor.

Robert se encolheu.

— Demais?

— Não. Na verdade, foi pouco.

Robert devolveu o sorriso mais genuíno possível. Não se arrependia do que tinha dito, mas lamentava a necessidade. Pegou o prontuário de novo e leu o nome dele.

— Marcus Anderson — disse.

Será que sua mãe teria conhecido o garoto? Será que o avô dele assistia aos jogos dos Steelers nos domingos junto com o pai de Robert?

— Lorraine, me mande um bipe com qualquer atualização sobre ele, está bem?

Ela confirmou com a cabeça e foi se juntar a outros funcionários reunidos em volta do posto de enfermagem, ouvindo a previsão do tempo pelo rádio. A frente nordeste estava chegando. Quem morava longe arrumou salas de tratamento vazias para passar a noite. Faziam piadas e riam. Não excluíam Robert, mas também não o incluíam. Não que ele os culpasse. Gostava dessas escalas no hospital universitário. Frequentemente, mas não sempre, alcançava certo nível de respeito admirado. Uma coisa permanecia constante, não importando aonde fosse, especialmente com as equipes de traumatologia: ele não tinha ganhado a camaradagem que eles haviam formado nas trincheiras, e por isso costumava se pegar sozinho, esta noite mais do que na maioria das outras.

Terminou de fazer as anotações, pegou o paletó no gancho atrás do posto de enfermagem e voltou para fora. Um vento empurrou o ar gelado através da roupa cirúrgica e da ceroula por baixo. Encostado em seu local de sempre na parede externa, pescou outro cigarro no maço amassado no bolso da frente do paletó. Saboreando o ar frio e puro, tragou fundo, fechou os olhos e viu de novo a mesa da sala de jantar.

Ela não tinha esperado sua resposta. Ali estava o nome dela, assinado em cada página ao lado das etiquetas de plástico em forma de seta que direcionavam sua caneta para o espaço vazio onde seu nome deveria ir. *Tamara Winston.*

No dia em que os documentos chegaram, ele quase havia ligado para ela, mas a última vez em que tinha feito isso foi um erro. Coisas foram ditas, coisas piores do que na vez anterior, na vez em que ela decidiu que os dois precisavam de mais tempo separados. Ela simplesmente precisava ir para a casa da irmã, a maldita irmã que nunca gostou de Robert, para começo de conversa, que ele sabia, simplesmente *sabia*, que adorava a chance de martelar a cunha que ameaçava parti-los completamente em dois. Enojado com a ideia da irmã sussurrando no ouvido de Tamara como se fizesse um feitiço, ele apagou o cigarro na sola do tênis e voltou para dentro. Foi até Lorraine, sentada atrás da sua mesa.

— Tem algum lugar aqui perto para tomar uma bebida? — perguntou a ela.

— O senhor não ouviu a previsão do tempo, é?

— Ainda não está tão ruim. Só uma saideira.

— Se eu fosse o senhor, iria direto para casa. Essas ruas vão ficar muito ruins num instante.

— Dirigir na neve está no meu sangue. Quer ir comigo?

Lorraine levantou a mão esquerda, com a palma virada para ela, e balançou os dedos. Um diamante captou as luzes do teto e brilhou.

Robert levou as mãos ao peito, num mea-culpa.

— Não quis desrespeitar.

— Não desrespeitou — disse ela, sorrindo. — O Lou's fica a dois quarteirões naquela direção. — Ela apontou para o oeste. — É o mais perto, se quiser uma bebida rápida. Não sei se é o mais hospitaleiro, mas o senhor pode se arriscar. — Robert inclinou a cabeça, sem entender o que ela queria dizer. Lorraine franziu a boca e olhou para ele por baixo das sobrancelhas, e Robert entendeu. Era o bar errado para a cor da sua pele.

— Valeu a dica — disse. — Vejo você amanhã.

Lá fora os flocos caíam mais densos. Carros passavam com o som dos pneus abafados pela colcha de neve na rua. Robert levantou a gola do paletó e pegou um gorro de tricô no bolso. Foi na direção do Lou's. Um caminhão de sal passou roncando e salpicou os para-brisas e as portas dos carros com torrões cristalizados que deixavam marcas no branco impecável.

Robert e Tamara tinham dito coisas que não queriam dizer, ou pelo menos disseram coisas que queriam dizer, mas que deveriam ter sido guardadas. Nas semanas depois do aborto espontâneo, Tamara se afastou gradualmente de Robert. Ela possuía aquela gargalhada contagiante, de boca escancarada, acompanhada pelo balanço da cabeça, mas desprovida de pretensão, interrompida por fungadas se ela realmente achasse a coisa engraçada. Tinha rido assim na mesa do exame quando fizeram o primeiro ultrassom. O lençol de papel embaixo dela pareceu emitir um som de aplausos enquanto ela se remexia empolgada quando ouviram os batimentos cardíacos acelerados.

Mas não houve risos no último ultrassom. Só a respiração dos dois, primeiro contida numa ansiedade, depois com medo, e finalmente expelida num suspiro lento e simultâneo. Uma auxiliar do médico deu a notícia. Robert achou que o doutor só se incomodava em participar das ocasiões felizes, e de certa forma entendia o motivo. Como estudante de medicina, fora obrigado pelos instrutores a dar más notícias a pacientes terminais ou a familiares que perdiam um ente querido. Sentia uma dor física quando fazia isso, e imaginava que os professores teriam sentido o mesmo antes. Parecia menos um castigo e mais um rito de passagem. Era estranho como a coisa tinha parecido nítida naquele momento, quando a auxiliar limpou o gel da barriga de Tamara e trocou a haste do ultrassom: o barulho pareceu o de uma arma sendo posta no coldre.

— Seu corpo completou o aborto — disse ela. — Demorem o tempo que precisarem.

Depois de serem deixados a sós, Tamara e Robert ouviram sons abafados de alegria através da parede. Tamara segurou a mão de Robert enquanto ele a ajudava a descer da mesa e se vestia num atordoamento silencioso. Sem lágrimas. Sem palavras. Robert a havia levado pela sala de espera cheia, as mãos nos ombros dela como se quisesse protegê-la dos paparazzi. Pelo modo como todos a olhavam, tentando parecer que não estavam olhando, levantando os olhares das revistas sobre gravidez, das revistas de noivas e das revistas de fofocas, notou que sabiam o que tinha acontecido e Tamara não merecia aqueles olhares. Indo pelo corredor até o elevador, ela encarou Robert com os olhos se enchendo de lágrimas.

— Estou com fome — disse. Em seguida franziu a boca num meio sorriso. Ele sorriu de volta.

— Eu comeria alguma coisa — respondeu ele.

Tomaram um café da manhã tardio num restaurante perto do consultório do obstetra. Ainda não tinham se esquentado do frio de inverno e Tamara parecia nadar no enorme agasalho com capuz de Robert. Ela ficou mexendo os ovos moles com o garfo, misturando as gemas com a montanha de ketchup que colocou em cima.

— Está tentando achar? — perguntou Robert.

— O quê?

— Os ovos que vieram com o ketchup. Porque não estou vendo nenhum. — Ela tentou conter um sorriso. — Não sorria. Não é engraçado. Não estou brincando, acho que enganaram a gente. — Os lábios de Tamara ficaram mais retesados enquanto ela se esforçava mais para não rir. A garçonete encheu de novo as xícaras de café e Tamara tomou um gole. Robert se inclinou por cima da mesa. — Viu? Viu como ela olhou para a gente? Aposto que aqui os brancos ganham os ovos junto com o ketchup. — Tamara cuspiu na xícara e enxugou a boca. Deu uma ligeira fungada. Robert sorriu.

— Você é doido demais — disse ela.

Robert encolheu os ombros e riu. Eles iriam superar. Eram fortes. Sabiam rir. Estendeu a mão para Tamara, que estendeu a dela de volta, mas então sua testa se franziu e os olhos se estreitaram. Ela apertou a barriga. O sorriso desapareceu. Ela se remexeu na cadeira e seus olhos ficaram molhados num instante.

— Robert — sussurrou.

Ela olhou para baixo e balançou a cabeça. Quando a levantou de volta, lágrimas escorriam pelas bochechas. Robert passou para o lado dela no reservado. O vermelho manchava a frente da calça de moletom cinza como uma caneta tinteiro quebrada. Robert tirou o suéter e o enrolou na cintura dela, deixou dinheiro na mesa e a levou rapidamente para fora do restaurante. Mesmo com quinze semanas, tinha sido dito que ela poderia ter cólicas, sangramentos de escape, talvez até um volume um pouco maior de sangramento. Não tinham dito como poderia se sentir. Ela se enrolou em posição fetal no banco de trás e chorou baixinho até chegar em casa.

Naquela noite e em todas as noites seguintes, Tamara foi se afastando do centro da cama e se encolhia para longe quando ele tentava tocá-la mesmo com a distância. Ia para a cama totalmente vestida e tomava banho com a porta do banheiro da suíte fechada.

Apesar dos protestos de Robert, ela voltou ao trabalho em uma semana. Suas reuniões iam até tarde. Os dois jantavam comida de micro-ondas ou para viagem, na frente da TV. Ela mal falava, pelo menos com ele. Passava horas ao telefone com a irmã em San Diego enquanto ele baixava artigos de jornais médicos na internet, fingindo não ouvir, e tentava descobrir o que tinha feito de errado.

A briga começou depois de seu terceiro turno consecutivo das oito às oito entrando pelo fim de semana. Ela finalmente tinha decidido que precisava de mais tempo longe do trabalho e ficou em casa. Robert dormiu no hospital para lhe dar o espaço que ela achava que queria. Quando voltou, o lixo tinha três dias de embalagens de café da manhã, almoço e jantar congelados e fedia igual a bananas maduras demais. A pia estava cheia de copos de vinho com círculos secos no fundo. No quarto, as roupas dela estavam largadas na esteira ergométrica, blusas caídas no chão, calcinhas penduradas na borda do cesto de vime.

A descarga do banheiro soou e ela apareceu junto à porta, em silhueta com a luz por trás. Usava o que tinha se tornado seu novo uniforme: um lenço de cabelo, blusa térmica de mangas compridas, calça de moletom cinza-claro e chinelos de camurça. Ela deu um pulinho ao vê-lo, depois passou por ele, entrou embaixo do edredom e lhe deu as costas. Robert se sentou na beira da cama.

— Você esteve fora de casa hoje? — perguntou. — Ou ontem?

— Onde você estava?

— Não queria sufocar você.

Ela empurrou o edredom e se sentou lentamente. Falou baixinho:

— Será que, talvez, a gente poderia fazer com que isso não seja sobre *você*? Por favor?

— Desculpe. Honestamente, não foi isso que eu quis dizer.

— O que você quis dizer?

— Eu também perdi a criança.

— *A criança?* Você precisa ser sempre tão clínico?

— Não. — Robert olhou para as próprias mãos. O vento frio as havia secado, pareciam feitas de cinza. As lavagens repetidas depois de cuidar dos pacientes rachavam a pele, deixavam riscas vermelhas entre a pele marrom clara dos nós dos dedos. — Eu não conseguia pensar em termos de "ele" ou "ela". Era difícil demais.

— Era uma menina — disse Tamara. — Acho... que era uma menina.

— Uma menina. Ela chegou a ter um nome? — Tamara balançou a cabeça. — Fico pensando: com quem ela se pareceria?

Tamara conseguiu dar um sorriso débil. Robert continuou:

— Sei que, na nossa idade, era um risco. Que isso poderia acontecer. Mas a gente pode tentar de novo. — Ele piscou para ela, esperando um sorriso verdadeiro. — Não é a parte divertida, afinal de contas? — Robert estendeu a mão, mas ela se afastou de novo. Sua mão recuou bruscamente. — O que foi, Tam? O que foi que eu fiz? O que estou fazendo de errado, para você nem me deixar tocá-la? Diga e eu paro.

— Desculpe se não estou enfrentando isso como você gostaria. Não posso fingir que ela era só "uma criança". Não tenho o seu dom para o distanciamento. Mas vamos fingir que já estou suficientemente mal sem você me fazer sentir culpa por não querer trepar.

— Epa, espera um minuto aí, *o quê?* Tam, não é isso que eu estou tentando fazer.

Tamara enxugou uma lágrima do rosto com as costas da mão.

— Eu não queria esse bebê, você fez com que eu a quisesse, e agora ela se foi.

— Eu *fiz* você querer?

— Eu disse que não queria, mas você pressionou, pressionou e pressionou. Sua mãe precisava ter um neto e você não podia recusar, não é? Você não podia deixar que eu recusasse.

— Certo. Você está com raiva. Vamos acabar falando alguma coisa idiota. Você precisa de espaço.

— Pare de dizer do que eu preciso, Robert. A gente não *precisava* desse bebê. A gente estava bem, só você e eu.

Cansado de se defender durante dias, ele explodiu:

— Bom, acho que então você me mostrou isso, não foi?

Ele suspirou no instante em que as palavras saíram da boca, com nojo de si mesmo, mas era tarde demais. Tamara lhe deu um olhar incrédulo e se abraçou. Ele soube que deveria ter ido até o outro lado e a abraçado, mas a acusação dela cortava fundo e raspava o osso. Os dois eram orgulhosos, às vezes ao ponto do absurdo, e nesse momento a distância entre eles pareceu imensurável.

Tamara enxugou os olhos e se enrolou embaixo do edredom, de costas para Robert. Ele se ajoelhou no colchão e estendeu a mão para ela. Ia puxá-la para perto, mesmo se ela lutasse. Deixaria que ela gritasse, batesse nele, se fosse necessário. Pôr para fora aquela dor, de modo a poderem voltar ao ponto em que haviam estado. As molas rangeram embaixo do seu peso e Tamara falou, quase baixo demais para ser ouvida:

— Quero dormir agora.

A determinação na voz dela desfez a decisão de Robert. Ele se afastou da cama, saiu e fechou suavemente a porta do quarto.

Parou. O chão rangeu quando Tamara saiu da cama. Então ele ouviu o zumbido fraco do ventilador oscilante que ela mantinha do seu lado da cama. Ela não conseguia dormir sem aquele som para acalentá-la, assim como Robert sempre punha a perna para fora do edredom. Nenhum dos dois entendia o comportamento peculiar do outro para dormir, e tinham rido de como ficaram inquietos uma noite, quando tentaram não ceder aos hábitos estranhos.

Tamara jamais conseguia dormir sem o ventilador.

Robert imaginou se ela conseguiria dormir sem ele.

Na manhã seguinte, nenhum dos dois falou sobre a briga. Não falaram sobre nada. A discussão pairava no ar como uma nuvem radioativa, tornada mais potente ainda pela recusa em admiti-la. Antes de Robert juntar coragem para se oferecer para ficar em casa e não ir trabalhar, Tamara já havia subido a escada e voltado para o quarto.

Quando ele voltou para casa, Tamara estava sentada à mesa da cozinha, com os olhos vermelhos. Seu cabelo estava penteado e ela havia trocado a roupa de moletom por uma blusa e jeans. Robert sentou-se à frente dela. Ela o encarou e disse:

— Vou passar um tempo fora.

— Não vai não.

— Eu preciso. Só um tempo.

— Tamara, sinto muito.

— Eu sei que você sente. Eu também. Mas o fato de a gente ter dito aquelas coisas, Robert... tem alguma coisa errada. Com a gente.

— Nós perdemos um bebê, Tam.

— Acho que talvez nós tenhamos perdido um pouco de nós, também, Robert, e preciso de um tempo para descobrir se é isso mesmo. Não posso fazer isso aqui.

Robert cruzou as mãos e as levou à boca. Queria argumentar e fazer com que ela ficasse, mas também tinha sentido aquilo, o rio atravessando, deixando-os em margens opostas, nenhum dos dois tendo os meios para atravessá-lo.

— E se eu disser não?

— A decisão não é sua — disse ela.

— Aonde você vai?

— Para a casa da minha irmã.

— Para a Califórnia? — Robert soltou o ar com força. — Bom, posso levar você até o aeroporto?

— A van já está chegando.

Minutos depois Robert colocou as malas de Tamara na traseira da van com o motor ligado.

— Você está levando muita coisa — disse ele.

Ela pôs a mão no rosto dele e Robert inalou fundo. A manteiga de cacau que suavizava a pele de Tamara fazia com que ela tivesse um cheiro aconchegante. Ele engoliu em seco o nó que se formava na garganta. Beijou a palma da mão dela e prometeu ligar. Ela não devolveu a promessa. A van partiu, as luzes da traseira iluminando os flocos que tinham começado a cair.

Um pouco mais de um ano não ajudou a diminuir a dor. Robert chegou ao Lou's. O letreiro de néon vermelho zumbia acima da entrada do bar. Robert bateu os pés para tirar a neve dos sapatos e entrou. Só uma bebida. Talvez um aquecimento para o início de uma nova tradição. Para lembrar, esquecendo.

CAPÍTULO QUATRO

Nico sorriu para Isabel quando ela entrou no Lou's. Ela esperava que ele estivesse se sentindo generoso.

Apenas algumas horas antes, oito universitários brancos e bêbados, vestindo pulôveres de lã rústica e sandálias Birkenstocks com meias de lã grossa, tinham entrado na lanchonete. Garotos ricos fantasiados de pobres. Um refil depois do outro, acrescentando comida quando um amigo, e depois outro, aparecia atrasado, milkshakes para todo mundo e omeletes mandados de volta já meio comidos porque estavam frios demais. Mas a cada pedido beligerante, a cada ordem juvenil, ela sorria, sempre sorria, e, a cada vez que se afastava, eles riam dela. Das manchas no seu uniforme apertado demais na barriga. Do seu cabelo volumoso demais, do batom brilhante demais. Fingiam sussurrar, mas dava para ver que eles queriam que ela escutasse. E escutava. Mas na metade do mês ela e Bobby ainda não tinham toda a grana do aluguel, e a necessidade de abrigo precisava suplantar o orgulho. Às vezes muito frequentemente.

Ela quase nunca aumentava o valor da gorjeta para os grupos grandes. Preferia merecer, e *tinha* merecido desse pessoal. Mas o senhorio implacável ordenava um pequeno seguro. Somou a conta grande, dançando de um pé para o outro. Fazia uma hora que precisava mijar. Entregou a conta e foi para o banheiro. Com os cotovelos nos joelhos, soltou um jato de alívio. Talvez eles não notassem a gratificação e a gorjeta ainda por cima. A neve tinha começado suficientemente tarde para não afetar seu turno, e a noite havia sido boa. Trinta por cento ou mais naquela mesa seria um belo troco para levar para casa. Talvez até o suficiente para tirar um dia de folga, talvez convencer Bobby a pegar um cineminha tarde da noite nos lugares mais baratos, como costumavam fazer quando ele era pequeno. Fazia quase duas semanas que estava diminuindo a birita, e em resultado vinham conversando mais, nos raros momentos em que nenhum dos dois estava trabalhando. Na semana anterior ele havia levantado o nariz dos gibis para perguntar como tinha sido o dia dela.

Até sorriu.

Quando voltou do banheiro, os rapazes tinham ido embora. A mesa era uma carnificina. Pacotinhos de açúcar, cheios, enfiados em xícaras com café pela metade, encharcados de marrom e inchados. Um copo virado, água se juntando no chão vinda de um filete acima. Na poça em cima da mesa estava a conta, não paga, a tinta borrada, mas suficientemente legível para ver "Foda-se" rabiscado em cima. Isabel olhou para a conta, depois pegou-a na mesa, deixando-a pingar antes de amassá-la na mão e jogar no chão com um som molhado. Clientes em algumas poucas mesas lançaram olhares de lado para ela.

— Fodam-se vocês também — sussurrou Isabel. Em seguida, limpou sua bancada e foi até a frente, para o fechamento da noite.

Pockets, o gerente, pagou a outra garçonete enquanto Isabel esperava sua vez. Conhecia a política para quem comia e fugia, mas esperava que Pockets pudesse enxergar sua situação e deixá-la se livrar dessa vez. Ele estivera em tratamento para a bebida, mas por um tempo muito maior e com mais consistência do que Isabel. Nas noites mais lentas, Pockets conversava com ela, trocava histórias de terror sobre relacionamentos arruinados, tanto familiares quanto de outros tipos. Frequentemente tentava convencê-la a ir a uma reunião, até se oferecia para arcar com os custos. Isabel jamais se via sentada no meio de estranhos e fazendo confissões. Mesmo assim tinha pensado no assunto, mas não confiava totalmente na motivação de Pockets. Ele era muitos anos mais velho do que ela, porém era gentil, mais paternal, com o nariz salpicado de veias avermelhadas por conta da bebida e as bochechas volumosas parecendo bolsos, motivo do seu apelido. Ainda que jamais dissesse qualquer coisa inadequada, de vez em quando ela captava os olhares. Via o rosto dele ficar vermelho quando ela cobria o peito depois de vê-lo olhar para seu decote enquanto contava suas gorjetas no fim de um turno. Ela recusava educadamente cada convite para acompanhá-lo a uma reunião, mas se sentia culpada pelo sorriso desapontado que ele lhe dava.

Quando chegou sua vez, empurrou o dinheiro e as contas por cima do balcão e apertou o elástico do rabo-de-cavalo. Seu cabelo preto e liso caía até o meio das costas e ela o jogou por cima do ombro. Pockets batucou nas teclas da máquina de somar e franziu a testa.

— Está magrinha — disse ele, indicando a conta.

— E você está gordão. — Ela fez mímica de um revólver com dois dedos e piscou.

— Muito engraçado. Mas, sério. É muito pouco.

— O pessoal da última mesa deu calote, Pockets.

— O quê? Como?

— Eu precisei ir mijar. Voltei rapidinho. Você não viu quando eles saíram?

— Meu Deus, Izzy. É uma conta de oitenta dólares.

— Eu sei, eu sei. Você não pode dar um jeito de cancelar?

— Você sabe que não posso.

— É mais de metade das minhas gorjetas, Pockets.

— Eu sei, Izzy. Mas o seu posto é responsabilidade sua, e se eu livrar sua cara...

— É, é, é, vai ter de fazer isso para todo mundo. Não sou uma porra de uma criança, Pockets. Não precisa dar um sermão. — A redução na bebida a havia deixado *mais* emocional, e não menos, com as dores de cabeça mais frequentes e persistentes. Sabia que Pockets precisava prestar conta aos donos, que também precisava se preocupar com o emprego.

— Desculpe — disse. — Tudo bem. Deixa para lá. Ela contou as notas de cinco e de um e riu da quantidade patética, só um pouco mais do que o que tinha trazido para servir de troco nessa noite.

Pockets contou o dinheiro outra vez, virando todas as notas na mesma direção.

— Talvez eu possa lhe dar um turno duplo amanhã, se a neve não fizer a gente fechar. Interessada?

Isabel confirmou assentindo, mas não sabia o que estava confirmando. Não escutava. Lembrou-se de em quais noites Nico trabalhava no bar do Lou's.

Com o rosto entorpecido pelo frio do lado de fora, o ar úmido e familiar fedia a cerveja e gordura velha e esquentou seu rosto quando ela abriu a porta. Piscou para Nico, que devolveu o gesto.

Graças a Deus, ele parecia de bom humor.

O bar estava quase vazio. Todo mundo tinha ido embora, menos os de sempre. Mesmo numa noite de meio de semana o Lou's recebia uma clientela razoável. Era suficientemente pé sujo para ser maneiro para os universitários, mas nessa noite o alvo de dardos eletrônico estava silencioso. Nenhuma bola de sinuca estalava, nenhum rapaz de fraternidade universitária esperava perto do MegaTouch para uma partida com as imagens pornô soft. Só os poucos pobres coitados que estavam ali desde que o bar havia aberto, encurvados sobre as cervejas na claridade inquieta do televisor acima do balcão. Nico falou alguma coisa, apontando para a tela que mostrava os pontos altos do julgamento do O.J. no Sports Center. Isabel pegou um banco para se juntar ao seu pessoal, que balançou a cabeça para ela com um resmungo amistoso.

— Isso é papo furado, e é só o que vou dizer — disse Nico. — Aquele policial é testemunha, ele não está sendo julgado.

— É isso aí — disse um cara das antigas com a pele do pescoço frouxa. — Passei vinte e cinco anos na polícia, e nenhum desses advogados babacas nunca me interrogou como estão fazendo com esse tal de Fuhrman. — Mais resmungos de apoio vieram dos outros frequentadores habituais. Suas cabeças balançaram como pombos concordando.

— É isso aí — disse Nico. — Quem liga a mínima se ele disse "preto" ou não?

— Pega leve, Nico — pediu Isabel. — Na boa.

— Ei, eu tô dizendo que é sacanagem fazer o policial parecer o bandido. Eles só foram massacrados depois daquele absurdo que aconteceu com o Rodney King. De repente, todo policial é um bicho-papão só porque eles bateram num viciado? Corta essa!

— Exatamente — disse o das antigas. — Meu garoto está na polícia, agora, e usa colete à prova de balas no trabalho. Aqueles vagabundos das gangues estão atirando na polícia.

— É uma vergonha — exclamou Nico. — O único motivo para eles se livrarem dessa é que o O.J. tem grana suficiente para seu superadvogado judeu. Todo mundo sabe que ele é culpado, porra.

— Sabe, pessoal — disse Isabel —, o único jeito de o Nico enxergar por cima desse balcão é subindo em um caixote e dando uma palestra, desse jeito.

Os ratos de bar riram e Nico fez uma carranca para ela.

— Olha, pessoal — disse ele. — A senhora defensora dos direitos humanos aí não consegue entender uma conversa racional como essa. — Isabel riu e levantou o dedo médio para ele. — Como foi essa noite, lindeza? — perguntou ele, rindo.

O sorriso de Isabel sumiu. Seus olhos arderam e as bochechas ficaram quentes enquanto ela balançava a cabeça. Os ombros de Nico baixaram.

— O que aconteceu?

— Você paga uma bebida para uma garota?

— Minha caixa de sabão não tem altura suficiente para alcançar a vodca. Além disso, você não parou? O que houve? Dia ruim?

Isabel sabia que ele só estava tentando fazer com que ela risse, mas sua cabeça latejava, pior do que antes. Não deveria estar aqui. Tinha prometido a Bobby. Tinha dito: eu posso fazer qualquer coisa durante um mês. Mas ali estava. Só uma, pensou. Sabia que essa uma bebida levaria a outra, que gastaria um dinheiro que eles não tinham, e aonde isso iria levá-la? Aonde iria levá-*los*? É, poderia pegar mais turnos de trabalho, e Bobby também. Eles já haviam chegado perto de não pagar o aluguel antes e sempre tinham conseguido, mas frequentemente era Bobby quem trabalhava mais pesado. Garoto bonito, restaurante melhor, gorjetas melhores. Mas a cada vez que ele pegava mais um turno, a cada vez que ele abria mão de um precioso dia de folga, ficava com aquela expressão. Aquele desapontamento bem ensaiado e resignado que partia o coração de Isabel mais e mais, que a levava a se fazer as mesmas promessas vazias, de que era a última vez que pediria isso a ele. A ideia de ver aquela expressão de novo essa noite a deixou ansiosa. Estar ansiosa lhe deu a vontade de beber de novo, e querer beber de novo a deixou com raiva. Empurrou o banco para trás e se levantou para ir embora.

— Ei, aonde você vai? — perguntou Nico. — Qual é, tô de sacanagem. Senta aí.

Ela parou.

Só uma.

Sentou-se.

— Dessa vez nem foi minha culpa, Nico. Juro.

— O escroto do Pockets. Provavelmente teria livrado sua barra se você desse uma transadinha de compaixão com ele.

— Não seja grosso. — Nico estendeu a mão para a prateleira atrás dele e pegou uma garrafa de Absolut. — Você sabe que não posso pagar por isso — disse Isabel. — Especialmente agora.

— Cala a boca. — Ele sorriu e completou o copo de vodca com um pouco de água tônica. Ela tomou um gole comprido pelo canudo e sentiu o pânico se esvair. Como sentia falta daquele gosto! A efervescência do gás na língua, as cócegas na parte interna das bochechas. Nada de querosene nesse copo, não era como a merda barata que costumava ficar numa garrafa de plástico dentro do congelador em casa. Uma quentura boa, lisa, com apenas a quantidade suficiente de doce da água tônica.

— E aí, ele suspendeu você de novo?

Ela fechou os olhos e tomou mais um gole comprido pelo canudinho, esvaziando o copo. O som raspado da sucção a surpreendeu e ela abriu os olhos, vendo Nico de braços cruzados e com um riso malicioso.

— Meu Deus, você foi mandada embora?

O rosto dela ficou vermelho de novo. Não tinha comido muito, e a vodca bateu rapidamente.

— Não — disse fazendo biquinho. — Mas podia ter sido. Eles fugiram sem pagar uma conta enorme.

— Ah, merda. E você teve de engolir isso?

Ela assentiu.

— Ele me ofereceu um turno a mais amanhã, de modo que eu posso ganhar um pouco de volta. A não ser por essa neve desgraçada.

Nico encheu o copo de novo, mas ela balançou as mãos, protestando.

— Para com isso — disse ele. — Hoje é por conta da casa.

Isabel levantou o copo na direção dele e tomou um gole menor.

Acabe com esse devagar e vá para casa. Amanhã volte a ficar limpa.

Mas era difícil ir mais devagar. Nico fazia uma bebida ótima e ela precisou se esforçar para não sugar essa inteira também.

— Pegando leve, é?

— Não, e você vai precisar me levar para casa.

— Era o que eu estava esperando.

Nico era bonitinho, de certo modo, meio burrinho, mas era um bom siciliano. Definitivamente baixo demais e com uns pneus na cintura. Usava camisas apertadas demais, mas tinha braços bons. Suas piadas eram cafonas e o perfume era sempre um pouco exagerado, mas tinha uma bravata que Isabel achava adorável e a fazia rir. Mas gostava demais dela. Isabel queria manter a coisa no nível casual, e ele tinha dito a expressão F.D.P. mais de uma vez no calor suado pós-trepada. Para não mencionar que não era muito bom em mantê-la longe das tentações. Bobby também sabia disso e não gostava que ela passasse tempo com ele, por isso as noites que Nico a convencia a passarem juntos eram quase sempre na casa dele. Isabel sabia de todos os motivos para Nico ser errado para ela, mas ele era confortável. Seguro, mas na verdade, não. Ela precisava terminar a bebida e ir embora.

Isabel tomou goles curtos e deixou a água do gelo enfraquecer a bebida enquanto Nico e seus amigos falavam do julgamento, de como toda aquela babaquice politicamente correta depois dos tumultos em Los Angeles tinha dado as condições para O.J. se livrar da coisa toda, e como o "Billy Engomadinho" Clinton ia colocar todos eles na pobreza. Isabel revirou os olhos. Será que tinha deixado de perceber como todos eles eram uns merdas porque estivera bêbada demais para isso? Tomou o último gole diluído e empurrou o copo. Nico fez menção de enchê-lo de novo e ela colocou um guardanapo em cima.

— Estou numa boa — disse.

— Qual é. Vou fazer a última chamada daqui a pouco, por causa dessa neve. Mais unzinho e saia comigo.

Isabel conhecia aquele olhar. Fazia um tempo, e considerando a noite que ela tivera, Nico deitado ao seu lado não parecia uma coisa tão ruim. Morria de medo de mais uma conversa sobre por que ela não queria juntar os trapos, mas não desejava ir para casa e enfrentar o desapontamento de Bobby. Passaria a noite com Nico e faria o turno duplo para compensar a perda do dinheiro. Sorriu para ele, mas manteve a mão em cima do copo.

— Depressa — disse.

Nico estava lavando os copos de chope com vigor renovado quando a porta da frente se abriu sugando ar frio. Um negro alto espanou neve dos ombros e se sentou a alguns bancos de distância de Isabel. Os frequentadores de sempre interromperam a conversa e olharam para suas cervejas.

— Já tô fechando, maninho — disse Nico.

Isabel odiava quando Nico fazia isso; a pseudofala de rua, condescendente, sempre que um negro entrava no bar. Lançou um olhar duro para ele. Nico franziu a boca na direção dela, depois levantou o indicador para o homem, dando a entender que permitiria uma bebida. O homem captou o gesto de Isabel e levantou o queixo na direção dela.

— Obrigado — disse ele.

Isabel virou o queixo bruscamente para ele.

Aquela voz. De onde conhecia aquela voz?

Nico serviu a bebida dele. Isabel olhou, tentando não parecer que olhava. Ele lhe deu um segundo, depois um terceiro olhar, com uma expressão de quem sabia que a conhecia, mas não conseguia imaginar de onde. Sem graça por ter sido apanhada espiando, Isabel virou seu copo quase vazio. O gelo preso no fundo bateu nos dentes e a água escorreu pelo queixo. Nico lhe ofereceu um guardanapo e ela o pegou rapidamente. Enxugou o rosto do melhor modo possível, tentou não parecer mais uma bêbada desajeitada e imaginou por que, de repente, ligava para o que esse cara estava pensando.

— Posso pagar um para você, a saideira? — perguntou o homem.

— Já que você conseguiu que ele me servisse um.

Dessa vez a voz foi identificada e a adrenalina bateu na corrente sanguínea de Isabel. Os cheiros de comida frita ficaram subitamente avassaladores e repugnantes. Os cubos de gelo em seu copo se partiram derretendo, como o estalo antes de uma avalanche. Ela girou o copo em círculos na poça d'água no balcão e passou os polegares para cima e para baixo nas bordas suadas. O homem a observava. Nico a observava. Todo mundo a observava, desgraça. Sua garganta parecia inchada e incapaz de falar. Ela assentiu para o homem com um sorriso tenso. Ele inclinou a cabeça diante da sua não resposta e Nico interveio:

— Ela está numa boa. Daqui a quinze minutos a gente fecha.

O homem tomou um gole do uísque, mostrou os dentes e soltou um sibilo. Meu Deus, *era* ele. Os velhos hábitos demoravam a morrer. A raiva cresceu. Esse bar era *dela*. Era o *seu* lugar. O que ele estava fazendo aqui? Queria odiá-lo só porque se lembrava de como ele sempre fazia isso quando bebia uísque. Queria odiá-lo pelo fato de isso ainda ser cativante, porque... quem bebia uísque como um estudante universitário? Queria odiá-lo por ainda ser tão desgraçadamente lindo, pelo fato de mais de duas décadas terem feito pouco para envelhecê-lo.

A pele um pouco mais suave em volta do maxilar, talvez, a linha dos cabelos um pouquinho recuada. Ainda um gato. Mas a despeito de todo o ódio que tentou invocar, Isabel sentiu outra coisa. Uma coisa além da raiva que ela ainda não sabia se existia, algo que ela dizia a si mesma que jamais sentiria de novo por ele. Mas ali estava ele, e ela percebeu que toda aquela autoconfiança era papo furado.

Então riu. Só uma risadinha consigo mesma. Não ter tido tempo de jantar, junto com as doses pesadas de Nico, a haviam deixado de pilequinho.

De jeito nenhum é ele.

— Alguma coisa engraçada? — perguntou o homem.

— Hein? — disse ela.

— Achei que você tinha rido. Foi?

Ela balançou a cabeça com os lábios comprimidos. Se não era ele, por que não conseguia falar? Por que mal conseguia olhá-lo? Nico pairava entre os dois, enxugando incessantemente o mesmo copo de chope. Seu olhar saltava para lá e para cá, entre os dois.

— Bom, de qualquer modo, obrigado de novo — disse ele a Isabel.

— Eu precisava disso. — Ele enfiou a mão no bolso de trás e apontou o copo vazio dela. — Esse aí é por minha conta.

Ele fechou os olhos e xingou baixinho quando a mão voltou vazia do bolso de trás.

— Qual é, irmão! — respondeu Nico.

— Juro por Deus — disse ele. Está no meu armário no hospital. Sou médico. Tenho dinheiro e cartão de crédito. Vou levar no máximo dez minutos para ir lá e pegar.

— E dez para voltar. — Nico fez um gesto na direção de Isabel. — Estamos tentando sair daqui antes que essa tempestade piore demais.

Isabel lançou outro olhar sujo para Nico. Ele a encarou, confuso.

O homem procurou no balcão e pegou uma cartela de fósforos num copo cheio delas. Escreveu alguma coisa e entregou a cartela a Nico.

— Volto amanhã à noite com o dobro do que estou devendo — disse. — Me ligue neste número se eu não vier. Sinto muito, de verdade.

— Pode crer, vou esperar — disse Nico.

O homem pediu desculpa aos dois outra vez e saiu do bar. Quando ele tinha ido embora, Nico olhou para a cartela de fósforos e riu.

— Médico é o meu rabo — disse. — Provavelmente é uma porra de um auxiliar de enfermagem. E, afinal, o que é que você tem? Conhece ele ou alguma coisa assim? Pareceu que você ia vomitar.

A garganta de Isabel destravou.

— Vi um fantasma.

— Quer dizer, um ser trevoso — disse Nico. Os ratos de bar gargalharam. Nico pendurou o pano de prato no ombro e os mandou afetuosamente embora. Jogou a cartela de fósforos em cima do balcão. Isabel se levantou e se inclinou para lê-la. Os dedos molhados de Nico tinham manchado a tinta, mas o nome estava claro.

Robert Winston.

O pai de Bobby.

Isabel se firmou no balcão. Sua pulsação latejou nos ouvidos e a pele se arrepiou. Partiu rapidamente para a porta. Lá fora olhou para um lado e para o outro da rua, procurando a memória fantasma de um homem que tinha aparecido e sumido como fizera tão bem no passado. Através de uma cortina de flocos de neve viu uma silhueta que virou a esquina e desapareceu. Pôs as mãos nos joelhos e sentiu ânsias de vômito. Nico surgiu correndo atrás dela e a segurou pelos ombros.

— Você está legal? — perguntou.

— Ahã. — Ela forçou um sorriso. — Acho que não estou aguentando mais a bebida. — Nico guiou-a de volta para a porta, mas ela se afastou e lhe deu um tapinha no rosto. — Tô encerrando o expediente, tá bom? Ligo pra você.

— O quê? Tem certeza?

— Estou numa boa, querido.

— É, tudo bem. — Nico pôs as mãos nos bolsos e voltou para dentro.

Isabel parou o carro numa vaga diante do apartamento. Os pneus carecas derraparam na neve e o dianteiro direito subiu no meio-fio. Ela abriu a porta e parou, fechando-a de novo. A neve caía mais forte, o para-brisa era como uma TV fora do ar até de manhã. Ela mordeu a parte interna da bochecha. Não havia como explicar isso a Bobby para que ele entendesse.

O dinheiro perdido, o hálito de vodca. O pai dele, supostamente morto havia tantos anos, num bar onde ela dizia que não iria entrar. Suas mãos apertaram o volante. Sentiu gosto de sangue da pele machucada na bochecha e passou a língua no ferimento.

Não havia nenhuma luz passando pela janela do apartamento no porão. Ele ainda devia estar no trabalho, ou então dormindo. De qualquer modo, era um adiamento temporário.

O corredor não tinha mais calor do que o lado de fora. Isabel bateu os pés para tirar a neve dos sapatos de solado fino e a água encharcou o carpete imundo. Uma reprise de Columbo trovejava em volume máximo no apartamento ao lado. Enquanto destrancava a porta, suas chaves chacoalharam na coleção de chaveiros com seu nome. Personagens de desenho animado cuja tinta decorativa havia descascado. Presentes de infância de Bobby. Apesar de fazerem volume no bolso, ela jamais havia pensado em jogá-los fora.

Abriu a porta suavemente com o ombro, tomando cuidado para não deixar que ela agarrasse no carpete puído. Sussurrou chamando Bobby enquanto seus olhos se acostumavam ao escuro.

Silêncio. Nenhuma respiração, nenhum ronco.

As luzes de um carro varreram a janela. O lençol e o cobertor de Bobby estavam dobrados num quadrado perfeito em cima do travesseiro no sofá. Ela soltou o ar e caminhou pelo corredor, com as mãos na parede, até seu quarto. Acendeu a luz, jogou as chaves na penteadeira e caiu de costas no colchão. A lâmpada nua zumbia fracamente. Olhou as manchas de água no teto. Nas noites em que Bobby não conseguia dormir eles ficavam deitados juntos e fingiam estar em continentes diferentes, terras de fantasia dos livros dele, só que *eles* governavam como rainha e príncipe, governantes bons, mas que não admitiam ser desconsiderados. Ela pedia para ele citar os nomes dos seus dragões e de todos os guerreiros dos exércitos dos dois até que ele caía no sono.

Repetiu os nomes que lembrava e suas pálpebras ficaram pesadas, exaustas pelas emoções das últimas horas. Piscou abrindo-as e sentou-se. Tinha corrido para casa não somente para chegar antes de Bobby, mas por causa de algo que desejava ver em segredo.

Pegou no armário uma caixa de fotos na prateleira de trás. Procurou em meio a Polaroids e tiras de fotos de cabine automática, retratos de gente velha, fotos de bebês e de família.

Onde estava? Teria jogado fora?

Derramou todas para o lado e parou. Encontrou uma que não estava procurando, mas que não pôde deixar de olhar de novo.

A formatura de Bobby no jardim de infância. Ele era tão bonito! As crianças tinham capas e capelos lindinhos. Homenzinhos e mulherzinhas com dedos enfiados no nariz, dançando como se precisassem mijar. Bobby não. Seu cabelo preto e lindo se projetava das laterais do capelo como asas. Uma vez Isabel disse a ele que não podia deixá-lo ir lá fora, ao vento, porque ele sairia voando e iria deixá-la sozinha. Então ela o girou no ar e ele soltou aquele risinho estendendo os braços como se fosse um avião. Ele tinha fendas minúsculas entre os dentes do tamanho de chicletes, quase grandes demais para a boca, o sorriso perfeito demais na imperfeição. Naquela época as coisas eram muito mais simples, ao menos por um tempo. Ele sorria muito mais. Os dois sorriam. Isabel separou essa foto e ficou olhando. Depois a encontrou no fundo da pilha.

Robert e Isabel. Um empregado do parque em Kennywood havia tirado para eles durante o único encontro verdadeiro que os dois tinham tido. A saída da Fantasma de Aço estava ao fundo. Eles tinham acabado de descer da montanha russa e o cabelo dela estava uma confusão só. Robert havia sussurrado alguma coisa em seu ouvido quando a câmera espocou e a pegou com a boca escancarada e gargalhando.

Para com isso. Não romantize a coisa de novo.

Isabel segurou a foto da formatura de Bobby ao lado da sua foto com Robert, de modo que os rostos dos dois estivessem lado a lado.

Meu Deus, tão parecidos e tão diferentes!

Será que ela conseguiria? Pôr de lado a raiva?

Talvez Bobby sorrisse de novo, um sorriso de verdade, grande e luminoso, as bochechas fazendo os olhos franzirem até virar fendas. Seu menininho, não endurecido e amargo devido ao mundo em que vivia agora, o mundo de cuja criação ele não tinha participado. Ele merecia uma chance de ter o pai na vida. Mas o que isso significava? Para ela? Para Bobby? A ideia de seu filho estar protegido e feliz tinha mais peso e calor? Nada garantia esse resultado.

Não tinha parecido tão assustador quando havia olhado aquele sorriso do jardim de infância, mesmo significando que ela poderia perder tudo.

Pôs as duas fotos na mesinha de cabeceira e voltou para o armário com a caixa das outras. Empurrou-a para trás na prateleira, encostando na parede, quando sua mão roçou numa garrafa. Uma solução do tipo "quebre em caso de emergência" que tinha guardado depois de jurar a Bobby que faria uma tentativa honesta de manter a sobriedade.

— Você prometeu — disse em voz alta.

Virou-se para se afastar do armário, mas uma das mãos se demorou na prateleira, como se uma criança mimada estivesse puxando-a, insistindo que deveriam brincar só mais cinco minutos.

Pegou a garrafa e tomou três goles compridos. Amanhã seria um grande dia, afinal de contas, e ela precisava dormir um pouco. Esperava que Bobby estivesse em segurança, com toda essa neve.

CAPÍTULO CINCO

Um caminhão apitou em marcha a ré enquanto sua pá raspava o asfalto. O som acordou Bobby. Uma baba seca havia colado fibras do carpete em seu rosto. Levantou-se e olhou por cima da beira da cama. Aaron não havia se mexido. O quarto tinha persianas pretas e Bobby não fazia ideia das horas. Talvez não tivesse dormido tanto tempo assim. Os caminhões limpa-neve significavam que as ruas deviam estar liberadas, o que significava que os ônibus podiam estar rodando.

As dobradiças da porta rangeram quando ele a abriu, só o suficiente para passar espremido, e o piso estalou e gemeu. Por que tudo fazia tanto barulho quando ele não queria ser ouvido? Olhou para trás, mas Aaron não se mexeu. Foi pisando leve pelo corredor e passou por Cort, que dormia feito um defunto no sofá com a mão dentro da calça.

Estava claro do lado de fora, mas Bobby não conseguia ver o sol. Fiapos de nuvens cinza viravam pretos ao passar diante dele, como fumaça de um incêndio crescente. Os caminhões limpa-neve não tinham chegado às ruas secundárias. Nunca pareciam ter tempo para os bairros pobres, ainda que ali morassem as pessoas que mais precisavam ir para o trabalho.

Bobby enfiou as pernas das calças dentro das botas e foi andando pela neve que chegava à altura dos tornozelos. A intervalos de alguns passos se virava para olhar por cima do ombro. Em todas as vezes esperava ver Aaron atrás.

De que estou com tanto medo? Meu Deus. Ele disse que nunca iria me machucar.

Não, espera aí. Ele perguntou se eu achava *que algum dia ele iria me machucar. Não disse que não* iria.

Bobby tinha mentido para ele desde que o conhecia. Algo na voz de Aaron na noite anterior, quando lhe disse o significado do seu sobrenome — o sorriso torto — parecia revelar que sabia e não sabia ao mesmo tempo. Bobby escutou outra vez a voz de Aaron na cabeça, falando sobre animais que precisavam ser abatidos.

Algo familiar demais, porém nunca antes vindo de Aaron.

Encontrou um ponto de ônibus coberto na Quinta Avenida. Pneus de carro chiavam na rua molhada. Sentou-se no banco e encostou a cabeça no acrílico. O plástico arranhado o lembrou da janela que o havia separado de Aaron na prisão. Afastou a cabeça.

Quando era criança ele tinha terrores noturnos. Sua cama ficava encharcada de mijo e suor, e Isabel vinha abraçá-lo. Na época, ele não se incomodava tanto com o hálito de birita, já que fazia com que ele não sentisse o cheiro do próprio mijo. Ela dizia para não se preocupar, que os terrores só dão medo à noite. À luz do dia você vai ver como eles são bobos. As coisas sempre dão mais medo à noite. Ela levantava seu queixo, sorrindo. *Por isso é que eles não são chamados de terrores diurnos.*

Ele dormia de novo sabendo que a manhã ia chegar e os terrores não lhe fariam mal. Mas ali, no ponto de ônibus, estava aterrorizado. Aterrorizado com o cara que antigamente era seu melhor amigo, aterrorizado com o que tinha feito, aterrorizado com o que poderia fazer, com o que tinha se tornado.

Aterrorizado ao pensar que, em mais de um sentido, podia ter influenciado aquilo.

O ônibus passou num buraco. Os hotéis e quitinetes de Oakland e Shadyside deram lugar a casas geminadas e bares, como a metade descendente de uma curva de sino lembrando a Bobby que seu normal não ficava no meio. O ônibus trovejou passando por cima dos grossos montes de neve na avenida Frankstown. Bobby puxou a cordinha. Quando virou a esquina, viu o pneu do lado do carona do Fox em cima do meio-fio.

Isabel estava em casa.

Pela primeira vez, desde que podia lembrar, sentiu alívio por isso.

O programa *The Price is Right* trovejava por trás da porta do apartamento vizinho. Eles nunca viam ninguém entrar ou sair e, toda vez que Bobby passava pela porta, o cheiro de mijo de gato era mais forte do que o do mofo entranhado no carpete do corredor. Às vezes imaginava se alguém estaria morto ali e, nesse caso, o que a polícia faria com a televisão. O som só parava quando as estações ficavam fora do ar. O chiado ajudava Bobby a dormir. Quando Bobby destrancou sua porta, alguém apostou um dólar e ganhou um jet ski novo.

Bobby empurrou a porta com força para soltá-la do portal empenado e gritou o nome de Isabel para dentro do apartamento. Não houve resposta. Depois roncos. Pegou uma jarra de cerâmica no armário acima da pia para juntar suas gorjetas às dela, mas quando contou havia pouco mais do que na noite anterior. *Será que ela não tinha ido trabalhar?* Faltavam duas semanas para o dia do aluguel. Ele precisaria fazer mais um turno duplo. Ela também. Foi até o quarto dela. No apartamento ao lado alguém adivinhou o preço real no varejo e ganhou mil dólares e um armário de louças.

A porta estava com uma fresta aberta. Um jazz cheio de estática vinha do rádio relógio na mesinha de cabeceira. Ele a abriu devagar e espiou dentro. Isabel estava deitada de costas, de boca aberta enquanto seus roncos guturais reverberavam no quarto minúsculo. Bobby tinha ouvido esse tipo de ronco antes, mas fazia semanas que isso não acontecia. Três, para ser exato. Acompanhou o braço dela pendurado na beira da cama, os dedos dobrados em cima da alça plástica da vodca Popov. Vazia.

— Você tá de sacanagem comigo, porra — sussurrou.

Um ronco se prendeu na garganta e ela tossiu e se remexeu, mas rolou de lado e continuou dormindo. Por um momento, a raiva de Bobby suplantou o medo. As coisas estavam indo muito melhor, mas ela não tinha conseguido se segurar por um mês. Sempre que Bobby mais precisava, a mãe mostrava que não era confiável. Ele precisaria resolver sozinho a situação com Aaron, se bem que só Deus sabia como isso poderia ser feito. Mas precisava saber por que Isabel tinha escorregado de novo.

Abriu a porta com tanta força que ela bateu na parede com um estrondo. Isabel sentou-se com um susto e segurou a cabeça. Bobby se encostou no portal, de braços cruzados, e esperou que as teias de aranha nos olhos dela se dissipassem. Ela gemeu e apertou a palma da mão na testa. Piscou para afastar a claridade do quarto e pôs os pés no chão, derrubando a garrafa vazia.

— Merda — sussurrou.

— Nem me fale.

— Manda ver. Pode pegar pesado. Eu mereço.

Bobby olhou-a da porta, em silêncio. Ela o encarou por baixo dos cabelos embolados.

— Anda — disse ela.

— A gente tem duas semanas — disse ele baixinho. — E a jarra está praticamente vazia.

— Eu estava conseguindo, Bobby. Estava quase lá.

— E?
— Isso importa? Você já decidiu que eu fiz merda.
— E fez?
Ela apoiou a cabeça nas mãos e gemeu.
— Sim e não.
Do outro lado da parede alguém perdeu um jogo de Plinko e as trombetas da derrota soaram. Bobby riu da coincidência de tempo, mesmo contra a vontade. Isabel também. A sensação foi boa, como um tubo de vapor soltando a pressão. Ele descruzou os braços e se sentou ao lado dela, na cama. Rolou a garrafa virada embaixo do pé.
— Você prometeu — disse.
Isabel passou os dedos embaixo dos olhos para enxugar as lágrimas antes que caíssem.
— Eu sei.
— Foi para isso que foi o dinheiro do aluguel?
Ela pareceu insultada com a pergunta e se virou para Bobby com raiva nos olhos, mas o franzido no rosto se suavizou quando olhou para o filho. Enfiou uma mecha desgarrada atrás da orelha dele. O gel tinha saído e o cabelo se retraiu lentamente para os cachos naturais. Bobby viu que havia algo que ela queria contar, mas não sabia o quê. A boca de Isabel se franziu e uma lágrima escorreu pelo rosto dela.
— Não — disse. — Não foi para isso que o dinheiro foi.
Bobby queria pressionar mais, porém ela também podia ter perguntas. Por exemplo: por que ele tinha voltado só agora? Em sua raiva imediata não havia pensado nisso, quanto mais em qual seria sua história. Ela olhou para os pés e ele não pressionou mais.
— Você acha que pode pegar um turno duplo?
Bobby assentiu.
— E você?
— Claro.
O avô de Bobby adorava pôquer. Uma vez levou Bobby a um jogo com um punhado de colegas aposentados da polícia. Disse para ele ficar

vigiando os outros jogadores, para ver se estavam se remexendo. O modo como eles brincavam com as fichas. Para que direção os olhos deles iam depois de terem olhado as cartas. Ele dizia que todo mundo tem um modo de se revelar. Pequenos tiques, até mesmo as coisas que as pessoas diziam, e como diziam, revelavam um mentiroso. Bobby não demorou muito para descobrir que Isabel também tinha um modo de se revelar.

Era "óbvio".

Ela podia pegar um turno duplo, mas *não iria* pegar. Isso estava na sua voz. *Ele* tinha certeza. Balançou a cabeça e fez menção de sair. Isabel o chamou.

— Onde você estava, afinal?

Porra.

— O quê?

— Você chegou em casa agora, não foi?

— Aaron voltou — disse Bobby.

— Da prisão?

— É.

— Eu deveria ter deixado você ficar com o carro. Você sabia que ele ia sair?

— Sabia. Tudo bem.

Ele se encostou de novo no portal e beliscou os calos onde a palma da mão encontrava os dedos, engrossados por anos empilhando caixotes de leite e carregando pratos quentes. Descobriu a pele nova e rosada por baixo, depois enrolou a pele morta em comprimidos pequeninos e os deixou cair no chão. Queria que Isabel o abraçasse. Fizesse aquele dia ir embora. Parasse de beber e não quebrasse promessas. Não pedisse para ele trabalhar mais ainda. Que o protegesse como deveria. Não mentisse para ele como parecia achar que precisava. Olhou a pele onde os calos haviam estado. Se ao menos fosse fácil assim, arrancar a pele de tudo e recomeçar! Seus olhos arderam e o nariz escorreu.

— Aconteceu alguma coisa? — perguntou Isabel.

Bobby virou as costas para ela, enxugando os olhos.

— Pode ficar com o carro de novo hoje — disse. — Só preciso tomar um banho e me trocar.

— Espera. — Ela chegou atrás dele. — Sei que parece que eu fiz merda demais, mas *juro* que teve um motivo. Pro dinheiro, para a vodca. Só preciso resolver uma coisa primeiro e juro que tudo vai fazer sentido. Vou dar um jeito nisso, tá bem?

— É, tá. — A voz dele embargou. Isabel pôs a mão no seu ombro e perguntou:

— Você confia em mim?

— Claro — respondeu ele, em seguida saiu e fechou a porta.

CAPÍTULO SEIS

Bobby chegou ao bistrô a tempo de substituir um garçom no turno do almoço, mas o movimento estava uma bosta. Apenas empregados de estacionamentos que só queriam tira-gostos e acampavam nas mesas com um refil de café depois do outro. Ele olhou para a tela do computador e tentou lembrar o que a mulher da mesa trinta e cinco tinha pedido de sobremesa. Normalmente era capaz de memorizar um pedido com mais de dez itens sem ter de anotar, mas hoje não conseguia lembrar o que ela queria. *Quem pedia sobremesa às três da tarde, afinal?*

Doze horas de medo o haviam desgastado. As manias bobas dos clientes, que costumavam apenas chateá-lo, agora o deixavam à beira de cometer um homicídio. Tinha visto outros garçons se vingando com um jato de colírio Visine no café de um freguês, para causar diarreia, ou cuspindo no lado de baixo do pão de hambúrguer e depois ficar curtindo o show. Em mais de uma ocasião tinha se sentido tentado a fazer o mesmo, mas nunca chegou a esse ponto. Agora queria voltar para o salão e apertar o pescoço daquela mulher. Surpreendeu-se com a própria hostilidade, quando horas antes estivera diante da malignidade verdadeira, de uma violência real com consequências reais que ainda não tinham se dissolvido. Mesmo assim, de certa forma, era bom sentir algo que não fosse medo. Mas a sensação foi fugaz.

Aaron entrou na cozinha. Usava a calça xadrez, de trabalho, enfiada nas botas e tinha um dólmã de cozinheiro, de mangas compridas, pendurado no ombro. Ele parou ao ver Bobby perto do computador.

— Ei — disse. — Você está aí. Aonde você foi?

Russell gritou da janela por onde estava puxando os pratos para ser guarnecidos com molhos.

— Cubra isso aí, Aaron.

Ele apontou para as tatuagens nos braços de Aaron. Aaron revirou os olhos e vestiu o dólmã.

— O que você está fazendo aqui? — perguntou Bobby. Aaron nunca tinha precisado trabalhar, mas um restaurante havia sido uma fachada ótima para vender drogas antes de ser apanhado. Ele ganhava mais dinheiro em uma noite do que Bobby em uma semana de trabalho. — Voltou aos negócios?

— Exigência da minha condicional. Não preciso usar tornozeleira enquanto estiver trabalhando aqui e o Russell responder por mim. Nós resolvemos isso antes de eu sair. Fiz ele prometer que não ia contar a você que eu vinha, para surpreender você ontem à noite.

Bobby assentiu. Ele tinha mesmo feito isso. Voltou à tela do computador, mas Aaron não largou seu pé. A voz dele baixou:

— E aí, sério, aonde você foi?

Bobby levantou os olhos. O rosto de Aaron tinha mudado. Mesmo não tendo certeza, Bobby achou ter visto alguma preocupação. Talvez até medo. Será que as consequências do que Aaron tinha feito haviam sido finalmente registradas?

O olhar de Aaron percorreu o rosto de Bobby. Ele o avaliou, escaneou como se fosse uma espécie de ciborgue, imaginando se Bobby teria contado a Isabel, à polícia, a qualquer um a quem não deveria. Bobby sentiu de novo aquela leveza nos pés, a sensação de que seu corpo não era seu, e imaginou qual seria a idade mínima para ter um derrame. Aaron esperou a resposta enquanto os sons da mudança do turno penetravam na cozinha. Um garçom que Bobby sabia que estava terminando o turno passou por trás de Aaron. Bobby deu a volta em Aaron e puxou a camisa do garçom que passava.

— Ei, quer folgar essa noite? — perguntou.

O garçom parecia exausto.

— Quero, porra — respondeu ele passando a mão pelo cabelo. — Acho que ainda estou bêbado. Merda, é que eu tenho uma ajudante.

— Tudo bem. Eu pego — disse Bobby.

Uma ajudante significava que Bobby ganharia um mínimo em cima das gorjetas enquanto uma estagiária mais ou menos faria o serviço por ele. Ele e Isabel poderiam conseguir o dinheiro do aluguel se ele não terminasse na cadeia ou morto. O garçom foi até Russell, junto ao passa-pratos, para avisar da troca. Bobby se virou de novo para Aaron, que estava cada vez mais impaciente.

— E aí? — perguntou Aaron.

Russell gritou de novo:

— Bobby, leva essa sopa de brócolis com queijo para a noventa e cinco, tá bem?

— Quer primeiro tirar a gravata de dentro dela? — perguntou Bobby.

Russell olhou para baixo, soltou sua gravata e a jogou no balcão com um som molhado antes de servir uma tigela nova. Um cozinheiro empurrou pelo passa-pratos o cheesecake que Bobby tinha pedido. Aaron ficou olhando-o enquanto ele pegava os dois pratos para levar ao salão. Bobby olhou-o de volta. Aaron ainda estava encarando-o.

— Preciso entregar isso. — Bobby segurou os pratos na frente do rosto e saiu depressa. Ouviu Aaron sugar entre os dentes enquanto ia para os fundos da cozinha.

Bobby serviu a comida e se encostou na sua bancada. Pensou no maior número de motivos possível para dizer a Aaron por que tinha saído antes que ele acordasse.

Aaron podia ter matado alguém e Bobby era cúmplice por ter dirigido o carro da fuga? Esse era um bom motivo.

Em todos os anos em que os dois se conheciam, ele tinha escondido o fato de que seu pai era negro e que achava que, se Aaron descobrisse, iria machucá-lo ainda mais do que tinha feito com o garoto da "O"? Esse também era bom.

Apertou as palmas das mãos nos olhos até eles se espremerem e fogos de artifício espocarem atrás das pálpebras. Não tinha ideia do que fazer, e o medo e a incerteza o esmagavam.

A mudança de turno implicava uma reunião nos fundos do restaurante. A maioria dos garçons fumava, e depois de algumas censuras dos que não fumavam, todo mundo se juntou lá atrás. Ficavam se remexendo de um pé para o outro, para se esquentar, a fumaça se misturando com o vapor da respiração. Michelle, a estagiária de Bobby para essa noite, parou ao lado dele. Usava calça colante preta e botas com os cadarços desamarrados. O cabelo tingido de vermelho-sangue saltava de baixo da boina. Bobby revirou os olhos quando Russell começou a falar de garçons que esqueciam os pedidos de sobremesa e sobre roubos por parte dos empregados. Enquanto alguns garçons iam embora, outros conversavam sobre qual ajudante de qual etnia estava por trás dos roubos. Bobby tinha suas suspeitas. Olhou para Luis, que interpretou o olhar e lhe mostrou o dedo médio. Michelle anotou cada palavra dita por Russell como se fosse uma repórter, e seu entusiasmo irritou Bobby imediatamente.

Aaron estava perto de Russell. Bobby olhou para ele, sem intenção, mas incapaz de evitar, preparado para desviar os olhos no instante em que Aaron percebesse. Mas ele nem olhou na sua direção. Aaron esperou Russell terminar e lhe passar a palavra, para falar dos especiais para a noite. Ele olhou para todo mundo, *menos* para Bobby. Ao terminar, acendeu um cigarro enquanto os não fumantes e os que já estavam fartos do frio se amontoavam junto à porta e entravam. Bobby passou por Aaron de cabeça baixa, mas Aaron pegou seu pulso.

— Aguenta aí um segundo — disse ele.

Michelle esperou no corredor logo depois da porta aberta. A cortina de calor acima da porta soprava forte abafando os sons da cozinha. Bobby sinalizou dispensando-a. Ela fez um sinal empolgado com os dois polegares para cima e foi para a frente. Aaron soltou o pulso de Bobby e o sangue voltou aos dedos dele. Em seguida, deu um passo atrás e deixou a porta se trancar.

Era isso? Aaron tinha concluído para onde Bobby tinha ido? Talvez tivesse descoberto a verdade sobre o pai de Bobby, afinal de contas, ainda que Bobby não conseguisse imaginar como. No entanto, a velocidade frenética dos pensamentos fazia com que qualquer hipótese parecesse possível.

Lembre, ele não disse que não machucaria você. É, certo. Ele arrebentou a cara de um sujeito na rua e nem o conhecia, e o cara nunca mentiu para ele.

Bobby enfiou as mãos num bolso na frente do avental e passou o dedo pelas bordas do saca-rolha do seu abridor de vinho. Se o pegasse com rapidez suficiente poderia acertar na parte mais macia do rosto de Aaron, caso ele tentasse atacá-lo.

Esse pensamento trouxe de volta a imagem do rapaz caído na rua.

Soltou o saca-rolha.

Aquela visão tinha representado violência suficiente para o resto da sua vida, e, no entanto, ele estava a menos de dez metros do seu melhor amigo e pensando no melhor modo de acabar com ele. Até agora, os instintos de Bobby tinham sido falhos, e ele sabia. Talvez fosse hora de ignorá-los.

— Olha, mano — disse Bobby.

Aaron levou o dedo aos lábios e o silenciou.

— Sabe o que é esquisito? Ainda não me acostumei em abrir portas. — Ele soltou fumaça com o canto da boca. — Quem iria imaginar que essa é uma coisa com a qual a gente se acostuma? Ir de um lugar pro outro só porque a gente sente vontade. Meu Deus, é a coisa mais simples do mundo. Mas a gente considera normal. Ir de um cômodo pra outro. Sair. Fechar a porta do banheiro. Não dá mais pra considerar que nada é normal, Bobby. Nem por um segundo.

Ele levou a mão às costas e Bobby apertou de novo o abridor de vinho. Aaron trouxe de volta um envelope branco e o segurou à frente do corpo. Bobby pegou-o e encarou Aaron enquanto abria o envelope e descobria que ele estava cheio de notas de vinte, cinquenta e cem.

— Que diabo é isso? — perguntou.

— Isso — respondeu Aaron soltando outra nuvem de fumaça — são uns três meses de aluguel.

Bobby devolveu o envelope cheio.

— Não vou aceitar seu cala-boca.

— Cala-boca? — Aaron gargalhou. — Quem disse isso? Você assiste a muita televisão, mano.

— Ah, meu Deus — disse Bobby, aumentando o volume. — Não aceito. Não aceito mesmo, porra. — Ele não sabia se estava falando do dinheiro, de Aaron ou das duas coisas.

— Você pode pegar, porque precisa. Você e Isabel. Eu tinha um dinheiro guardado, ninguém sabia onde, antes de ir para lá.

— *Para lá*? Você não tirou férias prolongadas, Aaron. Você estava na prisão. Esse dinheiro é da venda de drogas, e a venda de drogas colocou você na prisão. Exatamente o lugar para onde vamos nós dois depois do que você fez ontem à noite.

— Acha que eu preciso que você diga onde eu estava?

— Então por que fez aquilo com o cara?

— Fala baixo, porra.

Bobby chegou mais perto de Aaron e falou com os dentes trincados. A indiferença de Aaron o deixou com raiva e por um momento Bobby esqueceu que sentia medo dele.

— Você pode ter assassinado aquele carinha, Aaron, e *me* arrastou para aquilo.

— Uns guardas na prisão eram ex-policiais — disse Aaron.

Bobby levantou as mãos e se afastou. Ficou andando na frente dele, enojado com o que parecia ser outro iminente papo de cadeia.

— Não me importa o que...

— Cala a boca e me deixa terminar.

Bobby parou de andar.

— Sabe o que eles pensavam dos macacos que nem aquele bandidinho? Fosse lá dentro ou aqui fora no mundo? Nada. Eles não pensavam *nada* deles. Menos do que a bosta em que você pisa e fica presa nas ranhuras da sola do calçado, tão grudada que você precisa tirar com uma faca antes de jogar no lixo. Eles pensavam menos ainda do que isso sobre eles. Eles fingiam que não viam uma estocada no banheiro em troca de menos do que você ganha no final de um turno de domingo.

Bobby cruzou os braços para disfarçar um tremor. Não queria saber por que Aaron sabia disso. Seus olhos ardiam e lágrimas se juntavam nas pálpebras de baixo. Aaron devia ter sentido seu medo. Ele foi até Bobby e pôs as mãos pesadas nos ombros dele.

— Sei que você está apavorado. Foi um negócio de dar medo. Eu disse a você: não queria que a coisa acontecesse daquele jeito, mas precisou ser assim. — Aaron tentou puxar Bobby para um abraço, mas Bobby tirou as mãos dele dos ombros e foi até o outro lado da área de carga e descarga. Os braços de Aaron continuaram suspensos no abraço potencial, depois baixaram ao lado do corpo. Ele balançou a cabeça, incrédulo.

— Tem alguma moral nessa história? — perguntou Bobby.

— Tem sim, Bobby. Ninguém vai ligar a mínima para aquele cara. Eu menos ainda do que todo mundo. — Ele jogou o dinheiro de volta para Bobby, acertando-o no peito. O envelope caiu no chão. — E ninguém mais vai ligar, se você ficar com a porra da boca fechada. Pode chamar de cala-boca, se precisar. Agora você pode não entender, mas eu só fiz aquilo por sua causa. Pra ajudar você.

— Me ajudar? — Bobby gargalhou. — Meu Deus, você vai me colocar na cadeia, junto com você.

— Bom, essa opção não existe. Nem pra mim *nem* pra você.

Aaron desapareceu no corredor enquanto a pesada porta metálica se fechava atrás dele.

Bobby olhou para o envelope. Algumas notas de cem se projetavam da abertura e começaram a absorver umidade da neve. Pegou-o e abriu em leque as notas secas. Algumas eram velhas e moles. Outras eram tão novas que pareciam falsas, mais próximas de um cinza do que de verde. Tinham o cheiro que ele imaginava quando as pessoas falavam sobre o odor de um carro novo. Três meses de dignidade, talvez um pouco de descanso tremendamente necessário, bem ali nas suas mãos. Três meses para deixar Isabel conseguir alguma ajuda que pudesse funcionar. Só precisava fazer a única coisa que já havia feito bem: ficar de boca fechada. Mentir. Se fizesse isso, sua vida de merda permaneceria na trajetória de merda até o final de merda, mas previsível. Cacete, talvez até pudesse melhorar um pouquinho.

Talvez Aaron estivesse certo. Talvez ninguém se importasse com aquele cara. Talvez ele pudesse ter feito com Bobby o que Aaron fez com ele. Talvez coisa pior. Mas a mãe do cara iria se importar. Não importando o quanto um filho vire um escroto, a mãe sempre quer que ele volte para casa. Escutou a voz de Isabel perguntando de novo onde ele tinha estado na noite anterior. A mãe daquele garoto devia ter se perguntado por que ele não tinha voltado, por que a polícia apareceu na sua porta no meio da noite, por que alguém faria aquilo com seu neném.

Abriu o envelope de novo e contou as notas.

Mas o cara não devia ter ido atrás deles daquele jeito, não é? Poderia ter deixado para lá, deixado o insulto de Aaron passar, ter sido superior.

Bobby dobrou o maço de dinheiro e o enfiou no bolso de trás, enquanto voltava para dentro e engolia o nó do seu próprio papo furado.

CAPÍTULO SETE

Pratos faziam barulho. O cheiro de gordura fervendo e carne queimando revirava o estômago de Bobby. Ele queria que o céu se abrisse derramando baldes de neve para que o restaurante tivesse de ser fechado mais cedo e ele pudesse simplesmente ir para casa. Mas sabia bem demais o que encontraria lá.

Não tem nada para mim aqui, não tem nada para mim lá.

Passou na frente do passa-pratos calorento. Aaron olhou-o irritado enquanto colocava comida na prateleira de metal à frente. Michelle vermelho coloria suas bochechas, mas o resto da pele estava num tom verde-oliva, apenas ligeiramente mais escuro do que a de Bobby. Sem a boina, Bobby viu que o vermelho no cabelo dela era apenas nas pontas, como se ela tivesse mergulhado as extremidades em tinta. O resto era totalmente preto e cortado bem curto num dos lados. Havia uma pedrinha verde na narina esquerda e fileiras de argolas de prata nas bordas das orelhas.

— Acabaram de pegar uma mesa nossa — disse ela.

— Vem.

Deixaram para trás os gritos obscenos entre os garçons e o pessoal da cozinha em troca do zunzum do salão. Bobby absorveu a energia de uma noite movimentada. Gostou da oportunidade de se soltar. O restaurante se enchia de pessoas que evitavam preparar uma refeição, que se sentavam em público onde seriam obrigadas a ser educadas antes que o clima as trancasse em casa e retirasse esse luxo. Bobby não fazia julgamentos. Ali ele se escondia em plena vista, exatamente como elas.

Crianças gritavam enquanto garçons cantavam cansadas músicas de aniversário. O pessoal dos escritórios formava uma ferradura em volta do balcão do bar. Empresários devoravam asas de frango baratas, servidas na *happy hour*, velhas demais para serem vendidas no cardápio normal.

Michelle e Bobby chegaram à sua seção e encontraram uma mesa com cinco jovens negros examinando os cardápios.

— Sério? — disse Bobby.

— O quê? — perguntou Michelle.

Bobby balançou a cabeça e orientou Michelle a pegar os pedidos de bebidas. Ficou olhando da sua bancada enquanto ela ia até a mesa. Viu que um deles usava quase todas as roupas num tom azul intenso, e pensou de novo no rapaz com o amigo na Original. Eles tinham saído para comer, exatamente como esses caras aqui, jamais suspeitando que um dos dois poderia não voltar para casa. Um deles viu Bobby olhando-os.

Bobby desviou o olhar para o estacionamento do outro lado da janela. Quando se virou de volta, o cara estava sustentando o olhar.

Não tinha visto o rosto do outro cara na Original.

Não pode ser ele. Ele não me viu, de qualquer modo. Não pode ter visto.

Michelle voltou segurando o bloco de pedidos, com o menu embaixo do braço e uma expressão de orgulho. Eles tinham feito o pedido completo e ela queria colocá-lo no computador. Bobby olhou-a em dúvida e passou o cartão para ativar o PDV.

— Eles queriam sopa ou salada? — perguntou.

Ela trincou o maxilar.

— Esqueci de perguntar.

— E como eles queriam esse hambúrguer?

— Merda.

Bobby apertou o botão de cancelamento.

— Olha, nós dois sabemos que eu não vou receber merda nenhuma dessa mesa mesmo se você não fizer besteira.

— O quê?

— Não sei o que esse trabalho é para você, mas é com ele que eu como. A partir de agora, se eu disser para pegar os pedidos de bebidas, só pegue os das bebidas. Não pegue o pedido inteiro como se soubesse o que está fazendo. Eu não posso me dar a esse luxo.

— Espera aí, por que você não vai receber merda nenhuma dessa mesa?

— Não seja idiota.

Michelle recuou o queixo como se tivesse levado um tapa. Bobby pegou o bloco com ela e os dois voltaram à mesa. O sujeito parou de encará-lo quando eles chegaram. A paranoia de Bobby diminuiu.

Pelo resto da noite, Michelle seguiu suas orientações. Os dois não se falaram a não ser que fosse necessário. À medida que a noite prosseguia, os fregueses noturnos iam diminuindo. Outra onda de neve chegou, porém mais lenta do que a previsão do tempo tinha anunciado, com a tempestade perdendo força. O pessoal da última mesa deles se demorava, bebendo. Michelle voltou depois de entregar comida e se encostou na bancada do computador, ao lado de Bobby.

— Larga isso e vai arrumar as mesas vazias — disse ele. — Encontro você no balcão e vamos contar as gorjetas. — Ela prestou continência e se afastou.

Junto ao balcão, o pessoal da *happy hour* tinha ido embora muito tempo antes. Só os ratos de bar continuavam ali, alguns para jogar trívia enquanto outros discutiam sobre os times dos Steelers e dos Pens. Bobby puxou um banco. Pegou o isqueiro no bolso de trás e o girou no balcão. Seus pés quicaram no apoio de latão. Durante toda a noite, tinha morrido de medo do fim do turno. Qualquer tempo passado sozinho para pensar mandava seu cérebro para a linha de largada outra vez. Paul, o barman, lavava copos na pia embaixo das torneiras de chope. Bobby sinalizou para ele pegar um maço de cigarro na vitrine, atrás. Paul empurrou o maço.

— Água com gás? — perguntou Paul.

Bobby olhou para as torneiras. Talvez só um chope. Algo para silenciar o barulho. Era por isso que Isabel bebia, não era? Estática demais no andar de cima. Seria fácil demais. Beber o primeiro rapidamente, ultrapassar o amargo, de modo que o próximo descesse liso até as coisas entorpecerem. Apesar do medo ressurgente, Bobby percebeu que precisava da ansiedade para se manter afiado, com a mente afiada porque, apesar das garantias de Aaron, o que tinha acontecido não iria simplesmente desaparecer. Precisava pensar num modo de sair daquela confusão.

— Vamos pirar de vez — disse Bobby. — Jogue uma rodela de limão aí dentro.

— Uau, espero que você não vá dirigir — disse Michelle atrás dele. Ela puxou um banco para perto de Bobby e fez uma moldura em volta do rosto com as mãos no ar. — Me deixe ver. Não é um negócio religioso. E você não me parece um bêbado violento. Então é daqueles que não aguentam nem uma cerveja? Não segura a onda?

— Que tal isso não é da sua conta? — Bobby levantou a mão. Ela suspirou, entregou o bloco cheio de contas fechadas e enfiou a mão no avental para lhe entregar um maço de dinheiro dobrado.

— Olha, eu sei que fiz merda no início, mas depois consegui levar numa boa. Não foi? Vou fazer você gostar de mim. Sou muito simpática.

Bobby a ignorou e contou o dinheiro. Ela pediu uma cerveja. Bobby contou de novo.

O dinheiro não estava certo. Não podia estar.

— Alguma coisa ficou presa no seu bolso? — perguntou ele.

— Cara, eu estou usando legging.

Ele balançou a cabeça e contou de novo. Paul voltou com uma bebida e Bobby empurrou a gorjeta para ele, com relutância. Paul contou-a e olhou para Bobby e Michelle por cima da borda dos óculos.

— Qual é, meu irmão — disse ele. — Vocês dois?

— Desculpe, cara. — Bobby virou a cabeça bruscamente para Michelle. — Eu estava com a novata. Além disso, a minha seção estava meio escura essa noite.

— Que diabo isso quer dizer? — perguntou Michelle.

Uma voz trovejou ao lado:

— Quer dizer que vocês tiveram de servir pra um monte de pretos.

Bobby se virou e viu Darryl descer devagar os degraus que vinham da área de fumantes. Darryl era o único garçom negro do bistrô. O único de que ele tinha consciência, pelo menos. Sua cabeça raspada brilhava sob as lâmpadas embutidas que iluminavam as antiguidades artificiais nas paredes do nível superior do restaurante. Ele usava um agasalho com capuz, grande demais, e os suspensórios cheios de broches de lapela, pendurados nos ombros no fim do seu turno, estalavam a cada passo das pernas compridas. Darryl tinha uma risada espalhafatosa, uma voz trovejante e nenhum afeto por Bobby.

Os dois haviam treinado juntos para o serviço, mas Darryl já trabalhava ali havia anos, antes de Bobby. Primeiro como lavador de pratos, depois como ajudante de garçom. Bobby se candidatou sem nenhuma experiência e ganhou o posto. Mesmo assim, Darryl lhe mostrou todas as coisas que sabia sobre o restaurante, devido aos anos trabalhando ali. Mostrou como derreter o gelo se alguém quebrasse um copo no bar. Talheres escondidos pré-embrulhados para encerrar um turno mais depressa. Inclusive, tinham um bocado de coisas em comum. Eram filhos de mães solteiras tentando sobreviver. Até que uma noite Bobby reclamou com Paul dizendo que não estava com clima para servir a uma mesa de negros depois que eles lhe pediram talheres limpos. Não tinha percebido que Darryl estava atrás, esperando uma bebida. Darryl não disse nada a Bobby. Nem naquela noite nem em qualquer outra depois disso.

— Esse carinha aqui não suporta servir aos negros — disse a Michelle. — Mas ele está certo. Os pretos não dão gorjeta.

Michelle se virou para Darryl:

— O quê? Isso é maluquice. — Ela pegou um cigarro no maço de Bobby e o acendeu.

— Não, numa boa, fica à vontade — disse Bobby.

— Então — continuou ela, para Darryl — você acha que nenhum negro dá gorjeta.

— Veja a coisa do seguinte modo. Eu não vou correndo de felicidade quando eles se sentam na minha seção.

— Está vendo? — disse Bobby.

— Já pensaram que é por isso que vocês não recebem gorjeta? — perguntou ela.

Bobby e Darryl responderam juntos:

— Não. — Em seguida trocaram um olhar rápido e viraram a cabeça.

— Vocês são uma tremenda viagem. — Michelle se virou para Bobby. — Quero dizer, você não é mestiço?

Bobby se imobilizou. Darryl arregalou os olhos, suas bochechas estufaram, cheias de cerveja. Ele engoliu com força e explodiu numa gargalhada, com as mãos na cintura e uivando. Bobby também gargalhou, mas viu que Michelle não engoliu isso. Darryl passou os braços em volta dos dois. Bobby se soltou.

— Garota, por favor. Você não pode falar merda quando eu estou com uma bebida na boca. — Ele fingiu recuperar o fôlego e se inclinou para perto do rosto de Bobby, com a testa franzida, fingindo concentração. — Se bem que você tem uns beiços de negão — disse a Bobby. — Talvez ela tenha sacado alguma coisa. — Ele riu de novo e voltou para o seu banco. Michelle encarou Bobby.

— Você não é, mesmo? — perguntou.

— Fala sério! Olha pra mim.

— Estou olhando.

— É, bom, talvez você precise de outra bebida.

— Isso não é um não.

Dedos se cravaram nos ombros de Bobby e massagearam. Ele se virou, viu Aaron e engasgou com a fumaça. O dólmã de cozinheiro de Aaron estava amarrado na cintura e havia sangue de carne crua na calça xadrez, em manchas cor-de-rosa. Aaron deu um tapa nas costas de Bobby e se sentou do outro lado. Fazia quanto tempo que ele estava ali?

— O que não é um "não"? — perguntou a Michelle.

— Olha essa babaquice — disse Darryl em seu banco na outra ponta do balcão. Bobby soltou o ar, agradecido pela interrupção. O *Sports Center* estava passando trechos da sessão do julgamento de O.J. na véspera. Darryl engoliu a bebida e pediu mais uma.

— Como eles vão fingir que isso não é uma armação total? — perguntou.

— Como você sabe que é armação? — perguntou Aaron a Daryl.

Darryl olhou para Aaron por cima do balcão, o rosto retorcido como se alguma coisa podre tivesse passado embaixo do seu nariz. Darryl não gostava de Aaron antes de ele ir para a prisão. Odiava o velho estilo de Aaron imitando trejeitos dos manos, dizia que aquilo o insultava em nome de toda a população negra. É o mesmo que você andar por aí com a cara pintada de preto, disse uma vez a Aaron. Agora o novo Aaron residia no extremo oposto daquele espectro, e isso só servia para intensificar a animosidade de Darryl.

Bobby não gostava de Darryl, mas entendia a raiva dele com relação a Aaron. Muitas vezes Aaron tinha deixado Bobby envergonhado quando eram mais novos. Bobby zombava do modo como Aaron falava e se vestia, com esperança de que ele parasse com aquilo. O que fazia Bobby se perguntar se esse novo Aaron não seria apenas outra representação, se ele não teria adotado esse personagem só para sobreviver. Mas talvez não fosse assim. Talvez Bobby tivesse plantado alguma ideia que infeccionou dentro dele na prisão. Como uma semente, a ideia precisava de atenção, alimento, do ambiente certo para crescer.

Era como se Aaron tivesse usado aquele tijolo como arma contra ele mesmo.

— Vão me dizer que um cara com quase cinquenta anos matou uma mulher e um cara adulto ao mesmo tempo? — perguntou Darryl. — Com uma faca? Corta essa, porra.

— Um ex-jogador de futebol americano — disse Aaron. — Um dos maiores atletas de todos os tempos. Incrivelmente forte.

Os ratos de bar pararam a conversa, escutando. Paul enxugava repetidamente o mesmo trecho do balcão enquanto olhava o pingue-pongue verbal. Um freguês, um branco com camisa de algodão amarrotada e gravata frouxa no pescoço, pegou seu celular dobrável no balcão e puxou a antena. Ficou observando a conversa entre Aaron e Darryl enquanto abria o telefone.

— Aaron. — Bobby segurou a manga da camisa dele. Aaron puxou o braço de volta. Seu olhar permaneceu em Darryl.

— E daí? — perguntou Darryl. — Ele segurou o cara com um braço enquanto matava a mulher com o outro? Qual é, cara. Tudo isso é a mesma babaquice de sempre. Ninguém gosta de ver um preto com dinheiro. Especialmente a polícia. O.J. andando por aí, num carrão, com uma branca do lado que nem o Jack Johnson nadando na grana. E os canas ganham quanto? Quarenta? Cinquenta mil por ano, se tiverem sorte? Qual é, cara. Você sabe como eu soletro "conspiração"? L.A.P.D. Aqueles manos odeiam pretos.

Aaron zombou.

— Conspiração? Fala sério!

— Você se lembra do Rodney King? O cara estava se arrastando pelo chão e os canas ficaram dando porrada como se ele tivesse matado alguém.

— Você se lembra de Reginald Denny? — perguntou Aaron.

— O cara só estava dirigindo um caminhão quando aqueles animais arrancaram ele de dentro.

Aaron olhou para Bobby enquanto falava. Conteve um sorriso, como se tentasse não gargalhar.

— Espera aí, quem? — perguntou Bobby.

— Reginald Denny — disse Michelle. — O motorista de caminhão. Ele pegou uma saída errada da via expressa de Santa Monica e acabou parando no meio dos tumultos de Los Angeles. Foi arrancado do caminhão e alguém acertou um tijolo na cara dele.

Bobby encarou Aaron. Aaron piscou para ele.

— O que você quer dizer? — perguntou Darryl a Aaron.

— Quero dizer que você não pode demonizar uma força policial inteira pelo que um punhado de policiais fez. Policiais que foram absolvidos, por sinal. Sabe o que isso significa, não sabe? Inocentados.

— Demonizar? — perguntou Darryl. — Deixavam você ler na cadeia?

— Mas é justo demonizar uma raça inteira baseado nas ações de criminosos? — perguntou Michelle.

Aaron se virou e deu um risinho de desprezo para ela.

— Verifique os fatos, docinho. Um dos caras que atacou Denny era oficial de justiça. Sem ficha criminal. Mas os saques e a violência esquentaram o sangue dele e ele simplesmente não pôde negar o próprio DNA. Nenhum deles pode. Eles roubaram lojas deles mesmos. Atacaram seu próprio povo. Então me faça um favor e vá balançar seu diploma de sociologia para outro, tá? Os homens estão conversando.

Enquanto Aaron falava, Bobby ficou acendendo fósforos e jogando-os no cinzeiro. Rezou por um incêndio na cozinha, um apagão elétrico, que alguém entrasse e assaltasse o restaurante, qualquer coisa para calar Aaron. Caso contrário, as coisas ficariam feias num instante. Tinha parado de olhar para o homem com o telefone.

— E o Bobby Green? — perguntou Michelle a Aaron.

— Quem? — quis saber Aaron.

— O homem que levou Denny para o hospital quando o encontrou caído na rua. Um homem *negro*. Isso estava no DNA dele? Arriscar a vida por alguém que ele nem conhecia? Talvez *você* precise verificar os *seus* fatos, docinho.

O risinho de Aaron desapareceu. Ele se inclinou para trás no banco e olhou Michelle de cima a baixo.

— E o que você é, exatamente? — perguntou.

— O quê?

— Quero dizer, você não é branca, sem dúvida. Mas toda essa merda na sua cara e no cabelo... Me deixou meio confuso.

Darryl apontou para Bobby.

— É melhor você levar o seu garoto.

— Pessoal — disse Paul.

— Sou um ser humano — respondeu Michelle.

Aaron tomou um gole de cerveja e deu de ombros.

— Meio ser humano, talvez. Isso ainda não conta.

Michelle riu com nojo. Darryl se levantou.

Merda, lá vamos nós, pensou Bobby. Virou-se de novo para o outro lado do bar. O homem com o telefone olhou para a entrada do bistrô.

Michelle levantou a mão na direção de Darryl. Balançou a cabeça indicando que não valia a pena. Aaron sorriu para ele. Exatamente como tinha feito com o cara da Original. Bobby puxou-o.

— Mano, acho melhor a gente ir embora.

Aaron o ignorou.

— Continue sorrindo para mim com esses dentes branquinhos, meu chapa — disse Darryl. — São novos, não são? O governo deu para você, não foi? É, eles fazem isso para vocês, as putinhas de cadeia.

Darryl sorriu. Aaron não.

— O quê? Você não sabia? — perguntou Darryl a Bobby. — Você devia ter notado. Esses dentes não são dele. Meu primo esteve na cadeia com o seu garoto aí. É, neguinho, eu sei tudo sobre você.

Aaron deu as costas para Darryl. Curvou-se sobre a bebida e girou o copo sobre o círculo de água em que ele estava. Darryl viu que Aaron estava acuado e partiu para cima.

— Deixa ele, mano — disse Bobby. — A gente sacou.

— Sabe, Bobby, você não consegue morder um caralho se não tiver dentes. Os irmãos arrebentaram os dele no primeiro dia lá dentro. Enxergavam o que estava por trás daquela babaquice de imitar preto. Tentando ser durão e tudo mais. Bom, pelo que eu ouvi, você passou na mão de todo mundo na primeira semana. Usaram essa boca como se fosse uma boceta.

Aaron mordeu o lábio e ficou olhando para o copo enquanto todo mundo no bar o observava. Recolheu-se, pequeno como no dia em que tinha ido para a cadeia, enfiado em si mesmo como havia feito na picape. Por um instante Bobby o perdoou pelo que ele tinha feito ao garoto. Quase entendeu. Viu o amigo magricelo e tagarela que era o irmão que ele nunca tinha tido, e se encolheu com cada insulto lançado por Darryl. O fato de as palavras de Darryl o afetarem daquele jeito fez Bobby pensar que talvez, apenas talvez, restasse algo do Aaron que ele recordava. Se Darryl era capaz de tocar no fundo da alma dele, talvez Bobby conseguisse tocar no fundo de Aaron buscando uma saída da confusão em que ele tinha posto os dois. A humilhação causada por Darryl não estava provocando o efeito que ele desejava. Não em Bobby. O abuso verbal lhe deu vontade de defender Aaron. Até Michelle parecia sem graça por ele.

— Tudo bem, já chega — disse Michelle a Darryl.

— É isso aí. — Darryl se virou para voltar ao seu banco. — Foda-se ele.

— O que aconteceu com ele? — perguntou Aaron, com os olhos ainda voltados para a cerveja.

— O quê? — perguntou Darryl.

— Com o seu primo. O que aconteceu com ele?

— Como assim, o que aconteceu com ele? Quem disse que aconteceu alguma coisa?

Aaron afastou a mão que cobria a tatuagem de teia de aranha no seu cotovelo. Em seguida olhou para Darryl e cobriu a boca.

— Ops! Acho que você não tinha ouvido tudo.

Era a segunda vez que Bobby via aquela expressão em Aaron. A expressão que tinha visto depois de ele acertar o tijolo no carinha, depois de se recostar no banco do carona com um cigarro e dizer calmamente para irem para casa.

Satisfação. Prazer.

Toda a compreensão desapareceu. Aaron tinha esmagado o rosto do garoto porque queria. Não porque se sentia ameaçado. Não por alguma necessidade de proteger Bobby. Ele estava bêbado e o carinha falando bobagem achou que lidava com dois garotos brancos amedrontados, sendo que só um deles era branco e não era ele que estava com medo. Talvez tivesse existido um tempo em que Aaron sentia vergonha do que lhe acontecera na prisão, mas esse tempo era passado, e Aaron também era passado. Se o que Darryl tinha dito era verdade, o que aconteceu com Aaron na cadeia o estilhaçou em pedaços irreconhecíveis. Fanáticos intolerantes o pegaram e o remendaram, mas fizeram merda com os pedaços e os forçaram a se encaixar onde não cabiam. Aaron tinha fingido estar sem graça enquanto Darryl o atacava. Atraiu-o com uma isca, exatamente como tinha feito com o cara da "O". Aquela expressão em seu rosto deixava isso claro. O Aaron que Bobby conhecera não existia mais, e então ele teve certeza de que o que havia crescido dentro de Aaron tinha saltado e agarrado Bobby, arrastando-o.

Darryl foi na direção de Aaron com os punhos fechados. Aaron terminou de tomar a cerveja e se levantou. Bobby entrou no meio dos dois, com as mãos erguidas para mantê-los separados. Paul correu para fora do balcão para se colocar também entre os dois. Michelle gritou pedindo que parassem. Paul encostou as mãos no peito de Darryl. Darryl as afastou com um tapa e Paul o empurrou de novo. Alguns outros empregados que estavam sentados perto do balcão chegaram rapidamente. Darryl gritou por cima da barreira de pessoas:

— É melhor você estar de papo furado.

— Estou? — devolveu Aaron. — Olha para mim, Darryl. Eu estou?

— Aaron, cala a boca, porra! — gritou Bobby.

— Escuta o seu garoto — disse Darryl. — Veado.

Aaron fungou e cuspiu em Darryl. A cusparada o acertou no rosto.

Os sons foram sugados do salão. Darryl limpou o rosto. Bobby, Michelle e Paul ficaram paralisados, com os braços ao lado do corpo, as pontas dos dedos separadas, firmando-se em nada além do ar elétrico.

— Tudo bem — disse Darryl.

E saltou. Paul se enfiou embaixo dos braços estendidos dele e agarrou seu corpo. As solas de borracha das suas botas guincharam na madeira encerada enquanto Darryl avançava para cima de Aaron.

— Solta ele! — gritou Aaron a Paul.

Bobby segurou Aaron, também. Michelle ficou entre Paul e Bobby com os braços estendidos, como Sansão, as mãos nas costas deles, gritando para que parassem. Bobby grunhiu e franziu o rosto com o esforço. Seus olhos se abriram com o som da porta do salão sendo empurrada.

Dois policiais brancos, usando roupa de frio, subiram os três degraus até a área do bar. Um deles empurrou Michelle, Bobby e Aaron enquanto o outro separava Paul de Darryl. Paul se afastou com as mãos levantadas. O policial chegou a menos de trinta centímetros de Darryl, uma das mãos à frente dele com um dedo levantado em censura, o outro parou ao lado.

— Qual é o problema? — perguntou ele a Darryl.

— Por que está perguntando a mim? — Darryl estava incrédulo. — Pergunte àquele veado. — E apontou para Aaron. Bobby se virou para olhar Aaron. A fúria no rosto dele havia sumido. O pescoço tenso, os olhos selvagens, estavam contidos. O policial olhou para Aaron por cima do ombro. Aaron deu de ombros, com as palmas das mãos levantadas, confuso. O policial se virou de novo para Darryl.

— Estou perguntando a você. E cuidado com o que fala.

— Esse filho da puta cuspiu na minha cara e eu é que preciso ter cuidado com o que falo?

O policial o agarrou pelo pulso e o girou para o corrimão que cercava o bar. A força fez as mãos de Darryl saltarem e segurarem o corrimão. O policial o agarrou pelas costelas e chutou seus pés para os lados. Em seguida revistou-o.

— Não acredito nessa merda — disse Darryl.

— Eu disse para ter cuidado com o que fala — alertou o policial. Em seguida puxou o braço de Darryl para trás, com força, e Darryl gritou.

— Ele não fez nada! — disse Michelle.

Russell veio correndo da cozinha com as axilas molhadas e sem fôlego.

— Que diabo está acontecendo?

— Recebemos um chamado sobre um distúrbio — disse o policial parado à frente de Michelle, Bobby e Aaron. — Você é o gerente?

— Sou. — Russell apontou para o parceiro do policial, que fechou as algemas nos pulsos de Darryl. — Por que ele está sendo preso?

— O telefonema disse que ele foi violento com outro freguês aqui, senhor. Depois colocou a mão na minha cara e ficou beligerante.

Ele puxou Darryl para cima.

— Isso é mentira! — disse Michelle. E apontou para Aaron. — Ele cuspiu no Darryl!

— Por que eu faria isso? — perguntou Aaron. — Eu estava cuidando da minha vida quando ele começou a pegar no meu pé.

— Ah, meu Deus, ele está mentindo. — Ela olhou para Bobby. — Diz a eles.

Bobby baixou o olhar para o piso, depois para o balcão. Todos cujos olhares tinham estado fixos na situação se viravam agora para outros lugares. Queriam assistir à ação enquanto ela acontecia, mas agora que poderia haver consequências, todos viravam a cabeça quando o olhar de Bobby encontrava os deles. Um riso baixo e curto escapou.

— Foi só uma discussão. Não aconteceu nada. — Bobby manteve a cabeça baixa, ainda que os olhares fossem quase palpáveis.

— Só tivemos um desentendimento aqui, senhores — disse Russell. — Poderiam, por favor, soltar esse jovem?

O policial que os separava de Darryl olhou de volta para o parceiro e assentiu. Este revirou os olhos e empurrou o ombro de Darryl, girando-o. E levou uma chave até as algemas.

— O que quer que aconteça — avisou a Russell — a responsabilidade é sua.

— Entendi — respondeu Russell. — Obrigado.

— Está vendo? — disse o policial a Darryl, girando as algemas no dedo. — Educação. É assim que se fala com as pessoas. — Em seguida se juntou ao parceiro e os dois desceram os degraus para sair do bar. Darryl girou o ombro e moveu o braço para trás e para a frente.

— É, dane-se, mano.

Russell trincou o maxilar.

— Cala a boca, Darryl.

O policial gritou sem olhar para trás:

— Cuidado com essa boca, filho. Ela vai acabar colocando você em encrenca. — Os dois saíram e a porta se fechou. Darryl apontou para Aaron.

— Lá fora — disse.

Aaron abriu a boca para responder, mas Russell falou primeiro:

— De jeito nenhum. Darryl, pega suas coisas e vamos.

— O quê? Por que eu tenho que sair?

— Ah, vocês dois vão sair, mas não vão brigar no meu estacionamento. Vou levar você até o seu carro para garantir que você vai embora. — E se virou para Aaron. — Depois é a sua vez.

Darryl pegou seus pertences no balcão. Russell o guiou pelo cotovelo. Aaron ficou parado enquanto eles se aproximavam. Russell parou na frente dele, posicionando-se entre os dois. Chegou mais perto de Aaron, deixando apenas alguns centímetros entre eles. O olhar de Bobby saltava de um para o outro. Aaron era uma cabeça mais alto do que Russell e o espiou por baixo das pálpebras preguiçosas com um sorriso torto no canto da boca.

— Senta esse rabo aí, antes que eu ligue pro seu agente de condicional. — Em seguida olhou para as tatuagens de Aaron. — Você acha que não sei o que essa merda significa? Eu deveria fazer eles mandarem você de volta. Não seria preciso muita coisa. — Ele deu um pequeno passo mais para perto. — Mas sei por que você está com todas essas tatuagens. — O risinho de Aaron sumiu. — Sei o que homens como você precisam fazer para sobreviver lá. E não quero mandar você de volta para aquilo. Por isso estou dizendo agora, e é a última vez: cuidado.

Russell levou Darryl para fora. Bobby olhou para Aaron, que parecia abalado. Darryl tinha lançado insultos como um boxeador partindo para a cabeça, procurando o golpe capaz de levar ao nocaute. Mas as palavras baixas de Russell acertaram como um soco no fígado, uma dor a princípio localizada, que ecoou em neurônios e sinapses até chegar ao cérebro e mandar o corpo afundar. Não sofrer mais.

Minutos depois Russell entrou de novo e disse para Bobby e Aaron irem embora. Aaron não resistiu. Bobby pegou seu avental e entregou as contas fechadas a Michelle. Ela pegou-as com um movimento automático, atônita com o que havia acontecido.

— Tremenda primeira noite, hein? — disse Bobby com um sorriso débil. Michelle voltou a si rapidamente. Estreitou os olhos enquanto pegava as contas na mão dele.

— Sinceramente, vá se foder.

Ela jogou as contas no balcão, deu as costas para Bobby e se sentou. Bobby olhou para as costas dela por um momento e depois acompanhou Aaron descendo os degraus.

Lá fora a neve caía fraca, mas constante. Os caminhões de limpeza tinham raspado o estacionamento. O sal fazia barulho embaixo das botas de Aaron indo na direção do estacionamento dos fundos. Bobby gritou para ele esperar. A picape soltou um bipe e as luzes de ré piscaram. Aaron foi até a porta do carona. Puxou-a, abriu o porta-luvas e pegou a arma que tinha conseguido com Cort na noite anterior. Uma pressão encheu o peito de Bobby.

— Aaron, o que você está fazendo?

Aaron andou por toda a extensão da picape.

— Eles acham que podem falar comigo assim? Qualquer um deles? Russell acha que me conhece? — Os dedos de Aaron apertaram a arma e se afrouxaram. — Se ele quer saber, eu mostro.

— Chega!

O grito de Bobby ecoou no estacionamento. Aaron parou de andar. Seus braços pendiam ao lado do corpo. Bobby passou as mãos no rosto e emitiu um grunhido nelas, irritado.

— O que você tá fazendo, mano? Primeiro aquele carinha, agora vai atirar em alguém? Vai entrar lá e simplesmente assassinar o Russell ou qualquer outro? Quem você é, cara?

— Quem *eu* sou? Quem é *você*, porra? — As têmporas dele pulsavam a cada contração dos músculos dos maxilares. — Você não ficou do meu lado lá dentro? Você não me apoia agora, depois desse tempo todo? — Ele segurou a arma ao lado do corpo e balançou-a na direção de Bobby. — Você não se defende quando aquela puta diz que você é meio preto? Não, deixa isso pra lá.

Aaron fez menção de passar em volta de Bobby, mas este pôs a mão no peito dele. Aaron parou. Bobby olhou para a mão com a arma. Ela tremia. Medo? Raiva? Empurrou a mão de Aaron, mas só um pouco. Seria fácil Aaron dominar Bobby, empurrá-lo. Mas ele ficou imóvel. Como se quisesse ser parado.

— Aaron. Qual é, mano. Por favor.

Aaron parou de fazer força contra a mão de Bobby. Bobby baixou cautelosamente o braço, mas cada músculo do seu corpo estava pronto para agir, ainda que ele não tivesse a mínima ideia do que faria. Aaron respirava rápido e com intensidade. Então, expirando com força uma vez, acalmou-se. Seus ombros se afastaram das orelhas. O latejar nas têmporas foi sumindo.

— Eu só estava tentando proteger você, mano. Ontem à noite. Como você sempre fez por mim.

— Não, mano. Não precisa fazer isso. Você não vai jogar isso nas minhas costas. — O calor se revirou no seu estômago e subiu, inchou, aliviando a tensão no peito, relaxando o aperto na garganta, derretendo o medo. Deu um passo para o lado. — Sabe de uma coisa? Pode ir. Se quer entrar lá e atirar nele, atirar em todo mundo, foda-se, cara, vai fundo. Não posso impedir. Mas nem por um segundo jogue isso em cima de mim. Se você atirar nele, é porque *você* quer. Se acha que está me protegendo, você está é me arrastando mais pro fundo de um buraco do qual nenhum de nós dois consegue sair.

Aaron encarou Bobby e manteve a arma ao lado do corpo.

— Guarda isso, mano — disse Bobby. — Por favor.

Aaron voltou para a picape e guardou a arma. Voltou com as mãos nos bolsos, como uma criança repreendida.

— Desculpe — disse.

— Desculpe o quê, Aaron? Poxa, você ao menos sabe?

— Você não respondeu à minha pergunta.

— Que pergunta?

— Antigamente você não suportava esse pessoal, Bobby. Vivia pegando no meu pé, por causa do meu jeito, mas você sempre me apoiou. Sempre.

Bobby ficou em silêncio.

— Você me apoia, Bobby? Preciso saber.

— Apoio, mano. Claro.

— Vem, vou levar você para casa.

Aaron deu a volta até o lado do motorista. Bobby continuou perto da carroceria e olhou para a picape. Aaron parou junto à porta aberta. Chamou Bobby com um gesto de cabeça.

— Olha, mano, para mim já deu, tá bom? O ônibus vai chegar a qualquer minuto. Preciso de um tempo sozinho, espairecer. Tentar esquecer essa noite. Falou?

Aaron estreitou os olhos e depois assentiu.

— Você está de boa, certo? Vai para casa? Isso aqui acabou?

Aaron assentiu de novo, ligeiramente.

— Maneiro. — Bobby se aproximou e deu um tapinha desajeitado no ombro de Aaron, depois subiu correndo a ladeira até o ponto de ônibus. Virou-se para espiar rapidamente por cima do ombro.

Aaron ainda estava junto da porta aberta da picape, olhando.

CAPÍTULO OITO

Robert acordou no seu lado da cama. A vastidão da *king-size* permanecia intocada, mesmo depois de um ano. Os dois costumavam começar a noite no meio, sempre com as melhores intenções de cair no sono, Robert sendo a conchinha maior. Às vezes as intenções amorosas os impediam de dormir daquele jeito, frequentemente recuando para os lados mais frios da cama, conectados pelas mãos. Em outras ocasiões, a tentativa inútil de Robert de encontrar uma posição confortável para o "outro braço" ou o metabolismo impossível de Tamara gerando um calor de fornalha os impedia de se manterem enrolados um no outro. Eles riam juntos da inutilidade daquilo. Mas nunca paravam de tentar.

Depois de tomar um banho de chuveiro e se vestir, ele desceu. Foi descalço, quase passando pela porta dupla de vidro para a sala de jantar, e parou. Fechou-a como se quisesse isolar os documentos do divórcio que estavam na mesa, como se colocasse uma tampa numa vela meio derretida, privando a chama de oxigênio para que ela deixasse de existir. No entanto, eles estavam ali. Intocados e impassíveis. Esperando.

Continuou andando.

O movimento na emergência estava fraco. Eram principalmente escorregões e quedas, alguns sem-teto da cidade buscando refúgio do frio. Nada que necessitasse a intervenção da equipe de traumatologia. Fazia muito tempo que Robert havia abandonado a culpa por querer trabalhar, a mentalidade de cadafalso que acompanhava o prazer no serviço. Era uma necessidade, um modo de se desconectar da natureza visceral da tarefa. Mas hoje ele a desejava por motivos muito mais egoístas. Desocupada, sua mente continuava a ir para os papéis na mesa. Como ela já podia tê-los assinado? Será que os dois tinham realmente ultrapassado todas as discussões? Por que ele havia merecido um rancor tão grande? Sabia quais eram as respostas, e a necessidade de distração crescia.

A noite chegou e, perto do fim do turno, Robert subiu a escada até a UTI para dar uma olhada em Marcus Anderson, a vítima de agressão da noite anterior. Tinham sido necessários todas as pessoas e todos os recursos para consertá-lo. Placas de titânio reforçavam o osso despedaçado da órbita, mas o rapaz havia perdido o olho, o vazio estava coberto por gaze e esparadrapo cirúrgico. Arrancaram vários dentes quebrados e costuraram a mandíbula fechada, com arame. O sangramento no cérebro provocou um aumento de pressão no crânio, por isso tiraram um pedaço dele. Robert comprimiu os lábios enquanto sua mente tentava preencher o espaço negativo deixado pela craniotomia em Marcus. Deus o chamava de volta aos pedaços.

Não estava claro se ele iria sobreviver. O eletroencefalograma era desanimador. Se sobrevivesse, seria em agonia. Passaria meses se alimentando por um canudinho. Se recuperasse a capacidade de falar, a fala jamais seria a mesma. A carteira de motorista mostrava um jovem negro bonito com sorriso vitorioso. Um cirurgião plástico não iria tocar nele sem um bom seguro, coisa que a família não tinha. Lorraine havia contado isso a Robert, quando os parentes o visitaram. A mão da mãe dele tinha pairado acima do rosto, não querendo tocar as feridas e os inchaços que provavelmente terminariam como uma marca de tecido cicatricial. Robert se perguntou se ele e sua equipe teriam salvado ou condenado o rapaz.

Pensou de novo em Tamara. Pensou em como eles enfrentariam isso, se fossem pais. Pensou no tipo de mãe que ela queria ser, que teria sido. Talvez, apesar de toda a dor que sentiam agora, de certa forma eles tivessem sido poupados.

Tamara não queria filhos. Tinha dito isso no segundo encontro, diante do melhor filé que Robert já havia comido. Jantaram no Donovan's, no bairro de Gas Lamp. A empresa farmacêutica onde ela trabalhava pagou. Ela disse que os filhos não faziam parte de seu plano de carreira, de modo que ele deveria tirar essa ideia da cabeça. Ele cuspiu o vinho de volta na taça. Ela riu e perguntou:

— Você não sabia que isso era um encontro?

— Essa não é a parte em que eu lhe digo que não estou interessado no seu produto e você me dá amostras grátis?

— Bom, agora que você disse, posso oficialmente chamar isso de um jantar de negócios e pôr na conta da empresa — disse ela. — Mas eu teria tirado isso do caminho no primeiro jantar com o resto do seu pessoal.

— Eu achei que era só o seu método de dividir e conquistar. Pegar um por um.

— Quem diz que não é? — Ela piscou. — Vou levar o seu sócio mais velho para a cama amanhã. Adoro o cheiro de Bengay de manhã.

— Robert fingiu uma ânsia de vômito e ela gargalhou. — Além do mais, se você achasse que isso era só mais um papo de venda, realmente aceitaria jantar comigo?

— Você prometeu filé. Eu tenho empréstimo estudantil para pagar.

— É justo. — Ela levantou a taça. Robert bateu com a dele.

— Sem filhos.

— Você está presumindo que eu ao menos gosto de você.

— Você gosta de mim.

Conversaram durante horas. Ela o havia fascinado desde a primeira visita de vendas ao consultório. Depois daquele jantar vieram muitos outros. Ela era muito diferente das mulheres negras que Robert conhecia na faculdade, de qualquer outra que ele já conhecera. Não disse que ele falava como branco por usar a gramática formal, provavelmente porque os dois faziam isso. Robert e Tamara tinham a pele marrom clara, porém, enquanto Robert tinha um subtom amarelado, a pele de Tamara tinha um subtom avermelhado. Disse que pelo lado do pai era indígena Choctaw de Oklahoma, o que fazia com que seu cabelo preto chegasse aos ombros, compridos e lisos. Os dois sentiram empatia mútua com relação à dificuldade de crescer como párias dos párias. Tinham sofrido ostracismo de seu próprio povo por serem brancos demais, ao mesmo tempo em que eram mascotes para os amigos brancos, tornando-se os amigos negros para quem eles apontavam rapidamente quando alguém os acusava de racismo. Segundo ela, mesmo na Califórnia isso nunca tinha sido fácil. Robert sentiu medo do quanto gostou dela — e da rapidez com que isso aconteceu. Foram para a cama naquele primeiro encontro. Na época isso não era muito incomum para Robert, mas o modo como ele se sentiu de manhã era. Quis que ela ficasse, e ela ficou. Foram morar juntos três meses depois. Casaram-se em menos de um ano.

Robert tinha mentido ao dizer que não queria ter filhos. Disse a si mesmo que ela mudaria de ideia, que só precisava ter paciência, deixar que a ideia fosse dela. Às vezes apresentava a ideia como piada, apontando para os pirralhos bagunceiros na mercearia, dizendo que os dois controlariam as crianças de modo muito melhor. Dizia que a maioria das mulheres seria capaz de matar por um homem que quisesse ser pai. Tamara o lembrava de que ela não era a maioria das mulheres. Ela subiu rapidamente de posto na empresa e se tornou gerente regional de vendas em menos de um ano. Viajava com frequência, e quando voltava para casa os dois não saíam do quarto pela maior parte da semana. Ele rolava de cima dela e dava um suspiro de exasperação exagerado enquanto tirava a camisinha e a jogava no cesto ao lado da cama. Ela dava um tapa com as costas da mão em seu peito úmido e nu.

— Quer que eu tome aquelas pílulas e tenha um derrame?

— Sua empresa é que vende aquilo.

Ela revirou os olhos e se virou de lado para encará-lo, com a cabeça apoiada na palma da mão.

— Fins de semana iguais a esse? Adeus. — Ela soprou na mão e estalou os dedos. — Pelo menos até nós estarmos velhos demais para aproveitar.

Robert passou a mão numa gota de suor que rolava entre os seios dela.

— Você subestima minha libido — disse. — Quando eu tiver oitenta anos e meu lóbulo frontal estiver destruído, ainda vou perseguir você com a calça abaixada até os tornozelos.

Tamara beliscou o mamilo dele, depois rolou para longe e foi para o banheiro, tomar uma chuveirada. A curva alta de sua bunda o hipnotizava, como o movimento natural dos quadris que ela exagerava quando sabia que ele estava olhando-a se afastar. Merda, talvez ela estivesse certa, pensou, e pulou para acompanhá-la no chuveiro.

Vislumbrou as coisas começando a mudar. Quando a irmã dela teve o primeiro filho, os dois foram visitá-la no hospital. Tamara ficou empolgadíssima por ser tia. Sua irmã quis entregar o novo sobrinho a ela depois de terminar de amamentá-lo, mas Tamara balançou as mãos e apontou para Robert. A irmã ignorou-a e pôs o bebê gentilmente nos seus braços. Um terror puro preencheu os olhos dela. Seu sobrinho guinchou e resmungou, o começo de uma agitação. Tamara o balançou gentilmente, tentando silenciá-lo, e os gritos do menino chegaram a um tom agudo que fez Robert achar que ela poderia jogar o bebê de volta para a irmã, quando os balanços finalmente provocaram um arroto. Tamara riu e a agitação parou. Quando o menino abriu os olhos, Tamara estava completamente dominada. Só o devolveu à irmã na hora de ir embora. Enquanto descia no elevador e pelo caminho até o carro, ficou falando que nunca mais queria fazer aquilo de novo e que sentia que poderia quebrar o menino e perguntando por que a irmã quis forçá-la a pegá-lo. O tempo todo lançava olhares para Robert. Não fazia isso para ver se ele estava escutando. Queria ver se ele engolia sua história. Não engolia. Ele mal parou de sorrir durante toda volta para casa. Nenhum dos dois parou de sorrir, mas ela manteve o rosto virado para longe de Robert, escondendo.

Uma menina de três anos loura, linda e de olhos azuis, chamada Abgail, mudou tudo. Robert não soube exatamente o que havia nela e que provocou isso. Talvez fosse a postura escultural com os sessenta centímetros de altura. Talvez o modo como ela subiu no seu colo e puxou sua barba. Ou talvez fosse o modo como ela trocava o "r" pelo "l". O que quer que fosse, aquela menina tinha um charme inegável. Eles tinham sido convidados à casa de Wyatt, um dos sócios do consultório de Robert. A mulher dele, Denise, fez um jantar de pernil de cordeiro acompanhado por batatas com alecrim. Robert se inclinou para Tamara e sussurrou em seu ouvido quando Denise pediu licença para pegar a sobremesa:

— Essa branca sabe cozinhar.

Tamara engoliu seu vinho pelo lugar errado e tossiu.

Wyatt sorriu para Robert.

— Sabe mesmo.

Tamara deu um olhar de lado para Robert e ele riu, desconfortável. Nesse momento, Abgail irrompeu na sala de jantar, passando pela porta dupla deslizante. A babá veio correndo atrás com os braços esticados, pedindo desculpas. A menina usava um vestido de veludo cor de vinho com um enorme laço de cetim às costas. As pontas do laço voavam atrás dela enquanto ela corria, rindo, em volta da mesa. Seu pai fingiu que ia agarrá-la e ela guinchou deliciada, rodeando a cabeceira da mesa. Chegou ao lado de Robert e puxou a calça dele.

— Oi — disse meio sem fôlego.

— Olá.

— Me pega. — Em seguida ela levantou os braços para Robert. Tamara sorriu e deu de ombros. Wyatt assentiu, aprovando. Abgail agarrou o ar com mãos impacientes e uma expressão que perguntava a Robert por que ele estava demorando tanto. Ele pegou-a e a pôs no colo. Ela se inclinou e mostrou a língua. Ele balançou o dedo num fingimento de censura e o corpo dela se sacudiu com risinhos. Denise gritou da cozinha, dizendo que tinha tortas demais para levar até eles e que deveriam se juntar a ela lá mesmo, onde o café estava sendo feito. Robert fez menção de colocar Abgail no chão, mas ela envolveu seu pescoço com os braços.

— Quer ir comigo? — perguntou ele.

— Ahã.

— Tenha cuidado — disse Tamara a Abgail. — Sou uma mulher ciumenta.

Abgail olhou por cima dos ombros de Robert e mostrou a língua para Tamara. Tamara uivou e bateu palmas. Wyatt deu uma bronca gentil na filha, e Abgail disse "desculpa" a Tamara. Tamara a desculpou e todos foram para a cozinha. O cheiro de maçãs aquecidas com canela se fundiu com o aroma de café torrando. Denise tinha três tortas diferentes na bancada. Uma cafeteira expresso despejava café em xícaras de louça. Banquetas de bar estofadas cercavam a grande ilha no centro da cozinha. Antes que Robert se sentasse, Abgail se retorceu e quis ser posta no chão. Ela partiu correndo no instante em que seus pés tocaram o piso e entrou na sala de estar, do outro lado da cozinha. Enquanto todos se sentavam, Wyatt levantou uma taça de vinho e assentiu para a esposa fazer o mesmo.

— Aos novos sócios — disse ele.

Robert começou a ecoar o brinde antes de perceber o que Wyatt havia dito. Olhou para Tamara. Ela segurava a taça numa das mãos enquanto cobria a boca com a outra. Então estendeu-a para Robert e apertou seu queixo, para fechar a boca. Virou a cabeça dele de volta para Wyatt e Denise. Eles sorriram e levantaram as taças juntos.

— Aos novos sócios — disse Robert.

Todos beberam. Wyatt deu a volta na ilha e estendeu a mão. Denise foi na outra direção e abraçou Tamara. Enquanto Wyatt e Robert se cumprimentavam, Robert sentiu outro puxão na calça. Baixou os olhos e viu Abgail de novo. Ela segurava um quebra-cabeça de madeira e o levantou acima da cabeça.

— Me pega — disse de novo. Robert obedeceu e sentou-a no colo. O quebra-cabeça tinha várias peças em forma de animais de fazenda. Ela o virou de cabeça para baixo, e as peças bateram na bancada fazendo barulho. Em seguida a menina se virou para olhar Robert. — Me ajuda?

— Não sei. Não sou bom cirurgião.

— Ela nunca faz isso — disse Wyatt. — Está incomodando?

Robert balançou a cabeça e ajudou Abgail a colocar as peças no lugar. Fingiu estar confuso com relação a onde elas deveriam entrar. Abgail guiou suas mãos até os lugares certos. Batia palmas e gritava quando elas encaixavam. Robert riu e olhou para o outro lado da ilha, para onde Denise tinha levado Tamara. Tamara estava com a mão encostada no peito e seus olhos brilhavam.

— Você está bem? — perguntou Robert, sem som.

Ela comprimiu os lábios e assentiu.

— Eu te amo — respondeu sem som. Robert soprou um beijo para ela.

Depois de quatro garrafas de vinho, Wyatt telefonou pedindo um táxi para levá-los. Tamara começou a passar a mão em Robert no banco de trás. Ele vigiou o motorista pelo retrovisor e ficava empurrando a mão dela para o lado. Os dois riam o tempo todo. Ela fez beicinho diante da rejeição aos avanços, caminhou com os dedos pelo banco e subindo pela perna de Robert. Atacou quando chegaram à porta do prédio. As línguas entravam e saíam da boca um do outro. Robert pegou as chaves no bolso da frente e ela agarrou sua genitália. Os dois tropeçaram pela porta aberta e tentaram desajeitadamente manter as bocas conectadas, os dentes faziam barulho ao bater enquanto os dois andavam no mesmo passo até o elevador. A porta se abriu e ela o empurrou contra a parede interna espelhada. Afrouxou o cinto dele e enfiou a mão dentro da calça. Ele deu um riso divertido diante daquela agressividade e ela mordeu suavemente seu lábio inferior. A porta se abriu no terceiro andar e ela o puxou pela mão. Ele segurou a calça com a outra mão e foi atrás.

Ela chegou ao fim do corredor antes de Robert. A porta do apartamento ficou aberta e o vestido e os sapatos altos estavam embolados no saguão. Ele virou a esquina e foi na direção do quarto. Tamara estava deitada na cama, apoiada nos cotovelos, com os tornozelos cruzados. Robert adorava o modo como os seios de Tamara tombavam para o lado quando ela estava assim. Ela o chamou com um dedo. Ele deixou as calças caírem até os tornozelos e foi andando desajeitadamente, os braços estendidos, as mãos agarrando o ar como tinha prometido fazer quando estivesse bem velho. Ela inclinou a cabeça para trás, gargalhando, e cobriu a boca quando fungou. Robert tirou o resto da roupa. Ela deslizou recuando em direção à cabeceira da cama e ele engatinhou atrás. Os dois se beijaram de novo enquanto ele se grudava nela, depois ele parou e suspirou. Ela tentou mantê-lo agarrado enquanto ele rolava na direção da mesinha de cabeceira e pegava uma camisinha com os dois dedos. Ele levou a embalagem até os dentes. Tamara subiu em cima e tirou-a da boca de Robert e a jogou de lado.

— Nananá — disse ela. Ele enfiou a mão na gaveta para pegar outra. — Ei. Para com isso.

— Você está bêbada. Eu também.

Ela pegou a camisinha na mão dele e a jogou no chão. Agarrou seu rosto e o fez encará-la, depois baixou a mão e o colocou dentro dela.

Na manhã seguinte, a luz do sol espiava em volta das bordas da cortina de blecaute. Os dois tinham caído no sono despidos e agarrados em conchinha. O seio dela aninhado na mão dele. A parte interna das pálpebras de Robert pareciam papel pega-moscas e ele queria que elas ficassem fechadas, morrendo de medo da ressaca empoleirada nas bordas do crânio esperando que ele se sentasse, para atacar. Robert encostou o nariz na nuca de Tamara e inalou fundo. O cabelo cheirava a hibisco. Ela recuou o quadril e ele o recebeu com o seu, depois ela levou a mão atrás e massageou o pescoço dele. Ela sempre beliscava com um pouquinho de força demais, de modo que as unhas quase machucavam a pele, mas ele não se importava.

— Então — disse ele.

— É, eu me lembro.

— E tudo bem? Quero dizer, do jeito que nossa pele é clara, a coisa pode acabar sendo um albino.

Ela se virou e deu um tapa no peito dele, rindo. Levou o nariz até o dele e Robert falou com os lábios comprimidos:

— Estou com mau hálito.

Ela franziu o rosto.

— Está sim.

Robert sugou o ar entre os dentes e virou-a pelos ombros de modo a ficarem outra vez de conchinha.

Ela rolou para encará-lo de novo.

— Vamos fazer outra vez. Só para garantir.

A enfermeira da noite abriu a porta do quarto de Marcus. Robert voltou a si e pigarreou. A mulher deu um sorriso educado enquanto ele se afastava da cama, saindo do caminho dela, que foi registrar os sinais vitais e trocar a bolsa de soro. Robert olhou o relógio e percebeu que estivera parado ali durante quase quinze minutos. Tinha esperado que a visita a Marcus o distraísse. Que esperança falsa! Com o turno encerrado, desceu a escada até o setor de emergência e saiu pela porta da frente. Havia um telefone público preso à parede externa. Tirou o aparelho do gancho e colocou algumas moedas. Quando sua secretária eletrônica atendeu, ele digitou o código para ouvir os recados. Dois bipes altos significavam que não havia nenhum. Desligou. As moedas chacoalharam e escorregaram no tubo de metal enquanto ele entrava de novo pela porta.

No vestiário, tirou a roupa cirúrgica e vestiu uma calça e uma camisa passada. De novo do lado de fora, acendeu um cigarro. Uma segunda rodada de neve abria caminho pela cidade. A camada nova refletia a luz dos postes e um jato constante voava pelo ar, como se o céu respirasse. Ele enfiou as mãos nos bolsos do sobretudo. Tinha sentido falta dos invernos de Pittsburgh, sem os ventos cortantes. Era uma bela noite para caminhar. Partiu na direção do Lou's. Precisava pagar uma conta.

CAPÍTULO NOVE

Isabel odiava mentir para Bobby, especialmente porque era péssima mentirosa, e ele sabia. Escutou a dúvida na voz dele, alta como a porta que ele havia batido na saída, quando ela disse que faria o turno duplo. Tinha mentido apenas pela metade. Não seria problema substituir alguém no turno do café da manhã, mas não havia como saber a que horas Robert poderia voltar para pagar a conta. Ele voltaria. Disso tinha certeza. Desde que haviam se conhecido, ele jamais admitiria ser um estereótipo para outra pessoa. Sem dúvida retornaria para pagar a conta, com acréscimo. Como podia contar com a volta dele, não poderia se arriscar a não encontrá-lo. Só havia um hospital tão perto do Lou's, mas se ela ficasse vigiando-o lá, a chance era de amedrontá-lo. Não. O encontro precisava parecer casual, fortuito, não planejado e nos termos dele.

Durante todo o turno de serviço pensou no que poderia dizer. Enquanto pegava um pedido, anotou no bloco: "ovos mexidos faz muito tempo". Esqueceu-se de encher xícaras de café, deixou pratos caírem e derramou café quente em si mesma. Pockets puxou-a de lado e perguntou se ela havia bebido.

Eu gostaria, pensou. Não estaria tão nervosa.

Garantiu a ele que não tinha, numa voz mais tensa do que pretendia, e Pockets lhe deu o mesmo olhar de dúvida que Bobby havia aperfeiçoado em anos de desapontamento. Em qualquer outro dia a condescendência dele teria provocado raiva. Hoje, não. A empolgação, a ansiedade e o medo não deixavam espaço para a raiva. Pelo menos não contra ele.

Parou diante do Lou's logo antes das seis horas e desligou o carro. O Fox soltou uma tosse chacoalhada e mortal, depois ficou quieto. Isabel baixou o retrovisor e verificou se havia alguma mancha de batom nos dentes. Sua blusa branca tinha um decote fundo com babados na lateral e era justa na cintura, mas ainda cabia, se ela não a enfiasse no cós. Enfiou-a e tirou de novo, odiando como a blusa era fora de moda e era a melhor que tinha. Tirou-a do cós mais uma vez e disse a si mesma que não precisava impressionar Robert. Depois riu de si mesma.

— É, certo — disse.

Retocou o batom e estendeu a mão para a porta. Parou. Dedos frios caminharam por sua nuca e deslizaram as pontas pelos braços.

Você voltou exatamente para onde prometeu que não estaria, e em mais de um sentido. Esqueceu por que faz vinte anos?

— Não — respondeu.

Você disse ao Bobby que não ia beber mais. Disse a si mesma que não queria mais saber do Robert. Principalmente depois de como ele tratou você.

— Não vou beber — disse. — Vou ficar sentada, tomar uma água com gás como uma boa menina e esperar. Isso está acontecendo por algum motivo. Tem de haver um motivo.

Por quem você está aqui? Por Bobby? Ou por você?

— Vou esperar aqui fora. Vou ficar de cabeça baixa e esperar até que ele entre. Depois vou dar um jeito de ele conhecer Bobby e vou embora.

Uma batida na janela do carona a fez dar um pulo. Um dos frequentadores de sempre acenou e perguntou se ela iria entrar. Isabel xingou-se e acenou de volta. De jeito nenhum o sujeito entraria sem dizer ao Nico que a tinha visto. Ela apertou o volante.

— Água com gás — disse. — Moleza.

Por quem você está aqui?

— Não sei.

Nico tinha uma vodca com tônica esperando no balcão quando ela entrou.

— Duas noites seguidas? A que devemos a honra?

Isabel pegou seu lugar de sempre. A bebida espumou quando um cubo de gelo subiu do fundo até a superfície. Isso *iria* acalmá-la, fazer com que ela relaxasse. Envolveu o copo com os dedos e o empurrou na direção de Nico.

— Obrigada, querido. Ainda estou meio tonta da noite passada.

— Tem certeza? Isso pode aliviar a ressaca.

— Estou bem. Água com gás. — Ela tirou o casaco e o pendurou no encosto do banco. Nico assobiou.

— Olha só — disse ele. — Tá na beca, hein? Isso é para mim?

— Talvez.

Ele colocou uma club soda diante dela.

— Sério, o que fez você chegar aqui tão cedo e tão gata?

Ela não havia pensado nessa parte, no que dizer a Nico.

— Eu me senti mal pelo jeito como saí daqui ontem. Não queria que você achasse que era por sua causa. — Nico sorriu. Engoliu a história. — Falar nisso, aquele cara voltou para pagar a conta?

— Não. Chocante, não é? Escroto.

Isabel soltou o ar e tomou um gole da água com gás. Acomodou-se e esperou.

Toda vez que a porta se abria, seu coração batia um pouco mais rápido. A neve diminuiu a ponto de mais nativos e frequentadores decidirem achatar a bunda no bar. Horas passaram e nada de Robert. Ela conversou com os de sempre e, quanto mais bêbados eles ficavam, mais para perto se inclinavam. Por cima dos odores de castanhas salgadas e pretzels velhos no hálito pairava o cheiro agridoce de álcool, atraindo-a. As garrafas da prateleira de cima eram iluminadas por baixo, como se estivessem expostas só para ela. Sua cabeça latejava. Olhou o relógio outra vez. Nico estava certo. Robert não viria. Ela não o conhecia tão bem como tinha pensado. Como estava sem graça, como isso tudo era ridículo! Massageou as têmporas.

— Você está bem? — perguntou Nico. — Está parecendo meio verde outra vez.

— Nossa, obrigada!

— Quero dizer, não me leve a mal, você faz o verde parecer bonito.

— Acho que vou pôr o pé na estrada, garanhão. Esse não é exatamente o melhor lugar para ficar abstêmia.

— E eu aqui oferecendo bebida a você. Quem é o escroto?

— Está perdoado, querido. Quanto devo pela água?

Nico desconsiderou isso. Ela terminou de beber o refrigerante quando alguém se sentou ao lado. Tinha um cheiro fantástico. E familiar.

— Isso aqui está um pouco mais movimentado do que ontem — disse ele a Isabel.

De perto parecia mais velho. Um pouco mais cansado do que na noite anterior. Meu Deus, era ele, e o que ela iria fazer agora, a não ser ir fundo?

— Eu conheço você — disse. Sua voz embargou e ele se virou inteiramente no banco para encará-la. Estreitou as pálpebras e deu aquele sorriso indicando que ia ser educado e descobrir um modo de levá-la a dizer o nome sem ter de pedir. Isabel sabia que ele a reconhecia da noite anterior, no entanto ainda não a *reconhecia*. Antes que ele pudesse falar, Nico deu um tapa no balcão, perguntando:

— Esqueceu alguma coisa?

Robert abriu a carteira e brandiu um cartão de crédito. E pediu para Nico abrir uma conta.

— Ele vai tomar um Glen Fiddich puro — disse Isabel a Nico. Robert se inclinou para trás e a olhou de cima a baixo. — E eu vou tomar outra água com gás. — Nico pegou o cartão de crédito de Robert no balcão e disparou a água no copo de Isabel até a borda. Colocou com força a bebida de Robert no balcão e olhou irritado para os dois enquanto ia para a outra extremidade do bar.

— Acho que ele não gosta de mim — disse Robert. Isabel levantou seu copo e tomou um gole rápido porque ia falar alguma coisa idiota do tipo "gosto de você" e estragar a coisa toda, e disse a si mesma para ir devagar porque seu cérebro estava disparando de novo. — Você está bonita hoje — disse ele.

— Ontem não estava?

— Acho que eu poderia ter dito isso de um modo melhor.

— Você também está bonito.

— E como você sabe o que eu bebo?

Foi por isso que você se arrumou toda? Para um cara que não tem ideia de quem você é? Está lembrando por que jamais contou a ele?

— Você realmente não se lembra de mim? — perguntou Isabel.

— Além de ontem à noite?

Ela assentiu.

— Desculpe, estou sem graça, mas não.

— Não está *tão* sem graça assim. Não com tanta facilidade quanto disse isso.

Ele sorriu e inclinou a cabeça, concordando, e tomou outro gole. Olhou para ela enquanto baixava o copo e o colocava no balcão. Ela não suportou mais vê-lo fingindo que lembrava.

— Bobby, é Isabel — disse.

— Uau. Bobby. Ninguém me chama assim há muito tempo. — Ele tomou outro gole, depois seus olhos se arregalaram. — Espera, espera, espera. Izzy Saraceno?

Ela não conseguiu esconder o sorriso.

— Ninguém *me* chama assim há muito tempo.

— Uau, uau! Meu Deus, faz séculos que não penso nesse nome. Faz… o que, vinte anos?

— Vinte e dois.

— Quem está contando, hein? — Ele balançou a cabeça de novo. — Ainda é Saraceno? — Ela levantou a mão esquerda e balançou o dedo anular despido. — Surpreendente — disse ele.

— Por quê?

— De verdade?

— Não, eu aceito a mentira, por favor.

— Não sei. Ainda estou meio sem jeito por não ter reconhecido você imediatamente, e pareceu a coisa certa a dizer.

— Acho que eu teria preferido a mentira.

Os dois riram. Robert se remexeu no banco e olhou para sua bebida enquanto Isabel o encarava. O silêncio dos dois fez com que o ruído baixo no bar parecesse muito mais alto. Ele espiou Isabel com o canto do olho e olhou de novo para o bar. Ela sabia que estava espiando-o, mas não conseguia parar. Precisou sentar-se na mão para não tocá-lo e garantir que ele era de verdade. Precisava saber onde ele estivera em todos esses anos, por que estava aqui agora. Mais do que isso, queria saber por que ele estava tão triste.

— Quer falar sobre isso? — perguntou.

Ele girou a bebida no mesmo lugar, sobre o balcão, e manteve o olhar fixo no copo. Nele Isabel via seu filho, chegando em casa da escola primária, brincando com a comida no jantar, chateado por causa de uma menina que não circulou o "sim" num bilhete que a convidava para "ir com ele", e sua raiva e seu desejo por Robert oscilavam num pêndulo.

— Sobre o quê?

— Faz duas décadas? Escolha alguma coisa.

— Você precisaria me cobrar pela terapia.

Ela deu um risinho.

— Podemos dar um jeito.

— Agradeço, mas estou bem. — Ele inclinou a cabeça para trás, para terminar a bebida, e pediu a conta a Nico.

— Vai embora? — perguntou Isabel.

— É, é tarde e amanhã acordo cedo.

— Não é tão tarde assim. — Isabel ouviu o desespero na própria voz e respirou fundo. — Mais uma. Beba mais uma comigo e eu deixo você viver com o fato de não ter me reconhecido.

— Foi ruim, não foi?

Isabel fingiu uma careta e assentiu. Robert deu uma risada.

— Mais uma — disse.

Isabel se levantou, balançou-se nos calcanhares e riu, dizendo:

— Tem um reservado ali.

Robert pediu mais um uísque e Isabel pediu a vodca com tônica. Nico levou a bebida e olhou para ela com uma expressão que Isabel fingiu não ver, enquanto guiava Robert para os fundos do bar. O vinil vermelho guinchou quando os dois deslizaram em lados opostos do reservado. Robert pegou um pager no bolso da frente e colocou na mesa. Apertou um botão e a telinha se iluminou com um verde amarelado.

— Esperando um chamado? — perguntou ela. A tristeza voltou ao rosto dele.

— Não. Gostaria de estar, mas acho que não estou.

Um estalo alto ecoou atrás deles, vindo da mesa de sinuca. Isabel notou a aliança de ouro no dedo de Robert porque ele ficava empurrando-a para trás e para a frente, quase até tirar, nunca enfiando totalmente. Imaginou se a pessoa que tinha lhe dado aquela aliança era a que ele esperava que ligasse.

— Há quanto tempo você está casado? — perguntou ela.

— Depende.

— De?

Ele girou a aliança para cima e para baixo no dedo, olhando a palma da mão.

— De a quem você perguntar.

Isabel tomou um gole da vodca com tônica pelo canudinho e aquela quentura suave a golpeou, uma rápida dose de consolo que ajudou a conter a raiva e o desejo simultâneo por ele.

— Tem certeza de que não quer falar disso? — perguntou.

— Tenho. — Ele levantou a cabeça para olhá-la e espiou o decote, antes de encontrar seus olhos. Isabel notou isso, inclinou-se à frente e apoiou os cotovelos na mesa, vendo se conseguiria levá-lo a fazer aquilo de novo. Ele não olhou. — Mas não vou.

— Por quê?

— Olha, não quero ser grosso, mas a gente não se vê há umas duas décadas. Nós éramos crianças. Atualmente não conheço você tanto assim. Eu não deveria compartilhar isso com alguém como você.

Uma ardência nas orelhas e nas bochechas de Isabel consumiu o calor tranquilo que a vodca havia produzido apenas um instante atrás.

— O quê? Alguém como eu?

— Foi mal. Quero dizer, falar sobre problemas domésticos com uma mulher com quem eu tive um relacionamento. Não é justo para a minha mulher.

Isabel riu, incrédula.

— Quando você já se preocupou em ser justo? E você chama de relacionamento o que a gente teve?

— Será que você pode falar mais baixo?

O olhar de Robert percorreu o bar, passando por Isabel. Ela olhou por cima do ombro e viu alguns fregueses se esforçando para ouvir sem parecer que ouviam.

— Uau, nada muda, hein, Bobby? Ainda não quer ser visto em público comigo, depois de todo esse tempo. Qualquer outra mulher, sim, mas não eu. Não venha me falar em ser justo.

— De que você está falando?

— Quantas noites, Bobby? Quantas noites nós passamos no seu apartamento? Nunca saindo, nem para um restaurante, para dançar, nada. Sempre pizza ou comida chinesa para viagem, tarde da noite, assistindo à televisão até você me levar para a cama e sair antes do amanhecer. E, no entanto, eu ficava, porque achava que, se dedicasse um tempo, talvez você gostasse de mim o suficiente para me amar. Para me mostrar de braço dado. Eu me convenci até...

Não conte a ele com raiva, disse a si mesma. Respirou fundo e fechou os olhos, fazendo uma lágrima escorrer pelo rosto.

— Eu fui procurar você no campus uma tarde. Precisava falar uma coisa. Encontrei você na sala de jogos com uma vaca pendurada no pescoço enquanto você jogava sinuca com seus amigos. Nesse momento eu soube o que significava para você. Você não tinha problema em ser visto com ela. Diabos, vocês estavam praticamente se pegando em cima da mesa. — Ela projetou o maxilar e balançou a cabeça. — Eu era conveniente para você, Bobby, até não ser mais. E eu merecia coisa melhor. Por isso dei meia volta, fui embora e decidi que nunca mais pensaria em você. — Sua voz embargou e ela esperou que ele não percebesse que essa última parte só era meia verdade.

Robert cruzou as mãos e baixou a cabeça. *Isso mesmo, você não consegue me olhar.* A respiração dela acelerou. Tinha esperado tempo demais para dizer essas coisas, mas nunca tivera a chance, e houve um alívio momentâneo por tê-las dito. Momentâneo porque a parte mais importante ainda faltava.

Os ombros de Robert subiram e depois desceram rapidamente com o ar saindo num jato dos pulmões. Quando levantou os olhos, ele não estava contrito. Estava fumegando.

— Você tem muita coragem. Você esteve guardando essa... desculpe... essa babaquice esse tempo todo?

— Babaquice?

— Você ouviu. Essa sua memória é tremendamente seletiva. Que conveniente, para você, isso ter permitido me colocar no roteiro como o vilão em sei lá que drama você criou na cabeça.

— Espera aí...

— Não, espera você, Izzy. Eu gostava de você. — Ele fez uma pausa. — Mais do que você imaginava. Mas nunca poderia dizer isso. Porque não podia... não, não me permitia chegar perto demais de você.

— Me deixe adivinhar. Porque tinha medo, certo? A ideia era aterrorizante demais? Meu Deus, estou farta de os homens usarem esse absurdo.

— Você tem toda razão, eu estava apavorado, Izzy. Sabe por quê?

Isabel se inclinou adiante e franziu o rosto.

— Compromisso? Abrir mão das outras mulheres?

— Seu pai.

Isabel se recostou no banco.

— Aquelas noites no meu apartamento, de que você tanto desdenha agora? Obviamente, e convenientemente, devo acrescentar, você está esquecendo por que a gente passava tanto tempo lá. Na época você morava com seus pais. Está esquecendo o que você me contou sobre seu pai?

As bochechas de Isabel ficaram pinicando. Ela enfiou uma mecha de cabelo desgarrada atrás da orelha.

— Não, eu lembro.

— Quando a gente estava se vendo mais. Quando as coisas ficaram sérias. Meu Deus, você ria disso, Izzy. "Meu pai abriria a porta com uma arma se eu fosse para casa com um cara negro." Como se fosse um jogo para você. Me perguntava se não era mais excitante, sabendo que a coisa era meio perigosa. Com se não fosse acontecer de verdade. Você se lembra dessa parte? Ou ela é inconveniente demais?

Isabel comprimiu os lábios e confirmou com a cabeça.

— Pelo amor de Deus, Izzy, o cara era policial aposentado. Eu não saía em público com você porque... é, eu estava apavorado. Não sabia quem você conhecia, e com certeza não sabia quem seu pai conhecia. Mas para você aquilo era uma espécie de aventura. Como se eu fosse uma espécie de fruto proibido. Claro, você poderia levar uma bronca se ele descobrisse, mas isso era o máximo que você teria a temer. Eu, não. Eu tinha muito mais motivo para sentir medo.

Ele respirou fundo antes de continuar:

— Eu tentei, Izzy, tentei de verdade. Todas as noites que nós passamos juntos podem ter sido na minha casa, mas, se você lembra, foram muitas noites. Porque, apesar do medo que eu sentia, honestamente queria descobrir se havia um jeito. Mas, a cada minuto que eu passava com você, só conseguia pensar nas consequências. Até que isso foi demais. Eu sabia que não existia futuro para nós. Não podia me comprometer. Por isso não me comprometi.

Ele tomou um gole da bebida e olhou de lado. Isabel girou seu copo na poça de condensação, levantando os olhos apenas por tempo suficiente para ver se ele estava olhando-a. Quando ele se virou de novo, ela baixou o queixo outra vez.

— Talvez eu devesse ter contado — continuou ele. — Mas uma parte grande de mim estava sem graça. Como eu poderia ser homem e dizer a você que sentia medo? Era mais fácil não encarar. Eu não queria estar apavorado, não queria que o medo ditasse quem eu amava. Mas outra parte de mim queria que você percebesse o que aquele medo significava. E sim: acho que fiquei com raiva porque você não percebeu, de modo que talvez eu ficasse com outras garotas porque queria que você sentisse a mesma dor. Não era certo, eu sei, e lamento muito. Mas só por isso.

Robert soltou outro jato de ar. Isabel ficou sentada com as mãos ao lado do corpo, piscando para conter as lágrimas, olhando para o nada num atordoamento pós-concussão, abalada com o que tinha sido revelado.

Ele estava certo. Com relação a tudo.

Isabel tinha sido egoísta, incapaz de enxergar além de sua própria capacidade de não precisar pensar nas opções que ele não tinha, e ao fazer isso transformou-o no vilão. Um devasso sem consciência que não merecia saber sobre o filho. Abriu a boca num reflexo, para pedir desculpas, mas nenhuma palavra parecia adequada. Robert a encarou com expectativa, mas ela não disse nada, apenas fechou a boca de novo.

— Preciso ir — disse ele. Em seguida terminou de tomar a bebida e se levantou. — Olha, apesar de tudo isso, foi bom ver você de novo, Izzy. De verdade. — Ele vestiu o sobretudo e parou. — Espero que você tenha uma vida boa.

Izzy ficou olhando direto para frente, incapaz de encará-lo, ainda sem palavras.

— Vou pagar a conta na saída. Cuide-se.

Isabel o viu parar junto ao balcão e pagar a conta com Nico.

Você não perguntou por que ele estava de volta na cidade, nem por quanto tempo. Só pulou na garganta dele por algo que foi culpa sua. Ele vai embora de novo, e a culpa disso também é sua. Ele não é mais para você, mas isso não tem a ver com você. Levante esse rabo.

Ela saltou, batendo o joelho na mesa, e foi mancando rapidamente, segurando o joelho com uma das mãos enquanto chamava Robert junto à porta.

— Robert, espera.

Ele se virou e a viu meio dobrada, segurando o joelho e mancando na sua direção. Pareceu confuso.

— Sabe a coisa que eu precisava dizer a você? Ainda preciso.

— Izzy...

— Mas não aqui. Não assim. — Ele abriu a boca para protestar. — Por favor — pediu. Ele parou. — Você estava certo. Você *está* certo. Você não sabe o quanto está certo. É preciso contar. Mas não pode ser aqui. Vamos nos encontrar amanhã. — Robert se remexeu, balançou a cabeça e ficou girando a aliança de novo. — Dessa vez não num bar. Em algum lugar mais adequado para velhos amigos como nós nos encontrarmos de novo. No Schenley Park? A neve deve parar de cair durante a noite. Talvez amanhã até esteja um pouco mais quente. Que tal no rinque de patinação ao meio-dia?

O canto da boca dele subiu.

— Não vou lá não sei há quanto tempo — disse. — Não sei, Izzy.

— Por favor? Eu lhe devo mais uma explicação. Por coisas demais. — Ele inclinou a cabeça e sua testa franziu. Ela continuou: — Meu Deus, sei que estou parecendo enigmática, mas prometo que tudo vai fazer sentido. Amanhã.

Robert olhou para os sapatos, com as mãos nos bolsos. Isabel sentiu-se desarmada diante do charme de menino que ele exalava ao mesmo tempo em que parecia um homem mais velho e distinto, e achou difícil não abraçá-lo. Ele olhou por baixo das sobrancelhas.

— Meio-dia?

Isabel mordeu a parte interna da bochecha e assentiu.

— Vejo você amanhã. — Robert recuou saindo pela porta enquanto ela assentia de novo e se virava, de modo que ele não pudesse vê-la cobrindo a boca enquanto as lágrimas caíam. Isabel as enxugou ao ver Nico observando-a de braços cruzados. Ela voltou ao seu lugar junto ao balcão.

— Então você bebe quando o irmão de cor está pagando? — perguntou ele. — Quem era o cara, porra?

Isabel olhou por cima do ombro, para a porta, depois olhou de volta para Nico.

— Uma pessoa com quem eu percebi que nem sempre fui muito legal.

— É, conheço essa sensação. — Ele jogou o pano de pratos em cima do ombro. O televisor estava sintonizado no *Sports Center* de novo. Uma foto de O.J. surgiu na tela, seguida por mais vídeos do julgamento. Nico balançou o dedo para a tela e olhou de volta para Isabel. — Está vendo? Se você mexe com eles, acaba morta. — Ele passou o dedo pelo pescoço, fazendo mímica de cortar.

Isabel abriu a boca para responder, mas ele partiu para a outra ponta do balcão. Ela ficou sentada olhando o copo de água vazio, viu as gotas de condensação deslizarem, pararem e deslizarem de novo, encharcando o guardanapo embaixo. Levantou os olhos e viu Nico parado junto dela, com o rosto suavizado.

— Você está legal? O que ele falou?

— Uma coisa que eu precisava escutar.

— Você vai ficar numa boa?

— Ainda posso aceitar aquela bebida?

Ele sorriu e lhe deu uma dose generosa. Depois foi pelo balcão enchendo copos, continuando o papo sobre o julgamento.

É, pensou ela. Meu pai gostaria um bocado de você. E terminou a bebida. Em seguida, pediu outra.

CAPÍTULO DEZ

Bobby não se virou de novo. Sabia que, se fizesse isso, veria Aaron espiando-o ainda. *Cadê esse ônibus, porra?* Ficou pulando no mesmo lugar. Tinha se surpreendido quando reagiu a Aaron. A arma o havia aterrorizado e ele não soube o que fazer. Precisava impedir que Aaron machucasse mais alguém. O fato de não fazer nada tinha trazido Bobby até esse ponto. Nunca mais ficaria sem fazer nada. Mesmo assim não conseguia afastar o sentimento de que Aaron quisera que ele o impedisse. E daí, então? Por que o show? Se ele achava que precisava amedrontar Bobby, não estivera prestando atenção. Bobby já estava morrendo de medo.

Os freios do ônibus guincharam, parando. A porta se abriu com um sibilo e Bobby mostrou seu passe ao motorista negro e grisalho. O uniforme do motorista lhe dava uma falsa aparência de autoridade e Bobby sentiu-se melhor por estar perto dele. Não que o sujeito pudesse fazer alguma coisa para ajudar. Se os dedos grossos de Aaron atravessassem a porta dobrável em algum tipo de fúria alimentada pela radiação gama, arrancasse o motorista do banco e o jogasse contra o para-brisa num frenesi neonazista até uma teia de aranha surgir no vidro e este se quebrar, o pobre coitado não poderia fazer nada para impedi-lo. Nem Bobby, na verdade. Felizmente o motorista fez a única coisa que podia para evitar tudo isso. Partiu com o ônibus e deixou Aaron sumir sob as luzes do estacionamento. Minúsculos riachos de neve derretida iam para lá e para cá nas placas de borracha preta do piso enquanto o ônibus se sacudia, mudando de marcha. As luzes internas piscaram e diminuíram. Bobby se recostou e suspirou.

O ônibus estava vazio, a não ser por um homem que Bobby vinha encontrando desde o início dos dias mais frios do outono. Ele estava deitado sobre dois bancos com um casaco cinza e sujo, o rosto escondido por uma barba crescida, amarronzada como as manchas de nicotina na guimba dos cigarros de Bobby. As calças estavam manchadas com Deus sabia o quê, o gorro de tricô cheio de buracos e o calcanhar de uma das botas de trabalho meio descolado e balançando a cada sacudida provocada por um buraco na rua. Bobby nunca o tinha visto se mexer.

— Esse cara está vivo? — perguntou ao motorista.

— Quer verificar para mim? — Ele olhou para Bobby pelo retrovisor. Bobby balançou a cabeça. O motorista deu um risinho.

— Você sabe o nome dele? — perguntou Bobby.

— Por que está perguntando?

Bobby deu de ombros, mas sabia por que tinha perguntado. Falar com o motorista distraía sua mente.

— Não sei — respondeu o motorista. — Ele tem um passe. Pega o primeiro ônibus de manhã e anda até o último da noite. Sai quando a gente faz uma pausa, acho que é para mijar ou cagar. É mais barato do que pagar aluguel e ele consegue ficar quente por um tempo.

— Ele é sem-teto?

— Acho que é. Odeio pensar que alguém não tem um lugar para onde ir nesse tempo. É por isso que não pego no pé dele. Talvez ele não possa ir para casa. Talvez não queira. Esses caras sempre têm uma história.

Bobby se perguntou quanto tempo o garoto que Aaron tinha agredido teria ficado lá, sangrando na neve com o rosto esmagado, antes que alguém o encontrasse. Pensou em qual seria a história do sujeito, e se ele e Aaron teriam acabado com ela. Não sabia como deveria viver com isso, quanto mais se livrar do crime.

Havia um jornal enfiado atrás do banco do motorista. Tinha de haver alguma coisa sobre o acontecido. Bobby pegou-o.

Examinou a primeira página. Nada. Nada na segunda nem na terceira.

Impossível.

Nada nos editoriais, também. Passou para o noticiário local. A primeira página se rasgou enquanto ele a virava. Depois de três páginas encontrou. Um quarto de coluna no canto inferior direito.

"Estudante agredido do lado de fora da lanchonete Original".

Descoberto pelo colega pouco depois do ataque. Em situação estável, mas crítica. Sem testemunhas. Sem suspeitos. A polícia está examinando as câmeras de segurança.

Menos de um parágrafo inteiro.

Aaron estava certo. Ninguém dava a mínima.

O alívio de Bobby suplantava a culpa, e isso o fez sentir-se pior. Depois leu de novo "câmeras de segurança" e seu alívio pulou do navio. Recolocou o jornal atrás do banco do motorista e encostou a cabeça na janela. Não demoraria muito até que eles vissem alguma coisa naquelas gravações de vídeo. Talvez ele ficasse numa boa, já que não tinha saído da picape.

Só que ele *tinha* saído da picape.

Tinha querido ficar parado, mas Aaron o convenceu a entrar.

Como podia ter esquecido? Seu pavor envolveu o cérebro numa película opaca e formou uma versão alternativa dos acontecimentos, numa tentativa de aliviar a culpa esmagadora.

Assim.

Se eles viram Aaron, viram Bobby. Viram-no entrar no lado do motorista enquanto Aaron pulava de volta. Viram aquela mesma porta do lado do motorista não se abrir enquanto um rapaz agonizava na rua. Viram a mesma picape partir acelerando sem um instante de hesitação, e diminuir a velocidade um minuto depois como se nada tivesse acontecido. Calculado. Viram-na diminuir a velocidade o suficiente para captarem o número da placa sem ao menos ter de congelar a imagem na tela. E pronto. Fim de jogo. Apenas questão de tempo. O problema era: quanto tempo, e o que fazer com o que restava?

O ônibus parava em cada semáforo enquanto seguia pela estrada McKnight. Bobby focou no barulho do motor e foi acalentado por sua constância. Lembrou-se de cada momento da noite anterior, imaginando em que ponto poderia ter feito algo diferente para impedir o resultado, até lhe ocorrer que aquilo que havia levado à sua condição tinha começado muito tempo atrás.

Era o primeiro dia da nona série. Bobby estava parado junto à linha branca que separava o motorista do ônibus escolar das fileiras de rostos, a maioria dos quais não se parecia nem um pouco com o dele. O motorista gritou para ele ocupar seu lugar e os garotos riram. Ele se enfiou no banco vazio atrás do motorista e deslizou para baixo, sumindo de vista. O motor roncou e o ônibus partiu.

Bobby pegou um gibi dos *Vingadores* na mochila, e o ônibus parou rangendo. A porta se abriu, mas ele continuou de cabeça baixa. Não queria fazer mais nenhum contato visual, se pudesse evitar. Alguém ocupou o banco ao lado: um garoto branco com jaqueta Adidas de cetim preto e um boné dos Pittsburgh Pirates meio de lado. O garoto se inclinou por cima de Bobby para ver o que ele estava lendo e Bobby se afastou bruscamente.

— Quadrinho da Marvel não tá com nada, mermão.

Bobby deslizou mais para longe no banco e fingiu ler enquanto o garoto enfiava a mão em sua própria mochila e pegava um gibi lacrado num saco plástico, mas sem papelão branco atrás.

Que amador!, pensou Bobby, e disse:

— É, bom, você deveria ter um papelão aí, se quiser que o gibi valha alguma coisa mais tarde.

— Tá bolado, mano? O único jeito de fazer isso é com sacos de poliéster. Não dá pra usar papelão, a não ser que seja de papel sem ácido. — Ele inclinou a cabeça na direção do gibi de Bobby. — Na certa você guarda isso naquelas caixas de papelão compridas, né? Olha só essa merda. As páginas já estão ficando amarelas.

— Não. Não sou idiota. — Bobby fechou o gibi rapidamente, não querendo que o garoto visse que ele havia colado fita adesiva na parte de dentro das capas para que não se soltassem dos grampos. Disse a si mesmo para jogar fora aquela caixa comprida quando chegasse em casa.

— Ahá.

— Deixa pra lá — disse Bobby. — Por que você está falando desse jeito?

— De que jeito?

— Você sabe que é branco, não sabe?

— Não, ele não sabe — disse uma voz atrás dos dois. Bobby deslizou para cima e olhou para trás, vendo um garoto negro chateado. O garoto franziu a boca para Bobby e arregalou os olhos, sinalizando para ele se virar de volta. Bobby continuou encarando-o.

— Eu estava falando com você? — perguntou Bobby.

— Não, mas eu tô falando com *você*.

Bobby se virou no banco quando o motorista gritou para ele ficar voltado para a frente. O garoto ao seu lado puxou sua camisa e Bobby cedeu, mantendo o olhar no garoto de trás até não estar mais virado para ele.

— Na moral — disse o garoto branco —, cê tá surtando.

Ele abriu sua mochila e pegou um exemplar de *Crise nas Infinitas Terras*, com cuidado, como se fosse Indiana Jones tirando o ídolo de ouro antes que a pedra viesse rolando. Bobby inclinou a cabeça e viu o Super-Homem segurando a Supergirl nos braços.

— Quer ler esse? — perguntou ele, e ofereceu o gibi. — A DC é o que há, mano.

— De jeito nenhum, os desenhistas deles são umas bostas — disse Bobby.

— O quê? — O garoto inclinou a cabeça para trás. — Cê *tá* surtando, mano! Além disso as histórias deles são muito melhores.

— Qual é! Supergirl? É o personagem mais idiota de todos os tempos.

O garoto olhou para a capa do gibi e revirou os olhos.

— Certo, nisso você tem razão. Ela é meio fraca. Mas vão matar ela. Mas ela não é nenhum Homem-Formiga, não é? Isso é que é personagem imbecil.

Bobby riu, mesmo contra a vontade, e o garoto sorriu de volta dizendo:

— Aaron. — E estendeu a mão.

— Bobby.

Bobby estendeu a mão, mas Aaron começou um cumprimento complicado. Bobby se atrapalhou imediatamente e puxou a mão de volta.

— Tem mais algum aí? — perguntou. Aaron piscou e pegou outro exemplar da *Crise*, com o Flash na capa. — Vão matar o Flash também?

Aaron deu de ombros, mas estava claro que sabia a resposta. Bobby tirou o exemplar do saco plástico do mesmo modo cuidadoso e Aaron assentiu, aprovando. Leram em silêncio pelo resto do caminho até a escola.

Quando o ônibus parou, os dois se levantaram. Os outros garotos passaram à frente e não deixaram que eles saíssem. Alguns empurraram Aaron ao passar. Ele olhou para Bobby por cima do ombro.

— Poxa, mano — disse Bobby. — Por que você deixa eles fazerem isso?

— Eles só estão curtindo com a minha cara. É só brincadeira.

Seu embaraço era óbvio para Bobby, que ficou furioso ao ver o novo amigo sofrer bullying. De um modo estranho ficou reconfortado, também, porque não se sentia mais sozinho. Não era o único diferente.

Desceram os degraus atrás do último garoto. Bobby olhou-os se espalhar como feijões derramados numa mesa, correndo e gritando ao passar pela porta da escola. Um sorriso veio ao seu rosto.

Tinha um amigo. Quase precisou dizer isso em voz alta para acreditar.

Claro, ele era meio esquisito, mas gostava de quadrinhos e gostava de Bobby. Viu que, apesar de não estar olhando para ele, Aaron também sorria.

Aaron foi com Bobby até a secretaria para ajudá-lo a encontrar sua sala de reuniões e mais tarde mostrou onde ficavam algumas salas de aula. Os dois não tinham nenhuma matéria juntos; Aaron disse que suas turmas eram excepcionais, mas depois ficou com aquela mesma expressão de quando os garotos o haviam empurrado no ônibus, de modo que Bobby não perguntou o que isso significava. Aaron se animou ao ver que os dois almoçavam no mesmo horário, e eles concordaram em se encontrar.

Bobby parou na entrada do refeitório mas não conseguiu encontrar Aaron e começou a sentir pânico. Tentou não ver todos os olhares, agressivos ou não, enquanto o procurava no meio dos alunos. Ninguém parecia querê-lo ali. Nem nas poucas mesas onde os garotos brancos se congregavam e nem com os negros. Viu-se no centro do refeitório, girando em todas as direções, procurando um lugar, procurando Aaron e não encontrando uma coisa nem outra. Disse a si mesmo que não estava com tanta fome assim, o que começou rapidamente a ser verdade, e se virou para sair. Iria comer em casa, guardar para amanhã o almoço que tinha trazido.

Cadê o Aaron? Por que, diabos, todo mundo está me olhando?

O barulho no refeitório cresceu e Bobby achou mais difícil respirar. Alguém agarrou seu braço por trás e seu coração subiu até a garganta antes de mergulhar no estômago. Ele puxou o braço, largou o almoço e fechou o punho.

— Me solta!

O grito de Bobby ecoou e o barulho diminuiu. Ele se virou e viu Aaron. Suas bochechas pinicaram e as orelhas arderam. O refeitório explodiu em gargalhadas e Bobby esperou que Aaron fizesse a mesma coisa.

Mas não fez. Ele passou o braço em volta de Aaron e o guiou até duas cadeiras vazias no final de uma mesa comprida. Quando eles se sentaram, os garotos que estavam ali se levantaram e ocuparam cadeiras mais adiante. Aaron pareceu não notar. Pegou um almoço na mochila junto com mais dois gibis. Entregou um a Bobby, cujo coração diminuiu de velocidade, e o apetite voltou. Os dois leram e comeram enquanto o resto do mundo os ignorava. Para Bobby isso estava ótimo.

O modo de Aaron falar e se vestir fazia dele um pária com relação a quase todo mundo. Os negros sentiam-se insultados pela imitação, que até Bobby achava terrível, e isso provocava uma onda de bullying interminável, tornando Bobby culpado por associação, se bem que eles faziam isso menos quando Bobby estava por perto. Os brancos queriam evitar o mesmo problema e o tratavam como os intocáveis na Índia, sobre o qual os dois leram nas aulas de estudos sociais.

Mas Bobby quase admirava o quanto Aaron se comprometia com aquilo. Não era para se mostrar. Ele não abandonava o personagem quando estavam sozinhos. Não ajeitava o boné nem ouvia músicas diferentes. Ficava genuinamente confuso com o motivo de os garotos negros, com os quais ele queria parecer, o desconsiderarem o tempo todo. O modo como os negros o tratavam por causa disso transformou o medo que Bobby sentia deles em nojo, e ele empurrou a verdade sobre seu pai tão para o fundo a ponto de não acreditar mais nisso. Odiava a verdade, e essa verdade o fazia odiá-los, o que resultou em mais de uma ida à sala do diretor por causa de brigas no corredor, defendendo Aaron quando ele não conseguia ou não queria se defender sozinho.

Aaron queria ser como eles, não importando o quanto Bobby dissesse que ele estava passando vergonha. Que deveria ter algum respeito próprio. Pensou no que seu avô diria se soubesse que ele andava com alguém como Aaron, e às vezes pensava se não deveria parar com isso. Mas ele e Aaron eram desajustados, cada um do seu modo.

Almoçavam juntos todas as vezes. Caminhavam pelos corredores ignorando as provocações do apelido que tinham ganhado: Veadinhos dos Quadrinhos. Sempre terminavam de comer antes do final do almoço, sentavam-se do lado de fora e liam embaixo de uma passagem coberta.

Um dia, Aaron falou de brincadeira que eles deveriam se beijar e realmente pirar todo mundo. Bobby se lembrou das falas do avô sobre bichas e veados, sobre como eles estavam espalhando um vírus e solapando a sociedade — e tinha ouvido isso o suficiente para acreditar. Aaron riu, mas havia uma inquietação no riso. Isso deixou Bobby com raiva.

— Não é engraçado, mano.

— Ah, qual é! Você não tem senso de humor com relação a *nada*.

— Veados são nojentos — cuspiu Bobby de volta. — Nem brinca com isso. Fala sério!

Aaron riu de novo, disse para Bobby relaxar e voltou ao seu gibi. Não falou nada durante o resto da hora do almoço e nunca mais mencionou isso.

Mais tarde, naquele mesmo dia, Bobby encontrou Aaron no chão do banheiro com o nariz sangrando e o lábio partido. Seus olhos estavam molhados e inchados. Bobby o ajudou a se levantar e lhe deu uma toalha de papel. Aaron chiou de dor quando apertou a toalha no lábio.

— O que aconteceu dessa vez? — perguntou Bobby.

— Nada.

— Por que você fica tentando ser igual a eles quando é isso que você recebe de volta? Eu vivo dizendo: eles são animais. Meu avô tentava me dizer isso e eu não prestava atenção. Você precisa me ouvir.

Aaron empurrou Bobby para trás.

— Quer largar do meu pé? Eu não disse quem fez isso, disse?

Bobby ficou parado, com as costas na parede, de boca aberta.

— Meu Deus — disse Aaron. — Vou pra aula. Vejo você depois, acho.

Aaron estava certo. Bobby tinha presumido que eram os garotos negros de novo. Ficou tonto, com uma mistura confusa de frustração e simpatia por Aaron. Nesse momento quis contar a ele sobre seu pai, porque, apesar da natureza inseparável dos dois, havia essa divisão entre eles, e nesse momento Aaron pareceu mais sozinho do que nunca. Mas Bobby sabia que Aaron ficaria magoado ao saber que, em certo sentido, Bobby tinha o que ele queria: não somente ser como eles, mas *ser* eles. E o fato de Bobby não querer isso seria como jogar a coisa na cara de Aaron. Achou que Aaron poderia até ficar ressentido. Não podia perder seu único amigo. Também sabia, devido a algum senso inato de autopreservação, que, para os garotos negros com quem ele brigava para proteger Aaron, a revelação sobre quem ele realmente era poderia lhe causar mais mal do que bem. Bobby não contou a Aaron nesse momento e prometeu que jamais contaria.

Jamais contaria a ninguém.

Os limpadores de para-brisa enormes guincharam no vidro enquanto o ônibus passava por Shadyside e chegava mais perto de Homewood. Nesse meio tempo uns poucos passageiros entraram e saíram. Provavelmente iam para casa, para um tédio confortável, para o mesmo velho emprego com as mesmas velhas pessoas, considerando natural a falta de ansiedade naquilo tudo. Bobby poderia dizer "olá" e eles se esqueceriam dele assim que saíssem do ônibus.

Mas talvez não.

Talvez descobrissem que tinham alguma coisa em comum, assim como havia acontecido com ele e Aaron naquele primeiro dia de aula. Talvez a vida deles mudasse para sempre. Talvez para melhor, mas provavelmente para pior, porque tudo desmorona. Tudo precisa desmoronar.

Uma aula de química no segundo ano permanecia na memória de Bobby. Era sobre entropia, a ideia de que a ordem natural do mundo descambava para a desordem. Bobby tivera dificuldade com o conceito até que a professora explicou de um modo que ele entendeu. Ela disse: o seu quarto não fica mais limpo, só fica mais bagunçado. Acontece o mesmo com o universo. Bobby ficou obcecado com essa ideia. Começou a desenhar um vilão em seu caderno. O vilão era um mutante, filho de uma mulher que usava drogas, cujo único poder era levar o caos à vida de qualquer pessoa com quem ele tivesse contato físico. Bobby o chamou de Entropia. Quando mostrou o personagem a Aaron, ficou consternado ao saber que esse já era um personagem no universo da Marvel. Então Bobby pegou um dicionário e achou a palavra *Bedlam* (tumulto). O mesmo problema. Aaron disse que de qualquer modo o personagem era idiota, e Bobby acabou abandonando-o.

Bobby riu sozinho. Fazia anos que não pensava nisso.

O ônibus fez uma curva fechada e bateu no meio-fio. A pancada sacudiu o sem-teto que se remexeu, mas não acordou. O que colocou você aqui?, pensou Bobby. Foram suas escolhas ou você é apenas mais um resultado da entropia? Uma vítima das circunstâncias que merecia pena ou um criminoso, talvez até um assassino que tinha a sorte de estar dormindo num ônibus? O sujeito poderia não saber se iria comer no dia seguinte ou se seria assaltado por alguém mais desesperado ainda, por causa das moedas que tinha juntado. Mas enquanto tivesse dinheiro para o ônibus, sabia onde estaria no dia seguinte. Ainda que Bobby jamais soubesse se ele e a mãe conseguiriam o dinheiro do aluguel mês a mês, existia uma certeza no fato de que os dois trabalhariam mais do que se divertiriam, que viviam de um turno ao outro, e haveria noites em que ele varreria o entulho das promessas que ela quebrava. Por mais que isso fosse uma bosta, havia conforto na rotina. Ele queria esse sentimento de volta e percebeu que só havia um modo de obtê-lo.

O ônibus entrou na avenida Frankstown. Bobby estendeu a mão para puxar a cordinha e parou.

— Quanto tempo você ainda vai rodar? — perguntou ao motorista.

— Umas duas horas. Por quê?

— Se importa se eu der outra volta?

Ele olhou para Bobby pelo retrovisor, deu de ombros e concordou, perguntando:

— Qual é a sua história?

— Ainda estou escrevendo.

O motorista continuou dirigindo. Bobby se lembrou de novo do seu personagem Entropia. Deveria tê-lo chamado de Aaron.

CAPÍTULO ONZE

O ônibus refez o percurso inteiro e entrou roncando na Frankstown pela segunda vez. Bobby puxou a cordinha. O ônibus parou na esquina do quarteirão e Bobby desceu a escada.

— Pega leve, rapaz — disse o motorista.

Bobby se virou de volta. A sinceridade na voz do motorista e o calor de seu sorriso fez com que ele se sentisse seguro. Poderia dar mais uma volta, mas o refúgio reflexivo do ônibus era apenas temporário. Tinha decidido o que precisava ser feito e, quanto mais esperasse, menos provável seria fazer. Assentiu para o motorista e devolveu o gesto.

A porta se fechou com um chiado e o motor roncou até que as luzes de freio piscaram sumindo de vista. Bobby levantou a mão num aceno, de algum modo já sentindo falta dele e do companheiro sem-teto que dormiria até o sol nascer, ou até que um motorista menos gentil o chutasse para fora. Sem ter mais o refúgio, a ansiedade de Bobby o agarrou de novo, e ele foi rapidamente pelo meio quarteirão até o apartamento. O Fox estava parado na frente e tinha uma leve camada de neve no capô. Não fazia muito tempo que estava ali. Bobby havia esperado que a mãe tivesse pegado um turno da noite, mas com sorte ela estaria dormindo. Ainda precisava de tempo para pensar num modo de contar o que havia acontecido, qual era o seu plano, tudo. Mas estava exausto. Só algumas horas de sono. Depois contaria o que tinha feito.

Enfiou a chave, e a porta se abriu com um empurrão suave. Já estava destrancada. O apartamento cheirava a Drakkar e cigarro. Um ronco gutural reverberou vindo do final do corredor, profundo demais até mesmo para Isabel.

Inacreditável.

Toda vez que ela conseguia parar de beber e ficar longe do bar era como se estivesse num equilíbrio precário na beira de uma carroça, a centímetros de cair quando o veículo batesse num buraco da estrada, e aquele filho da puta do Nico lhe permitia dar cada passo de volta até aquele boteco de merda. Bobby desejou ter colhões para arrombar a porta com chutes e puxá-lo pelo pescoço de anão, jogá-lo no corredor e trancar a porta, deixando-o com as roupas emboladas nos braços, tremendo. Mas sabia que era tudo fantasia. Ele não era mais forte do que Nico. Gostaria de ser. Se fosse, talvez não tivesse acabado nessa situação.

O sofá nunca parecera tão confortável e Bobby caiu de cara nele. Enquanto o ônibus tinha circulado, sua mente também circulava. Ele precisava ligar para a polícia e entregar os dois. Diria que Aaron o havia ameaçado e que ele não tivera opção: ou dirigia a picape ou ele iria matá-lo. Na ocasião Aaron não tinha arma, mas agora havia uma no porta-luvas. Talvez, quando viessem prender os dois, essa história parecesse razoável e eles pegassem leve com Bobby, talvez até o liberassem. Mas se tivessem examinado as fitas de vídeo já seria tarde demais. Qualquer história que ele contasse agora pareceria que estava tentando se livrar das consequências. E se de algum modo Aaron se livrasse reivindicando legítima defesa ou algum outro papo furado? E aí? Será que ele viria atrás de Bobby?

Antes daquela noite, a ideia de que Aaron faria alguma coisa desse tipo era como um exemplar de *O que aconteceria se...?*, em que Uatu, o Vigia narrava as realidades alternativas do Universo Marvel. Nesse exemplar o melhor amigo de Bobby tinha virado um psicopata assassino neonazista. Se Bobby tivesse dito *foda-se a Original, a pizza deles é uma bosta*, eles iriam ao *drive-thru* do Taco Bell e comeriam até se fartar. Aaron teria bebido até trocar as pernas. Na manhã seguinte colocariam em dia tudo que havia acontecido desde que ele fora preso. Falariam de todos os bons desenhistas que estavam saindo da Marvel e começando a Image. Como Keaton tinha sido uma bosta como Batman pela segunda vez e como transformaram as Tartarugas Ninja numa porra de franquia infantil apesar de Rafael ainda ser um tanto fodão. Em algum lugar no meio daquilo tudo, Bobby iria ajudá-lo a esquecer o que havia acontecido lá dentro, voltando a algum tipo de normalidade.

Mas isso era o verdadeiro *O que aconteceria se...?* Não: era a realidade alternativa.

Aaron merecia voltar para a cadeia. Mas não era a cadeia que tinha feito isso com ele? Rasparam o cabelo dele e arrancaram seus dentes a pancadas. Foderam a cara dele e o estupraram.

Meu Deus, o que eles fariam comigo? Onde eu me sentaria naquele *refeitório?*

Por menor que fosse o apartamento, por mais que ele odiasse o sofá e desprezasse o proprietário, o sujeito não era um guarda penitenciário, o sofá não era um catre de metal. Os cômodos tinham portas e essas portas tinham fechaduras que Bobby controlava, e ele cagava e tomava banho sem ninguém olhar.

A ideia de entregar Aaron perdeu fôlego.

Então fuja. O mais rápido que puder. Você pode ser garçom em qualquer lugar. Você não tem celular nem cartão de crédito. Mesmo se virem seu rosto nas fitas de vídeo, a picape não está registrada no seu nome. Você praticamente sumiu. É um fantasma. Mesmo se pegarem o Aaron, ele nunca entregaria você.

Ele nunca entregaria você.

Ele nunca entregaria você.

Enquanto ia apagando de tanta fadiga, seu cérebro conjurava páginas de quadrinhos. Aaron era um Caveira Vermelha bombado com anabolizantes, gritando *sieg heil* e marchando a passo de ganso, enquanto Bobby era o Peter Parker nerd, mas sem os superpoderes, ainda lutando para manter a verdadeira identidade em segredo para o supervilão maligno. Os dois travavam uma batalha épica de inteligência versus músculos enquanto ele caía no sono.

Acordou horas mais tarde, no meio de um ataque de asma. Tinha tido um daqueles sonhos em que lutava contra uma pessoa sem rosto, mas cada soco que dava era em câmera lenta, como se empurrasse os membros através de creme de amendoim. Seus socos praticamente não acertavam e, quando acertavam, não tinham efeito sobre o oponente anônimo. Por isso correu. O que também não deu certo. Não importando o quanto seu cérebro gritasse para as pernas avançarem, elas ficavam presas num tempo diferente, puxando e empurrando contra alguma força invisível. Então o sonho mudou. Agora ele caía através de gelo, a boca cheia de água gelada, suja e podre, até que vomitou. Foi quando acordou de rosto para baixo numa almofada coberta de baba e ofegando. Tateou no bolso e sugou a bombinha de asma até que a jiboia soltou seu peito.

No fim do corredor, a porta de Isabel se entreabriu. Logo depois soaram sussurros. Bobby ouviu Nico dizer a Isabel que achava que ele parecia estar dormindo. Manteve a cabeça encostada na almofada, os olhos abertos apenas numa fresta e fingiu que estava roncando, só para garantir. As dobradiças guincharam quando a porta se abriu totalmente e Bobby se esforçou para ouvir passos no carpete puído que cobria o piso frio. Então, por baixo das pálpebras, viu movimento, sentiu o cheiro do perfume de Nico. Nico deu passos longos e suaves, Hortelino perseguindo Pernalonga na temporada de caça. Bobby conteve uma risada. Nico o observava a cada passo cauteloso, e quando Bobby abriu os olhos e levantou a cabeça, ele xingou baixinho.

— Oi, Bobby.

— Oi, cuzão.

— Certo. É bom ver você de novo, Bobby. Legal falar com você. — Ele fechou o zíper do casaco até o queixo e foi em direção à porta.

— Fica longe da minha mãe, babaca — gritou Bobby atrás dele. Em seguida, balançou a cabeça e vislumbrou Isabel parada junto à porta. Ela usava um roupão atoalhado velho, do azul mais horrendo, que Bobby tinha lhe dado num natal muito tempo atrás, com dinheiro poupado dos primeiros trabalhos. Ele insistia que ela o jogasse fora, mas Isabel nunca fazia isso.

— Não é o que parece — disse ela. — Não exatamente. Ele me trouxe para casa e caiu no sono vendo se eu estava bem.

— Ah, bom, assim é muito melhor. — Bobby levantou as mãos, desanimado. — Dois dias seguidos, mãe? Meu Deus. Você não caiu da carroça da abstinência. Você simplesmente pulou fora.

Ela enfiou as mãos nos bolsos gastos e veio pelo corredor, de cabeça baixa, o cabelo puxado para trás. Sentou-se ao lado dele no sofá e pôs a mão no seu joelho.

— Pode me deixar explicar?

Bobby pôs o rosto nas mãos e se deitou de volta, falando dentro delas.

— Vai ser alguma coisa diferente do de sempre? Não posso continuar fazendo isso, mãe.

— Eu sei.

— Acho que não sabe. Quero dizer, eu literalmente não posso mais fazer isso. Você precisa arranjar um modo de fazer sozinha.

— Estou me esforçando.

— Se esforce mais!

Isabel deu um pulo diante do grito e tirou a mão do joelho dele. Apertou as lapelas do roupão.

— Bobby, o que está acontecendo com você?

— Nada. — Ele riu. — Tudo. Deixa para lá. Não importa, porra. Que horas são? Eu deveria ver se posso pegar um turno do café da manhã, já que você não está em condições.

— Eu não fiquei bêbada ontem à noite. Quero dizer, não como normalmente. Nico só achou que eu não deveria dirigir.

— Olha só, essa frase deveria ter sido: "Eu não *bebi* ontem à noite", mãe. Dá para ver a diferença?

— Você está certo. Sei que você está certo.

— Tá bom. Então por quê? Por que tomar ao menos *uma* bebida naquele pé sujo?

Isabel inalou fundo e soltou uma respiração entrecortada.

— Ontem eu perguntei se você confiava em mim. Lembra?

— Lembro.

— Se eu tentar explicar o que aconteceu nos últimos dois dias, você não vai me deixar passar da primeira situação, e eu não culparia você. *Vai* parecer o mesmo papo furado de sempre. Até certo ponto era. Mas se você realmente confia em mim, preciso que vá comigo a um lugar. Não é longe, mas você não pode fazer nenhuma pergunta até a gente chegar lá. Se você fizer isso, prometo que *nunca* mais vou beber de novo. Vou às reuniões, se for necessário. Eu juraria por alguma coisa, mas nós não temos nada de valor, a não ser você. De modo que... você sabe, é isso aí.

Os dois compartilharam um riso genuíno, mas cansado. Bobby abriu a boca para dizer que não, que precisava garantir que os dois conseguissem o aluguel do mês, mas então se lembrou do maço de notas de cem no bolso de trás. Planejava encontrar a mochila de Aaron nos fundos do restaurante, pegar as chaves e dar um jeito de entrar na picape sem ser visto e colocar tudo de volta no porta-luvas, enojado consigo mesmo por ter pegado o dinheiro. Mas, se ele fosse parar na cadeia, o dinheiro ficaria guardado em algum armário de provas enquanto sua mãe poderia ir parar na rua. Isabel o encarou com uma convicção que ele sempre havia desejado quando ela prometia essas coisas. Nas outras ocasiões ele não confiava nela, mas alguma coisa na voz, alguma coisa no olhar, o fez confiar agora.

— Tá bom — disse. — Eu vou.

Isabel deu um tapa no joelho dele e sorriu.

— Tá bom. Vai querer tomar um banho?

— Pode ir — bocejou ele. — Ainda estou acordando.

Isabel saltou do sofá e quase foi pulando pelo corredor. Quando Bobby teve certeza de que ela estava no banheiro, foi até a jarra de cerâmica em cima da pia da cozinha. Abriu o maço de notas num leque e olhou para ele durante um minuto. Contou o suficiente para o aluguel do próximo mês e pôs o resto no bolso, decidido a devolvê-lo.

Poderia viver com isso.

CAPÍTULO DOZE

Isabel não conseguia deixar de olhar para Bobby a cada placa de parada, a cada semáforo. Meu Deus, ele não se parecia nem um pouco com Robert, e ao mesmo tempo era igualzinho, especialmente agora. Os dois veriam instantaneamente a semelhança. Ela sabia. Bobby sorria a cada vez que a pegava encarando-o, mas ela via a chateação dele crescendo, daquele modo inofensivo com que os filhos ficam incomodados com as mães quando elas tratam os rapazes crescidos como os menininhos que, para elas, eles ainda são.

— O que foi? — perguntou ele.

— Quando foi que você ficou tão bonito?

— O que houve com você? — Ele baixou a janela um pouquinho.

— Tomou banho de perfume?

Ele estava certo. Ela havia exagerado. Mas com a roupa conseguiu se controlar. Era de bom gosto. Uma elegante blusa de botões, com apenas os dois de cima abertos, e calça preta com vinco bem feito do joelho para baixo. Deixou o cabelo solto, penteado para o lado. A maquiagem também era bem feita, nem de mais nem de menos. Mas não era para Robert. Esse era um dia que ela jamais iria esquecer, de um modo ou de outro. Fosse para um casamento ou um enterro, as pessoas sempre se vestiam com a melhor roupa.

— Nós concordamos: sem perguntas — disse. — Você já fez duas.

Bobby levantou as mãos e olhou pela janela. Ela sentia falta disso, dos diálogos sarcásticos afetuosos. Sentia falta daquele sorriso. Parecia tão real que ela quase não acreditou. Uma buzina soou enquanto ela ignorava um cruzamento. Isabel freou o carro, quase batendo, e Bobby se firmou no painel.

— Meu Deus, mãe.

Ela se desculpou. Seu coração latejava, já num ritmo acelerado com a ansiedade pelo que os esperava dali a poucos quilômetros. Tinha tido essa mesma sensação vinte e dois anos antes, quando ia fazer exatamente a mesma revelação para Robert. Esperava que este dia terminasse de um modo muito diferente do outro.

Não tinha pensado nada quando vomitou na manhã em que descobriu. Pelo menos a princípio. Tinha chegado tarde na noite anterior e perdido a conta das doses, mas se lembrava do número para chamar o táxi. O enjoo de ressaca era diferente. *Isso* era diferente. Não podia ser o que ela sabia que provavelmente era, mas fazia um sentido assustador.

Os dois odiavam camisinha.

— Quero sentir você — dizia ele.

Ela dizia que também queria, e queria mesmo. Ele havia tirado a tempo, devia ter tirado, Isabel tinha certeza, mas talvez não *tanta* certeza, por isso correu para o banheiro e mijou para pôr tudo para fora. Foi só uma vez e ela achou que tinha conseguido tirar tudo. Quais eram as chances? Até que ponto ela podia estar fértil? Será que havia se passado tempo suficiente? Contou os dias na cabeça e, quando chegou a um número, lutou contra a ânsia de vomitar de novo.

Naquela manhã, não conseguiu olhar para a comida. Até mesmo o cigarro matinal a deixou tão nauseada que ela o jogou fora depois de uma tragada, e nem pense na saideira. Desarranjo estomacal, tinha de ser. Quando não pôde mais se convencer, partiu para a clínica gratuita.

Não conseguiu ouvir nada que o médico disse depois de lhe dar a notícia. O som da voz dele embotou, a cabeça de Isabel parecia estar dentro de um capacete de mergulhador. Sentia-se sem peso e pesada ao mesmo tempo, como se tivesse flutuado para longe, mas o suor de nervosismo na parte de trás das coxas a grudava à mesa de exame.

Não posso cuidar de uma criança. Mal posso cuidar de mim mesma.

O fato de que alguma criança estaria berrando toda noite e dependendo dela para se manter viva, quanto mais amá-la, parecia uma piada cruel que Isabel não entendia.

Mesmo assim, alguma coisa se agitava por dentro, e ela não podia negar. Entre as oscilações dramáticas de terror completo e a familiar aversão por si mesma flutuava um minúsculo átomo de alegria. O sentimento de que Deus tinha feito tudo como deveria ser e que esse era o seu teste. Seu modo de se consertar. Uma criança iria obrigá-la a parar de beber e ficar limpa.

Talvez mamãe possa tomar conta da criança durante o dia e eu possa arranjar um emprego de verdade, talvez terminar aqueles créditos de modo a me tornar alguma coisa, talvez até um modelo de comportamento para essa criança.

Por instantes tão minúsculos como aquela vida nova dentro dela, Isabel sentiu-se feliz.

Mas gostava da sua vida. Gostava de não prestar contas a ninguém. O único apelo da escola estava nas festas, e quando descobriu que podia desfrutar delas sem o fardo das aulas, encontrou um emprego de garçonete no campus, uma outra garçonete para dividir apartamento e partiu para os dias despreocupados e o dinheiro rápido. A ideia de responsabilidade "adulta" a deixava petrificada, mas ela não precisaria fazer isso sozinha. Até perceber que precisaria, sim.

Encontrou-o na sala de jogos do diretório estudantil. Quando estendeu a mão para a porta, viu-o. E *ela*. O short curto revelava pernas longas com pele de um marrom profundo, bem mais escuras do que Robert. Ela se encostava no ombro dele enquanto ele passava giz na ponta do taco. A mão dela desceu pelas costas dele enquanto Robert se curvava sobre a mesa para dar a tacada, o olhar dela percorrendo a extensão das pernas dele, até subir e encontrar o de Isabel, olhando da porta. Isabel ficou de lado, achatando-se contra a parede perto da porta dupla de vidro.

Conte que você está grávida e ele vai ficar com você. Vai ter de ficar. Mas vai se ressentir pelo resto da vida.

Vai se ressentir? Quem é ele para se ressentir de você? Ele está ali com outra garota e nem teve coragem de contar, na sua cara. Ele não é nenhum pai e você não pode fazer isso sozinha. Isso não é vida para uma criança.

Ela se empertigou com outra onda de náusea crescendo.

Você sabe o que precisa fazer. O que tem de fazer.

Seus olhos ardiam. Ela correu para a saída com a mão na boca e empurrou a porta. O céu havia amarelado. Nuvens encorpadas rolavam umas sobre as outras. Relâmpagos iluminavam os bojos e o trovão baixo ribombava como uma bola de boliche rolando vagarosa. Outra onda de náusea, e ela engoliu de volta a bile quente. Uma bebida não parecia mais uma coisa tão ruim e um cigarro parecia ainda melhor.

Acendeu um, tirado de um maço amarrotado no bolso de trás e deu uma tragada longa e gostosa. Sabia aonde precisava ir em seguida, então o que isso importava?

Parou o carro do lado de fora da clínica e o deixou ligado. Um guardanapo manchado de café estava grudado no fundo de um descanso de copo perto do volante e ela o empurrou para longe. Uma parte continuou grudada no plástico. Ela rasgou o guardanapo em confetes marrons que cobriram suas pernas. Gordas gotas de chuva bateram no para-brisa antes que um aguaceiro lavasse o pólen das janelas em riscas verde-amareladas e golpearam o teto do carro com tanto barulho que quase abafava o rádio. Ela aumentou o volume, ouviu "Time in A Bottle", do Jim Croce, e desligou imediatamente.

Soltou o cinto de segurança, tirou a bainha da blusa de dentro do cós e puxou-a para cima, estufando a barriga lisa. Um montinho se formou e ela riscou círculos sobre ele com o indicador.

Sentou-se ereta e puxou a blusa para baixo.

As gotas caíam duras como granizo. Isabel tamborilou os dedos no volante, acompanhando o ritmo. Os trovões eram a única coisa mais barulhenta do que a chuva.

Não seria justo ficar com ele. Os meninos precisam de um pai.

Ah, um pai igual ao seu? Seria justo? Você pode fazer isso melhor do que ele.

No banco do carona havia três garrafas de vodca em sacos de papel. Isabel as havia comprado antes de ir se encontrar com Robert. Esperava ficar bêbada com ele uma última vez e cair com ele na cama, onde ele beijaria sua barriga antes de descer mais ainda. Beliscou o braço com força para que a lembrança de como ele podia fazê-la se sentir bem fosse substituída pela dor, como o tapa na cara por tê-lo visto com o braço daquela garota nas costas dele, onde a mão de Isabel já estivera. No lugar que era seu. Riu, depois chorou, depois gritou. Quem ela estava tentando enganar? Que confusão da porra. Não podia ser mãe para nenhum filho.

Um filho. Era a segunda vez que pensava no bebê como um "ele". Não sabia por quê. Só *sabia*. Com isso, seus motivos para não mantê-lo não importavam mais, porque não havia mais nenhum pequeno átomo, havia um "ele". Ela sorriu, soltou um risinho e não conseguiu parar.

Engrenou o carro e se afastou da clínica.

Mas no caminho de casa seu pensamento ficou mudando junto com os semáforos.

Verde. Essa é a melhor coisa do mundo, ele é um presente.

Amarelo. Bom, talvez não agora. Talvez agora que você sabe que realmente quer um bebê, deveria esperar até ficar um pouco mais estável. Não tenha esse. Você não sabe realmente se é um "ele". Diabos, talvez você só o queira porque, no fundo, acha que ainda pode fazer com que Robert fique com você. Meu Deus, baixa a bola, garota, e pensa um pouquinho.

Vermelho. Você pirou de vez, porra. Liga pro Robert. Ele não quer um bebê, nem você. Talvez ele até pague pelo procedimento. Livre-se dessa coisa e viva a vida que você curte. Quer ficar acordada a noite toda? Quer abrir mão das baladas? Você consegue? Cai na real.

Passou por vários semáforos vermelhos no caminho para casa.

Isabel e sua mãe estavam tirando os pratos da mesa do jantar quando a bolsa estourou. Um prato bateu no piso lançando cacos de cerâmica pelo chão. Sua mãe começou os exercícios de respiração enquanto ajustava o cronômetro da cozinha para medir as contrações. Isabel olhou um caco em forma de lua crescente balançar para um lado e para o outro como um berço. Seu pai gritou da sala e rompeu o transe.

Isabel segurou a barriga e implorou que o bebê parasse de esfaqueá-la de dentro para fora enquanto ela ficava parada numa poça de si mesma.

Me dê só mais uma semana, porque não estou pronta, agora, não.

Então percebeu que nunca estaria pronta porque não era só o bebê que estava chegando. Agora vinham as noites insones, uma barriga frouxa e todas as coisas de outra pessoa para serem limpas. Precisava amar a criança, precisava amá-lo. Mais do que a si mesma, e não sabia se era capaz. Encostou-se na bancada e vazou no linóleo dos pais enquanto imitava a respiração da mãe, não tanto para controlar a dor, porque não controlava, mas para não ter um ataque de pânico. Não serviu para isso também.

Seu pai estacionou o carro enquanto a mãe empurrava a cadeira de rodas com Isabel até a entrada da emergência. Uma enfermeira pegou a cadeira e a empurrou para o setor de parto, franzindo o rosto diante dos berros de Isabel para que lhe dessem uma epidural. Cada contração parecia um maremoto, levantando e estourando em sua barriga. Ela se vomitou toda. Queria segurar a cara de cada freguesa na lanchonete onde trabalhava que lhe dizia como ela era felizarda, que dar à luz era uma coisa linda, e empurrá-la através do vidro da janela. Por que não tinha entrado na clínica e pegado a primeira data disponível? Qualquer coisa que a afastasse desse momento, enquanto esse bebê a rasgava por dentro. Não queria mais isso.

Era tarde demais para a epidural. Empurraram sua maca até a sala de parto e prenderam seus tornozelos nos estribos de aço frio. Entre as contrações, pensava na ruína que esse bebê provocaria no seu corpo e que nenhum homem jamais iria querê-la de novo. A dor aumentou, e ela gritou para que o arrancassem de dentro. Começou a hiperventilar com o pânico.

Como vou sair dessa? Com quem posso deixá-lo? Quem posso convencer a cuidar dele?

Eles mandavam empurrar e ela empurrava. Sentiu cheiro de merda e começou a chorar.

Está coroando, disse o médico numa voz tão empolgada quanto Isabel sabia que deveria estar.

Quando ele disse que era um menino, todas as suas dúvidas sumiram numa respiração, como uma vela se apagando. Isabel inalou o ar e não doeu, não como antes. Uma calma quase alarmante, de tão imediata, dominou-a, e nesse momento ela retirou tudo, todas as coisas terríveis que tinha pensado.

Pediu para segurá-lo, mas o médico lhe deu as costas e levou o bebê até uma mesa. Duas enfermeiras se amontoaram em volta dele e outra veio para perto de Isabel e segurou sua mão. Tudo estava silencioso demais. A respiração da enfermeira fazia barulho através da máscara.

— Por que ele não está chorando? — perguntou Isabel.

A enfermeira acariciou seu cabelo.

Então não estava mais silencioso. Isabel ouviu sons úmidos de sucção, como o gancho de plástico usado no consultório dentário, e ainda não havia choro.

— Tem alguma coisa errada? — perguntou.

A enfermeira apertou sua mão com força e as lágrimas de Isabel caíram livres. Ela lamentou cada bebida que tinha dito a si mesma que não deveria ter tomado, cada cigarro que tinha prometido que seria o último, cada saída tarde da noite. Só queria ouvi-lo chorar. O médico murmurou e uma enfermeira saiu do lado dele para pegar um telefone. O som de sucção continuou e a enfermeira baixou a máscara para falar no aparelho.

Então ele miou feito um gatinho. As bochechas da enfermeira dela subiram acima da borda da máscara e transformaram seus olhos em fendas. Ela apertou a mão de Isabel e a esfregou. O calor subiu pelo seu braço e penetrou no peito. O médico virou as costas para a mesa com seu homenzinho enrolado em panos pousado no antebraço. Ele caberia numa das mãos do médico. O médico o estendeu para ela e, ainda que Isabel nunca tivesse segurado um bebê, seus braços sabiam o que fazer. O rostinho vermelho e franzido parecia amassado e machucado. Tinha um tufo de cabelos lisos e Isabel soltou um suspiro de alívio porque, pelo menos por enquanto, ele não se parecia com o pai, pelo menos não de um modo que importaria para o pai dela. O menininho deu um bocejo enorme e soltou fungadelas de porco, as mãozinhas minúsculas abriam e fechavam. Isabel não conseguia parar de rir.

— Ele é lindo — disse a enfermeira.

— Ah, meu Deus, não, não é. — Isabel sorriu. — Mas você precisa dizer isso. — A enfermeira deu um tapinha no ombro dela. — Ele é feio, mas é meu. — A enfermeira que tinha pegado o telefone veio até Isabel e estendeu a mão para o bebê.

Isabel recuou. Disse que não.

O médico se afastou da mesa e outra enfermeira se juntou a ele. Isabel segurou o menino mais perto do corpo. Por que queriam tirá-lo? Olhou para sua enfermeira e implorou que ela não deixasse. O médico parou ao seu lado e disse que precisavam levá-lo para o berçário, para tomar outras medidas e que ele havia pedido uma consulta respiratória por causa de todo o líquido que tinham precisado sugar. As fungadas, os gritos fracos, o peso e a respiração eram motivos de preocupação. Isabel não queria soltá-lo, mas sua enfermeira tinha olhos gentis. Confiou na mulher quando ela estendeu os braços para pegá-lo.

— Não se preocupe. Ele estará em boas mãos — disse ela. — E depois vai estar nas suas.

Os músculos minúsculos do pescoço dele se flexionavam a cada respiração curta e ele assobiava ao inalar. Respirar era um esforço. Isabel jurou que jogaria os cigarros fora. Quando olhou nos olhos dos médicos e enfermeiras, não viu nenhum julgamento. Aninhou-o nas mãos e o entregou à enfermeira. Ela agradeceu e o entregou a outra enfermeira, que o colocou num carrinho com rodas e saiu com ele pela porta dupla.

— Você já escolheu um nome? — perguntou ela.

A porta se fechou e ela ansiou por vê-lo outra vez, uma dor muito semelhante à de quando percebeu que Robert tinha ido embora. Mas seu filho não iria deixá-la. Ele voltaria. Iria amá-la para sempre.

— Bobby — respondeu. Em seguida, se recostou e fechou os olhos, e caiu no sono antes de chegar ao quarto.

O relógio do painel marcava meio-dia e dez quando pararam na extremidade mais distante do estacionamento ao lado do rinque de patinação do Schenley Park. Isabel verificou o rosto no retrovisor e viu Bobby observando-a com o canto do olho. Puxou o cabelo para trás, depois soltou-o, em seguida puxou de novo. Virou-se para Bobby, que continuou a olhá-la, confuso.

— O quê? — perguntou ela.

— Eu é que pergunto. O que você está fazendo?

— Só mais uns minutos, querido. Juro.

O rinque estava quase transbordando de pais e filhos que aproveitavam o dia com neve. Isabel examinou a multidão até encontrá-lo. Ele usava calça cinza com vinco impecável e um sobretudo de lã preto. Filho da mãe, ele estava bonito. Encostado no muro externo do rinque. Um pai e sua filhinha meio andavam e meio patinavam de mãos dadas junto à borda. A menina guiava o pai, em vez de o contrário. Quando terminaram a volta e chegaram mais perto de Robert, o pai perdeu o equilíbrio, com os olhos arregalados, os pés escorregando, e agarrou o muro. Robert estendeu a mão para ajudá-lo enquanto a menina agarrava o pai pelo antebraço. Ela riu, mas não dele. Orgulhosa demais por estar salvando-o. Robert sorriu para os dois enquanto eles partiam para longe, e Isabel ficou olhando-o olhar os dois. Viu a mesma tristeza da noite anterior. Essa era a sua chance. Virou-se e parou na frente de Bobby, pedindo:

— Preciso que você espere aqui. — E apontou para um banco ali perto.

— Sério, mãe, que negócio é esse? Nunca usei patins e não estou com clima para aprender hoje. Realmente, preciso ir ao bistrô e ver se consigo um turno de fechamento.

— Só. Fique. Sentado.

Ele soltou o ar num jato e se sentou. Isabel levou as mãos ao rosto num gesto de oração.

— Obrigada. Dez minutos. Só me dê dez minutos. Já volto. — Bobby assentiu, recostou-se e abriu os braços no encosto do banco. Isabel recuou alguns metros e se virou para andar na direção de Robert.

Ele se virou ao vê-la e sorriu. Não era um sorriso grande, mas era caloroso, quase aliviado. Os pés e os lábios dela pareceram entorpecidos. Imaginou se seria possível ter um ataque cardíaco, de tanto medo, porque assim que ele a viu, ela sentiu um terror puro. Não tinha pensado totalmente nisso. De algum modo, tinha imaginado que apertaria a mão dele, falaria do tempo e contaria sobre o filho crescido.

Eu mencionei que ele acha que você está morto porque eu disse isso? Porque você partiu meu coração? Quero dizer, é, você está certo, foi minha culpa, mas na época eu não sabia, de modo que... é... ops. Por sinal, eu dei o seu nome a ele, já que era o único modo de ter você por perto. Não é esquisito, é?

Ah, meu Deus, é a coisa mais idiota que eu já fiz.

Ele andou até ela. Isabel limpou a mão na calça e a estendeu para um aperto ao mesmo tempo em que ele levantava os braços. *Meu Deus, ele vai me abraçar, que diabo eu devo fazer com isso?* Rapidamente mudou para os braços abertos e ao mesmo tempo ele mudou para a mão estendida para um aperto de mão. Os dois se imobilizaram nessas posições e riram. A sensação era boa, uma válvula de pressão liberada. Então ele a abraçou de verdade. Lágrimas brotaram e ela forçou-as a recuar. Passou os braços em volta da cintura dele, encostou a cabeça no peito dele e inalou o ar. Percebeu que ele a havia soltado e que ela continuava segurando-o, por isso lhe deu três tapas com força nas costas e o soltou.

— Achei que você podia ter esquecido — disse ele.

— Desculpe. Precisei fazer uma coisa num lugar. — Ele deu um risinho. — Não, não precisei. Desculpe o atraso. — Ela inclinou a cabeça na direção do rinque. — Quer patinar?

— Os negros não foram feitos para o gelo. Além disso, cair é ruim para o meu ego.

— Graças a Deus. Se você dissesse sim, eu estaria ferrada.

Ele riu de novo.

— Quer andar, então? — perguntou ela.

— É, parece bom.

Isabel queria que ele oferecesse o braço para que ela pudesse passar o dela, para que pudesse pousar a cabeça no ombro dele enquanto caminhavam pelo parque. Apesar do calor da recepção, apesar dos risos agora mesmo, ela sabia que esse tempo estava perdido para os dois. Lembrou-se, pela última vez, de que esse tempo não era seu. Ele pôs as mãos nos bolsos, e Isabel fez o mesmo. Ela engoliu a saliva ao redor da bola de tênis que estava na garganta e os dois se afastaram do rinque para a trilha de caminhada que os levava para o parque, na direção de Bobby. Então o pager de Robert apitou.

CAPÍTULO TREZE

Quando acordou naquela manhã, Robert quase cancelou a coisa toda. Se tivesse pensado em pegar o número de telefone de Isabel, faria isso. Não era por causa de sentimentos antigos voltando à superfície, pelo menos não aqueles com os quais ele precisaria se preocupar. Doía vê-la de novo. Lembrar-se do medo que sentia na época, de o relacionamento ser descoberto. Do que o pai dela faria. De como tinha se esforçado para não sentir medo, e como queria que Isabel entendesse que aquilo não era um jogo. Como queria parar de gostar dela, tornar fácil se afastar. Que mesmo ela achando que era, não era. Não queria se lembrar da sensação. Queria sentir tanta raiva de Isabel quanto ela obviamente sentira dele durante todos esses anos, e, no entanto, não queria lhe dar a satisfação da sua raiva.

Mesmo assim tinha contado. Tinha dito tudo que quisera dizer tantos anos atrás. Ficou surpreendido com o peso daquelas emoções ainda dentro dele, com décadas de idade. Não achava possível que aquilo ainda importasse. Não percebeu isso no instante em que reconheceu quem ela era, e sim no momento em que disse o que ela havia significado para ele. O que a desconsideração pelo seu medo, consciente ou não, significava para ele. Por que isso fez com que a reação dele à injúria dela fosse ferir de volta. Isso tirou o peso de cima. Colocou-o de lado. O sentimento era quase eufórico, bom demais para não compartilhar.

Depois de tomar banho e se vestir, desceu a escada e parou na frente da porta dupla que dava na sala de jantar. Os documentos do divórcio estavam esperando, não existia vontade suficiente para fazê-los desaparecer da mesa. Abriu a porta e sentou-se. Bateu com os dedos na borda dos papéis, achatando-os na dobra, até que pegou a caneta ao lado. Puxou os documentos, curvou-se sobre eles e assinou.

Depois de virar as páginas, rabiscar as assinaturas, saiu da sala de jantar, foi até seu escritório doméstico e mandou a papelada por fax para o advogado de Tamara. Uma leveza diferente pousou em seu peito enquanto as páginas passavam pela máquina. Quando terminou, dobrou os papéis e foi até o cofre no armário do escritório. Havia uma pasta vazia bem na frente da que continha os registros médicos dos dois. Registros que incluíam o relatório da última visita ao obstetra. Robert arquivou-os e fechou o cofre.

— Sinto muito — disse.

Foi para a porta da frente da casa. Isabel abriu uma porta, ofereceu a chance de fechar outra, e ele precisava passar.

A área principal do Schenley Park estava apinhada para um dia de meio de semana. A neve da noite anterior tinha sido afastada, e o sol claro da tarde derretia os montes de neve apesar do frio no ar. Subia vapor da calçada úmida. Robert protegeu os olhos da claridade da neve e olhou a área meio lotada. Não viu nenhum sinal de Isabel, por isso foi pelo caminho que levava ao rinque de patinação.

    Uma menininha passou correndo por ele, perseguida pelo irmão, rindo furiosamente. Isso o fez sentir saudades instantâneas de Tamara. Ela ria assim; riu assim quando eles se deitaram de conchinha e ele fez cócegas na barriga dela, logo que descobriram que estavam grávidos. Lembrou-se de como ela levava a mão atrás e puxava seu rosto contra o pescoço. Ele se aconchegava e passava a mão na parte de baixo da barriga dela, descia mais ainda e enfiava o dedo fazendo-a ofegar. Os dois se deitavam no meio da cama, comprimidos um contra o outro com o máximo de força que podiam. Jamais tinha imaginado que o meio da cama iria se tornar uma linha divisória que nenhum dos dois cruzaria de novo. Assinar aqueles papéis tinha sido um erro.

    A neve curvava os galhos das árvores nas laterais da trilha, cobrindo-os como glacê de bolo. O sol da tarde espreitava através de aberturas nas copas entrecortadas. A neve derretendo caía como chuva no caminho de asfalto. Um ramo soltou sua cobertura de neve que bateu no chão com um estalo úmido. O galho oscilou como se estivesse acenando. Chamava-o ou o alertava para ir embora. Robert continuou andando.

    As gargalhadas agudas das crianças ecoavam no ar enquanto ele se aproximava do rinque. Em algumas áreas as estradas ainda estavam cobertas e o rádio dizia que outra onda da tempestade havia transformado os adiamentos escolares em cancelamentos. Os pais matavam o trabalho com os filhos. Algumas crianças patinavam com uma fluidez treinada enquanto os pais iam atrás, com os rostos luminosos de orgulho. Outras se agitavam atabalhoadas como potros recém-nascidos testando as pernas enquanto as lâminas dos patins cortavam o gelo. Mães e pais seguiam atrás com os braços estendidos e prontos para pegá-las quando caíam. Robert encostou os cotovelos no muro do rinque e ficou olhando.

A mão de alguém agarrou o corrimão do rinque na frente de Robert, com um som de tapa. O homem à qual ela pertencia segurou-se para não cair no gelo. Uma menina que parecia filha dele, não teria mais de dez anos, parou deslizando ao lado. Ele se levantou com a ajuda dela enquanto seus patins deslizavam para trás e para a frente numa tentativa dramática de se equilibrar, tudo isso para valorizar o trabalho da menina. Ele piscou para Robert. Ela fez tsc-tsc, e ele e Robert compartilharam um sorriso de quem sabia das coisas. Ele agradeceu à filha repetidamente por tê-lo ajudado e os dois se juntaram ao resto dos patinadores no círculo externo.

Robert olhou o relógio. Pelo jeito Isabel não viria, e ele não sentiu nenhum pingo de alívio. Ao se virar de novo para a trilha, viu-a. Ela sorriu e acenou. Quando os dois se alcançaram, ela estendeu a mão ao mesmo tempo em que ele abria os braços. Ele estendeu a mão e ela abriu os braços até que os dois se decidiram por um abraço. Foi um abraço bom. Ele sentiu o perfume de uma colônia masculina e o cheiro azedo de álcool vindo da pele dela. Ela deu um aperto extra, além de alguns tapas com força, e se afastou.

Os dois caminharam. Ela ficava olhando dos sapatos para ele, e de volta, o rosto tenso com a antecipação de algo para dizer. Justo quando ela parecia pronta para falar, seu pager soltou um bipe. Ele olhou para baixo e arregalou os olhos ao ver um número da Califórnia. Girou a cabeça procurando um telefone público e encontrou um logo atrás.

— Desculpe — disse. — Só me dê um minuto. Já volto. — Não esperou a reação de Isabel e foi rapidamente até o telefone. Ela atendeu ao primeiro toque.

— Esse foi rápido — disse Tamara.

— Quero dizer, é... você sabe. Não é tipo... Eu não estava esperando. só... — Ele revirou os olhos e balançou a cabeça diante da própria falta de jeito. Olhou Isabel mais adiante. Ela desviou os olhos, ao ser apanhada espiando, e ficou se balançando de um pé para o outro. Seu nervosismo o distraiu por um momento.

— Obrigada — disse Tamara.

Robert voltou rapidamente a si.

— Desculpe. Por quê?

Tamara ficou em silêncio.

— Ah, sim — disse ele. — Claro.

Nenhum dos dois falou. A respiração de Tamara fez uma pausa e em seguida voltou. Robert visualizou o queixo dela baixando para deixar as palavras, quaisquer palavras, virem, secando na boca aberta. A cada vez que ele ia falar, chegavam aquelas pequenas pausas, e assim ele se conteve, até que ela rompeu o silêncio.

— Cuide-se, Robert.

Um protesto veio subindo. *Vamos manter contato. Um telefonema de vez em quando. Talvez um jantar quando você voltar à cidade.*

Ele sabia o que as palavras dela significavam. Sua discordância recuou.

— Você também, Tamara. Se é que vale de alguma coisa, sinto muito.

Ela soltou um suspiro.

— Vale muito. — Outra respiração. — Tchau.

Um estalo e a linha ficou muda.

No início do relacionamento, quando Tamara viajava para convenções, os dois ficavam ao telefone até tarde da noite. Cada um pedia para o outro desligar primeiro, mas só quem havia ligado poderia encerrar o telefonema. Se o outro desligasse primeiro, a ligação seria retomada caso o outro lado levantasse o fone de novo. Eles batalhavam para lá e para cá até que um finalmente cedia, sucumbindo à fadiga e à ameaça de horas intermináveis de trabalho na manhã seguinte.

Robert esperou que Tamara levantasse o fone. Então recolocou o aparelho no gancho.

Virou-se para Isabel, que o recebeu com outro sorriso enquanto ele voltava para perto.

— Tudo bem? — perguntou ela.
— Tudo. E não. Mas sim.
— Certo. Isso é bom. Não é?
— Isabel, eu preciso ir.
— Espera. O quê? O que foi que eu disse?
— Nada. Realmente. Não é você. Aquele telefonema. Eu não esperava... — Ele parou. — Olha, ontem à noite nós dissemos o que precisávamos dizer, não foi? Realmente tem mais alguma coisa para ser discutida? Nós cometemos erros, nós dois. Acho que não precisamos revivê-los mais ainda.

A voz dela oscilou.

— Mas você disse que estava tudo bem nos encontrarmos aqui.
— Eu sei, e estava errado. Sinto muito. Aconteceu muita coisa na minha vida ultimamente e eu de fato achei que seria bom falar sobre o que quer que você quisesse falar. Encerrar essa questão. — Ele olhou de volta para o telefone público. — Acho que talvez eu já tenha encerrado o suficiente por hoje.
— Você não pode ir.
— Izzy, não me transforme no bandido aqui. De novo. Eu não quero, não preciso nem tenho de explicar por que vou embora. Eu vou. Aceite isso, por favor.
— Eu mereço. Mereço mesmo. Não tenho direito de pedir que você me conte nada a seu respeito, sobre o que foi esse telefonema, por que você está aqui agora, depois de tantos anos. Nada disso. Mas preciso lhe dizer uma coisa. Não. Eu *tenho* que dizer uma coisa. Uma coisa que eu lhe devo para consertar o que eu estava envolvida demais em mim mesma para perceber que tinha feito com você. Para consertar a dor que eu causei.

Robert olhou para o relógio.

— Olha, entendi. Mas, honestamente, prefiro que cada um de nós vá em frente com a vida. Vamos considerar que esquecemos um do outro e ir em frente. — Ele parou, pôs as mãos nos ombros dela e lhe deu um beijo de leve no rosto. — Seja boazinha.

— Por favor, não — sussurrou ela enquanto ele se afastava. Robert escutou a dor na voz e resistiu à ânsia de abraçá-la em despedida. Não queria ser cruel, mas ela não estava dando opção. A última coisa que queria era lhe dar esperança.

— Tchau — disse enquanto passava ao redor dela. Quando fez isso, viu um rapaz sentado num banco, e ele parecia familiar, mas Robert não fazia ideia do motivo. Isabel chamou atrás dele, com um desespero sério:

— Bobby!

Seu tom fez Robert parar. Ele se virou, e quando fez isso o rapaz no banco se levantou perto dele.

— O quê? — os dois gritaram de volta.

Em seguida se olharam, depois olharam de novo para Isabel enquanto ela corria para eles.

CAPÍTULO CATORZE

Bobby fingiu que não estava observando Isabel quando ela olhou por cima do ombro para ver se ele estaria fazendo isso. Assim que ela se virou de novo, ele não afastou mais o olhar. Ela se aproximou de um homem negro, um pouco mais velho, do lado de fora do rinque. Os dois se abraçaram, ainda que desajeitadamente, depois voltaram na direção de Bobby, mas não de braços dados, não dando as mãos.

Quem era aquele cara com ela? O que isso teria a ver com ele?

Bobby franziu os olhos enquanto os dois se aproximavam. O rosto do homem entrava e saía das sombras do arco formado pelos galhos nus por cima da trilha. Bobby nunca tinha visto aquele sujeito, mas o rosto tinha uma familiaridade que ele não conseguia situar. Os dois estavam a alguns metros de distância quando o homem se afastou de Isabel para telefonar. Bobby viu sua mãe ficar se balançando para trás e para a frente nos calcanhares. Ela olhou de novo por cima do ombro e Bobby girou a cabeça rapidamente na outra direção. Imaginou por que se importava com a possibilidade de ela pegá-lo observando, mas alguma coisa naquele momento parecia voyeurismo, como se ele a enxergasse sob uma luz em que ela não queria ser vista. Por isso desviou o olhar e ficou espiando esporadicamente até ter certeza de que era seguro.

Quando o homem voltou para perto dela, alguma coisa com relação à dinâmica dos dois havia mudado. Eles só se falaram brevemente e ele a deixou parada. O que quer que ela tivesse planejado não tinha corrido bem. Estava cabisbaixa, os braços frouxos ao lado do corpo. Bobby olhou para o homem que se aproximava e os olhares dos dois se encontraram. Nesse momento, Bobby percebeu um reconhecimento nos olhos do homem, parecido com o que ele sentira ao ver o rosto dele.

Então ouviu a mãe gritar seu nome.

Levantou-se.

O homem parou.

Os dois responderam ao chamado.

Isabel correu pela distância curta para encontrá-los. Bobby e o homem trocaram olhares confusos e depois os dois olharam para Isabel. Bobby viu o medo no rosto dela.

— Mãe, o que foi?

— Mãe? — perguntou Robert. — Você tem um filho?

— Tenho.

— Mãe, que diabo está acontecendo? Quem é esse cara?

Lágrimas escorriam pelo rosto dela.

— Achei que eu poderia dizer, mas não posso.

— Izzy, o que está acontecendo? O que você não pode dizer?

— Ah, meu Deus — disse ela. — Meu Deus, Robert, ele é seu filho. Você é o pai dele. Ah, meu Deus, sinto muito.

Bobby franziu a testa e em seguida arregalou os olhos. A familiaridade que tinha visto no rosto do homem não era porque o *conhecia*, mas conhecia, e isso não era possível. Recuou um passo. A parte de trás das suas pernas bateram no banco e ele se sentou. Olhou para os pés e espremeu o montinho de neve suja embaixo deles. Na primeira vez em que Bobby tinha levado um soco, sua cabeça pareceu estar embaixo d'água, uma pressão nos ouvidos que abafava os sons e fazia o borbulhar do sangue parecer uma cachoeira. Sentiu a mesma pressão agora.

Ele está *morto*. Era o que ela havia dito, que ele morreu antes de Bobby nascer.

Morto, morto, morto.

Aquele carinha estava morto? Meu Deus, eles tinham deixado o garoto lá, sangrando e gemendo. Ele o havia deixado lá. Tinha ido embora dirigindo a picape.

A pressão cresceu nos ouvidos, passou para trás dos olhos e as bordas ficaram turvas. Suas bochechas estavam entorpecidas. Ele apoiou o rosto nas mãos e fechou os olhos. E ouviu.

— O que você disse? — perguntou Robert.

— Nós temos um filho.

— Nós temos um filho.

— Nós temos um filho — repetiu Isabel. Robert soltou uma gargalhada irritada. Chegou mais perto de Isabel e falou baixinho:

— Nunca mais me deixe ver nenhum de vocês dois. Entendeu?

— Havia um tom ameaçador em sua voz. A pressão nos ouvidos de Bobby diminuiu. Suas bochechas arderam, aquecidas com o jorro de sangue. Olhou os dois com atenção, mas sua mente se esforçava para processar a cena surreal que se desdobrava diante dele.

— Sei que você está chateado — disse Isabel. — Sei que isso é louco.

— Foi o crachá? — perguntou ele. O volume da voz aumentou. Pessoas passando olhavam os três, tentando disfarçar e não conseguindo.

— Foi isso? Eu sabia que deveria tirar quando entrei no bar.

— Não sei o que você está dizendo.

— Você viu "doutor" no meu crachá e sentiu cheiro de dinheiro, foi?

— O quê? Não. Espera aí, o que você está tentando dizer?

— Não venha com papo furado. — As pessoas pararam de fingir que não olhavam e não ouviam. — Sinto muito, de verdade, se você não sabe quem é o pai do seu filho. De verdade. E sinto muito se pessoas como você parecem simplesmente parir filhos quando querem, sem ao menos tentar, quando pessoas como eu, que são formadas, têm meios para cuidar deles e criá-los num bom lar, com pais amorosos, têm filhos que morrem quando os batimentos cardíacos só estão começando.

O rosto de Isabel desmoronou.

— Você perdeu o seu bebê?

Ela deu um passo na sua direção e ele se afastou bruscamente.

— Não — disse ele. Em seguida enxugou o olho com o polegar. Isabel recuou com as mãos levantadas. Robert apontou para Bobby, mas não quis olhar para ele. — Esse garoto pode ser filho de qualquer um, e você sabe. Como pode usar seu filho para arrancar dinheiro de mim? Que tipo de pessoa faz isso? O que eu disse ontem à noite não significou nada? Você decidiu que ia me machucar mais uma vez.

— Você deveria estar morto — sussurrou Bobby, levantando-se.

— O quê? — reagiu Robert rispidamente, virando-se para Bobby.

— Ela me falou sobre você, falou mesmo. Mas disse que você estava morto. Que foi embora antes de eu nascer, e que você morreu.

Robert se virou para Isabel, com os olhos arregalados e incrédulo.

— Eu estava com raiva demais. — A voz de Isabel embargou. — Queria que ele também tivesse raiva de você. Só que ele não teve. Quanto mais velho ficava, mais queria saber sobre você. Não tinha motivo para pensar que você era... que ele era... quando ele nasceu, com essa aparência, e com nós dois morando com meu pai, eu... — Seu rosto ficou vermelho e ela baixou o olhar. — Era mais fácil manter a mentira. Ele ficava pressionando e perguntando, por isso precisei dizer que você tinha morrido. Não podia me arriscar a ele fazer as perguntas erradas na frente do meu pai. Meu Deus, fiquei tão aliviada, porque ele parecia branco, que precisei deixar que ele continuasse pensando isso. Achei que as coisas ficariam menos complicadas. Só que não ficaram. Nem de longe. Quando ele descobriu sobre você, que você era...

— Negro, Isabel — disse Robert. — Pelo amor de Deus, pare de ficar se desviando, como se fosse um palavrão.

— Desculpe. Você está certo. Quando ele descobriu isso, já tinha começado a acreditar em coisas que não deveria, coisas que eu não podia consertar porque já era tarde demais.

— Que tipo de coisas? Por que você não podia consertar?

Isabel baixou os olhos de novo.

— Você sabe o quê, e sabe por quê. Porque ele tem muito do avô.

Robert deu um passo atrás, depois se deixou cair no banco ao lado de Bobby.

— Como você pôde fazer isso? Como pôde mentir para ele? Para mim?

Bobby levantou os olhos.

— Mentir para você? — perguntou a Robert. Em seguida, olhou para Robert e depois para Isabel. — Espera aí, não é verdade que você foi embora quando ela estava grávida?

Robert encarou Isabel, furioso.

— Fui embora? Eu nunca soube que você existia, até esse momento. Até agora.

Bobby pôs o rosto nas mãos, apoiando os cotovelos nos joelhos. Balançou a cabeça para trás e para a frente.

— Bobby — disse Isabel.

Bobby gritou nas mãos:

— Porra!

Isabel e Robert deram um pulo. Uma família que por acaso estava passando também reagiu assustada, e o pai fez com que eles se apressassem. Robert se levantou e Bobby também. Precisava ver por si mesmo. Seu olhar percorreu o rosto de Robert, o contorno do nariz, a forma do queixo, o castanho-avermelhado dos olhos, e entendeu a familiaridade que o havia impressionado no momento em que o tinha visto. A única diferença real era a cor da pele. Robert estava à sua frente como outra versão dele, e Bobby enxergou a mesma percepção confusa nos olhos de Robert. A pressão se esvaiu dos seus ouvidos e dos olhos, o sangue voltou aos membros, pesados para contrabalançar a leveza e prendê-lo na terra. Bobby tinha ouvido a honestidade desesperada na voz de Robert, uma raiva temperada com tristeza e uma boa quantidade de arrependimento. Ele realmente não sabia. No entanto estava ali, num momento em que Bobby precisava de um pai, do *seu* pai, mais do que nunca.

Mas ele?

Bobby se deixou cair no banco, de novo com a cabeça nas mãos.

— Bobby... — disse Isabel.

Bobby levantou os olhos apertados de fúria.

— Não precisa falar comigo agora, porra.

Isabel deu um passo atrás, com os olhos molhados instantaneamente. Robert olhou para um e para o outro.

— Ei, espera um minuto aí, cara — disse Robert a Bobby.

— Não — pediu Isabel. — Ele está certo. Eu deveria... eu vou embora.

— É melhor — disse Bobby, com uma petulância que não tinha desejo nem capacidade de controlar. Robert virou as costas para ele, mas Bobby viu Isabel dizer sem som a palavra "conversem", enquanto seguia pelo caminho até sair do parque. Robert estendeu as mãos dos lados do corpo, num pedido para ela ficar, mas baixou-as enquanto ela virava um pontinho ao longe. Sentou-se de novo ao lado de Bobby.

— Você não acha que pode ter pegado um pouco pesado demais?
— É. Como se você não quisesse dizer exatamente a mesma coisa. Robert riu.
— É justo.
— Isso é errado pra caralho.
— Eu diria que é a definição certa, sim.

Os dois riram, concordando de má vontade, depois inclinaram o corpo para a frente, esfregando as mãos. Bobby notou a semelhança no tique e se recostou de novo no banco.

— E quando você ficou sabendo?

Bobby inclinou a cabeça interrogativamente.

— Que você era negro.
— Não sou negro.
— Há alguns bilhões de pessoas que discordariam.
— É, bom o único modo de eles saberem seria perguntando. E com certeza eu não vou dizer. — Bobby se levantou e foi se afastando.

Robert foi atrás.

— Eu estou perguntando. Então diga. Conte como você descobriu.

CAPÍTULO QUINZE

Bobby estava com onze anos. Morava com Isabel na casa do avô desde que tinha nascido. Vinha se sentindo solitário desde a morte da avó, Nina. O avô precisava esperar Bobby no ponto de ônibus e colocá-lo na cama quando Isabel não estava em casa. Na época, ela trabalhava um bocado, tentando economizar o suficiente para morarem num apartamento decente, algum lugar que fizesse com que Bobby fosse para uma boa escola pública. Mas às vezes ela ficava fora de casa por tempo demais. Só uma bebida depois do trabalho, algo para aliviar a tensão. O avô dizia a ela que, se quisesse ficar, precisava ter um trabalho, ajudar a pagar a hipoteca e parar de beber. Ele não tinha passado seus anos na polícia resolvendo brigas de navalha entre os irlandeses e os cucarachas para desperdiçar a pensão com sua filha bêbada e o filho bastardo dela. Mas mesmo fingindo que eles eram um estorvo, mesmo naquela idade, Bobby percebia que o avô gostava de tê-los por perto.

No verão eles se sentavam em cadeiras de aço branco enferrujadas na varanda do avô coberta de grama artificial. O cinzeiro de mesa dele transbordava de guimbas. Ele falava da situação do mundo e abria uma lata de cerveja enquanto Bobby abria uma de refrigerante. Os dois bebiam e arrotavam juntos. O avô fazia Bobby tomar um gole de cerveja. Bobby continha um engasgo e esperava que ele não tivesse notado. Bobby fingia que gostava e puxava a lata para longe do avô quando ele a pedia de volta, com um sorriso de aprovação aprofundando as rugas do rosto, fazendo com que Bobby se sentisse seguro — até mesmo amado. Ainda que não entendesse o sentimento, sabia que queria mais, por isso fingia entender as coisas que o avô falava e sempre, *sempre* concordava com tudo que ele dizia, porque ele desgrenhava o cabelo de Bobby e o chamava de bom garoto quando isso acontecia. Dizia que ele estava virando homem porque entendia coisas de homem.

Bobby entendia por que era engraçado perguntar em voz alta se a astronauta Sally Ride tinha atrasado a viagem para o espaço quando parou para pedir informação.

Entendia que Reagan precisava fazer alguma coisa, e rapidamente, com relação aos cabeças de toalha terem bombardeado a embaixada norte-americana em Beirute.

E entendia que nada revelava tanto o declínio do nosso país quanto uma Miss América preta.

Quanto mais o avô falava, mais inteligente ele parecia para Bobby. Não havia nada que ele não soubesse, e isso fazia Bobby sentir que tinha sorte por ter aprendido o suficiente para calar a boca e ouvir, porque, se tivesse sorte, sabia que acabaria sendo metade do homem que o avô era.

Sabia porque o avô dizia isso.

Numa tarde especialmente quente, os dois ficaram dentro de casa o dia todo. Entediado com as reprises do Homem-Aranha, Bobby se esgueirou para fora enquanto o avô dormia em sua poltrona reclinável, com outra cerveja pendendo precariamente das pontas dos dedos. A umidade enchia os pulmões de Bobby e ele bateu nos bolsos vazios da bermuda. Tinha deixado a bombinha de asma lá dentro, mas não queria voltar e correr o risco de acordar o avô. Ele tinha dito para Bobby não sair de casa sozinho, especialmente para o beco.

Não vai querer ser apanhado sozinho com aqueles bandidos na rua, dizia ele.

Bobby concordava, obediente, mas essa era uma das lições que ele tinha dificuldade para entender.

Os "bandidos" eram os netos de um casal de negros idosos que morava algumas casas adiante e passavam os meses de verão com eles. Usavam camisa de botões e gravatas para ir à igreja e ajudavam a avó a carregar as compras. Eles viviam jogando uma bola de futebol e sempre pediam desculpa quando ela caía no pequeno gramado do avô. Sentavam-se nos degraus da varanda deles e liam gibis. E nesse momento estavam no beco dos fundos, parecendo se divertir.

Riam histericamente e batiam as mãos fazendo "toca aqui". Darius, de catorze anos, o mais velho dos irmãos, segurou os quadris de alguém invisível e trepou com o ar. Usava uma camiseta curta e tinha a testa coberta de suor. Miles e Kevin, os dois irmãos mais novos, mais ou menos da idade de Bobby, riam das piadas dele até não conseguirem respirar. Kevin levantou a cabeça e enxugou as lágrimas dos olhos, e quando viu Bobby, acenou, chamando-o, enquanto todos sinalizavam para Bobby ficar quieto, como se tivessem algum segredo para contar.

Bobby olhou de volta para a casa do avô. Lembrou-se da lata de cerveja escorregando da mão dele, como um pavio comprido numa banana de dinamite de desenho animado. Ele ainda não tinha saído intempestivamente pela porta. A lata já devia ter caído e o avô não tinha vindo procurá-lo. Sabia que não deveria se juntar àqueles garotos, mas alguma coisa mais forte do que as censuras do avô o puxava. Os garotos pareciam empolgadíssimos em vê-lo. Ele não tinha mais nenhum amigo no bairro e também queria se divertir.

Quando chegou perto, viu que eles estavam com um exemplar da *Penthouse*. Bobby reconheceu Vanessa Williams, da entrevista coletiva quando tiraram sua coroa de Miss América. Miles e Kevin agarraram os braços de Bobby, sacudiram-nos com empolgação até eles ficarem frouxos e perguntaram se ele já tinha visto alguma mulher nua. Bobby sentiu um latejamento dentro da bermuda e pensou que, pelo modo como eles perguntaram, certamente já tinham visto, por isso assentiu com indiferença e franziu o queixo como se aquilo não fosse grande coisa. Miles e Kevin levantaram as mãos para um "toca aqui". Bobby hesitou, depois fez o gesto, feliz.

O quarteirão onde o avô morava era cheio de pessoas como ele, carrancudas e cheirando a remédio quando cercavam Bobby nos bancos da igreja. Nunca havia nenhuma criança, pelo menos nenhuma com a qual ele tivesse permissão de brincar. O avô tinha deixado Bobby com pavor daqueles garotos, mas naquele momento ele sentia como se os conhecesse durante toda a vida.

Talvez o avô não soubesse *tudo*.

— Onde vocês conseguiram isso? — perguntou Bobby. — A gente deveria estar olhando isso?

Os três irmãos pararam de rir e se entreolharam, depois olharam para Bobby.

— Claro que sim! — disseram ao mesmo tempo. Darius explicou que, quando levou o lixo para fora, o saco se rasgou e a revista caiu do fundo. Acharam que era do avô e Darius fez um gesto de punheta no ar. Miles e Kevin fizeram sons de engasgo e gargalharam de novo, depois sinalizaram uns para os outros, para não fazerem tanto barulho. Bobby também riu, depois olhou de novo para a casa do avô.

Folhearam as fotos, do começo ao fim e voltando. Miles e Kevin alardeavam que ela deveria ser mulher deles, e Darius os fez calar, dizendo que eles não saberiam o que fazer com ela. Os dois contra-atacaram: ele nem tinha namorada, como iria saber? Bobby até riu com eles, e Miles e Kevin uivaram. Darius também. Então sua voz ficou mais séria:

— Mas o que fizeram com ela não está certo.

Seus irmãos balançaram a cabeça e sugaram o ar entre os dentes, numa concordância desapontada.

— Como assim? — perguntou Bobby.

— Não deixaram ela ser Miss América. Não está certo. Vovó disse que ela precisa ir mais à igreja, mas eles nunca teriam feito isso se ela fosse branca.

Bobby ficou confuso. Talvez eles não entendessem como as coisas eram. Como o avô tinha dito que elas deveriam ser.

— Mas ela devia ser branca, não é? — disse. — Uma preta não pode ser Miss América.

Os braços de Darius baixaram ao lado do corpo. A revista amarrotada pendia dos seus dedos por uma página meio rasgada. Bobby percebeu o calor intenso, o cheiro de grama cortada, o zumbido alto do aparador, algumas casas adiante. O suor escorreu para dentro do seu ouvido, mas sob o olhar de Darius ele não ousou se mexer.

Por quê? O que tinha dito de errado? Por que Darius parecia com tanta raiva?

Bobby olhou para Kevin e Miles. Eles não pareciam tão raivosos quanto Darius. Seus olhares iam de Bobby a Darius e de volta, com medo. Bobby também estava com medo. Por que não tinha obedecido ao avô? As palavras dele ecoavam.

Fique firme.

Eles vão esfaquear você pelas costas.

Não fuja nunca, nunca desvie o olhar.

Bobby olhou de volta para Darius e devolveu seu olhar raivoso. A página se rasgou e a revista caiu no chão. Bobby nem o viu dar o soco.

A luz relampejou atrás dos seus olhos. Eles se encheram de água e o sangue na boca tinha um gosto quente e metálico. Seu nariz latejava. Nunca tinha levado um soco, mas disse a si mesmo para não chorar. Miles e Kevin pareciam em choque. Sussurraram para o irmão ficar calmo, ir para casa com eles. Darius permaneceu na frente de Bobby, com os ombros arfando, os punhos fechados, esperando Bobby se mexer. Dizer alguma outra coisa.

Bobby girou nos calcanhares e gritou chamando o avô. Viu a porta de tela se abrir e o avô olhar para o beco, para Bobby correndo na direção dele. O avô entrou de novo em casa e logo reapareceu, mancando pelos degraus dos fundos para encontrar o neto. Bobby viu o sol se refletir em alguma coisa na mão dele. Enxugou as lágrimas e parou derrapando no cascalho quando viu o velho revólver de serviço do avô.

Os irmãos também viram e gritaram. Correram de volta para casa. O avô passou o braço em volta de Bobby e o levou para dentro.

Isabel estava na cozinha quando eles voltaram. Ao ver Bobby, ela gritou. O avô fez Bobby se sentar numa cadeira e mandou que ele apertasse o nariz com as pontas dos dedos e inclinasse a cabeça para trás. O sangue escorreu por dentro da garganta. Isabel se agachou à sua frente e tocou de leve o osso do nariz. Encolheu-se quando ele gemeu com dor, mas o apertou de novo, como se não acreditasse que era de verdade e precisasse tocar outra vez, para ter certeza. O avô entregou a Bobby um pano de prato cheio de gelo.

— Para com esse escândalo e deixa o garoto — disse. — Ele está bem.

— É isso que acontece quando eu deixo ele sozinho em casa com você? — perguntou ela. Em seguida, apertou o gelo com firmeza contra o nariz e Bobby gemeu. — Ah, neném, sinto muito.

— E o que você está fazendo aqui? — perguntou o avô. — Eu disse para deixar o garoto. Ele pode segurar o gelo. Ele está bem.

— O serviço estava fraco e eles perguntaram quem queria ir para casa. Pensei em vir e passar um tempo com o meu neném. Que diabo aconteceu? Você deveria estar vigiando ele. E não venha me dizer o que fazer com meu filho.

— Não grite comigo, garota. E não finja que veio direto para casa.

— O quê?

— Estou sentindo o cheiro em você. É isso aí.

Ele estava certo. Mesmo com o nariz entupido com sangue, Bobby sentia aquele odor familiar e agridoce. Afastou o rosto do toque dela. Ela inclinou a cabeça e estendeu a mão de novo, mas Bobby se afastou mais ainda, para confusão dela. Bobby segurou o gelo contra o nariz e inclinou a cabeça para trás. Ele latejava a cada batida do coração.

— E daí? Eu parei para tomar uma bebida no caminho — disse ela ao avô. — Uma.

— No meio do dia — reagiu o avô.

— E quantas você tomou até agora, pai? Hein? Estava apagado? De novo? Onde ele estava? Quem fez isso com ele?

A cabeça de Bobby latejava. Por causa do soco. Por causa dos gritos. Estava com raiva por ainda sentir tanto medo, e estava com medo da própria raiva, raiva de si mesmo por não ter obedecido e ficado longe daqueles garotos, de Isabel por gritar com o homem que o protegia, que o mantinha em segurança melhor do que ela jamais havia feito. Atrasado ou não, ele estava *lá*. Ela estava no bar. Esse pensamento o enfureceu e ele respondeu à pergunta dela.

— Foram aqueles pretos que moram ali!

Isabel lhe deu um tapa com força, depois puxou de volta a mesma mão e cobriu a boca. Levou as duas mãos ao rosto dele e pediu desculpas. Bobby chorou tanto que suas costelas doíam. Não era só o soco no rosto. Eram todas as noites em que ia sozinho para a cama e as manhãs em que ela não estava lá. Sacudia-se com os soluços entrecortados. Ela não conseguia acalmá-lo. A única coisa que ele pôde dizer foi "por quê?".

Por que você bateu em mim? Por que nunca está em casa? Por que precisa beber tanto? Repetidamente, "por que" jorrava como um hidrante aberto no meio da rua. O avô segurou Isabel e a puxou de pé, gritando:

— Por que, diabos, você bateu no garoto?

— É isso que você ensina a ele? — perguntou ela. — Não é de espantar que ele tenha levado um soco!

— Me poupe dessa babaquice hippie, Isabel. — Ele levantou o queixo de Bobby. — Calma, calma — disse. Bobby fungou e enxugou o nariz, mas não conseguia parar de chorar. — Anda, você está certo. Aguentou a pancada feito homem, isso eu posso dizer. Não escute a sua mãe. Você não fez nada errado.

— Fez sim — gritou Isabel. — Você não pode fazer com que ele pense que está certo falar assim, pensar assim. Igual a você.

O avô deu as costas para Bobby e empurrou Isabel contra o fogão.

— Eu botei um teto em cima da sua cabeça, botei comida na boca desse garoto e tento ensinar ele a ser homem, e só Deus sabe que esse garoto precisa disso. O que você faz? Você não está aqui nem na metade do tempo, e quando poderia, está enchendo a cara.

Ela olhou para Bobby, depois para o avô, com uma expressão que dizia para não falar essas coisas na frente dele. O avô olhou de volta para Bobby, depois para ela, e gargalhou.

— O quê? Você acha que ele não sabe por que você nunca está aqui? Que é só trabalho? Anda, pergunta a ele. Pergunta o que ele pensa de você. Não quer saber?

Isabel olhou para os pés. O avô dobrou os joelhos para fazer contato visual, mas ela ficou virando a cabeça para longe dele.

— É, foi o que eu pensei. — Ele levantou o queixo de Isabel para ela encará-lo. — Ele precisa de um homem na vida. Para dizer como as coisas são. Então diga por que é tão ruim se esse garoto ficar ao menos um pouco parecido comigo. Diabos, ele é o filho que eu deveria ter tido.

Diante disso o rosto de Isabel mudou. A vergonha desapareceu.

— Quer saber por que é terrível ele ficar igual a você? — perguntou. Seus lábios recuaram mostrando os dentes, uma loba acuada.

— Porque o pai dele era um preto.

Bobby afastou o gelo do rosto e seu choro parou. O avô deu um passo atrás e soltou uma gargalhada que mais parecia um grito.

— Mentira — disse. — Esse garoto é tão branco quanto eu.

Isabel foi na direção dele e enxugou as lágrimas dos olhos.

— Olha para mim — disse apontando para o próprio rosto. — Diga que eu estou mentindo.

O sorriso do avô sumiu. Ela olhou para além dele, para Bobby, em choque. Falou sem som:

— Desculpe.

Os ouvidos de Bobby zumbiram e seu maxilar doeu.

O avô deu um tapa em Isabel com as costas da mão. O estalo foi tão alto que Bobby achou que ele teria quebrado a mão ou o rosto dela. Ela caiu contra o fogão e levou a mão ao rosto. Bobby se lançou contra ele e lhe deu um soco em suas costas largas. O avô girou a mão grossa para trás e deu um tapa no rosto de Bobby. Isabel gritou para o pai não tocar nele e o empurrou de lado. Em seguida abraçou Bobby e o puxou para o chão. Bobby girou e deu um tapa nela. Acertou no mesmo trecho de pele avermelhada onde o avô havia golpeado. Ela se deixou cair de bunda e segurou o rosto de novo. Bobby parou junto dela com os punhos fechados. Seus ombros arfavam e o peito estava apertado.

Um som metálico veio da frente da casa e todas as cabeças giraram. Havia um policial na varanda, batendo na porta de tela. A avó de Darius estava atrás dele. O avô xingou baixinho. Guardou a pistola na caixa e recolocou-a na prateleira de cima da despensa. Em seguida sacudiu um dedo na direção de Isabel.

— Cuido de você em um minuto — disse baixinho. Depois ajeitou os cabelos brancos e ralos e chamou pelo nome o policial junto à porta de tela. Bobby saiu correndo da cozinha e subiu a escada.

Enquanto ele saía, Isabel sussurrou:

— Robert.

CAPÍTULO DEZESSEIS

— Meu avô conhecia o policial que estava na porta. Basicamente fez parecer que a avó do garoto era histérica e tinha inventado tudo. Até virou a coisa ao contrário, disse que deveria ter chamado a polícia por causa da agressão ao neto.

— E ele fez isso? — perguntou Robert.

— Não. — Bobby deu um meio sorriso. — Ele tinha outras coisas em mente.

— É, acho que sim.

Bobby acendeu um cigarro e ofereceu o maço a Robert, que o descartou com um aceno, depois pegou o maço antes que Bobby pudesse guardá-lo. Bobby acendeu o isqueiro e protegeu a chama do vento. Os dois tragaram e soltaram a fumaça ao mesmo tempo.

— E aí?

— Nós fomos embora. Minha mãe não aguentava mais. Enfiou minhas roupas e meus gibis numa bolsa de academia e saiu.

Bobby sorriu sozinho.

— O que foi?

— Ele nem tentou nos impedir. Meu avô praticamente me criou, e sabe o que ele disse quando a gente ia para a porta?

Robert balançou a cabeça.

— Nada. Nem uma palavra.

— Isso deixou você com raiva?

— Sabe o que me deixou com raiva? A gente estava indo embora de carro e eu nem conseguia olhar para minha mãe, quanto mais falar com ela. Por isso abri a bolsa e peguei meu gibi predileto. Era um exemplar anual dos X-Men com um vilão cafona chamado Horda. Mas era meio centralizado no Wolverine, por isso eu curtia, saca?

Robert deu de ombros.

— Quem não adora o Logan?

Bobby se inclinou para longe de Robert, surpreso.

— Você curtia quadrinhos?

— Curtia? Curto.

— Há. Bom, eu estava folheando o gibi e parei num desenho de página inteira no qual eu nunca tinha prestado muita atenção. Wolverine beijando Tempestade. Joguei o gibi no banco de trás e nunca mais li. Essa foi a merda que me deixou com raiva. Não foi vovô deixando a gente ir embora. Foi mamãe ter feito o que fez e mentido para ele.

— Ver Ororo e Logan se beijar. Isso fez você pensar em sua mãe e eu. Fez você pensar na coisa que levou você a perder seu avô. Foi por isso que decidiu se passar por branco todo esse tempo?

— Você não faria isso?

— Bobby — disse ele, e parou. Então balançou a cabeça e riu.

— Esquisito, não é?

Robert assentiu.

— Eu sou médico. Ralei o rabo para chegar aonde estou. Mas não se passa um dia sem que eu não olhe no espelho e veja um negro antes de ver um médico. Porque preciso. Para sobreviver. Sou uma porcaria de um médico, Bobby, mas é isso que preciso fazer para sobreviver. Para ficar em segurança, preciso me lembrar de que existe um monte dos seus avôs por aí, que me enxergam do mesmo modo. *Primeiro* como negro. Se não me lembrar disso, posso ser morto. E acho que você sabe disso. Sabe por quê?

Bobby balançou a cabeça.

— Porque acho que todo dia você vê a mesma coisa. Acho que você se olha no espelho e diz a si mesmo que é branco porque acha que é isso que precisa fazer para sobreviver. É isso que faz você feliz e mantém você em segurança.

Bobby olhou para longe de Robert.

— Posso perguntar uma coisa? — pediu Robert.

Bobby continuou com o rosto virado, mas assentiu.

— Isso fez você feliz?

Bobby balançou a cabeça.

— Manteve você em segurança?

Uma lágrima escorreu do rosto de Bobby. Depois outra. Ele balançou a cabeça e enxugou o rosto com a manga do casaco. Ouviu um bipe e se virou, vendo Robert se inclinar para trás e pegar um pager na cintura. Robert leu a tela e baixou a cabeça com um suspiro.

— Ah, qual é — sussurrou.

— O que foi?

— Um garoto que levaram há duas noites. Alguém arrebentou a cabeça dele com um tijolo. Nós conseguimos estabilizá-lo, mas ele não estava fora de perigo. Acabou de morrer. Droga, eu estive com ele ontem à noite.

Bobby sentiu o topo da cabeça esquentar. Tentou forçar o suor a não brotar na testa e proibiu a bile que se revirava no estômago de disparar para a boca, onde agora sua língua estava coberta com uma pasta, grudando-se ao céu da boca.

— Eles sabem quem fez isso? — perguntou.

Robert balançou a cabeça.

— Não que eu tenha ouvido dizer, mas estão procurando. Provavelmente agora vão procurar com um pouco mais de vontade. — Os olhos de Robert se estreitaram. — Você está bem?

— Eu? Por quê?

— Não sei, você parece meio... não sei. Alterado.

— E eu tenho culpa? — riu Bobby, um pouco alto demais. Notou que Robert tinha notado.

— Acho que não. Preciso ir para o hospital. A família dele provavelmente está indo para lá. — Os dois se levantaram. A sensação de leveza retornou e Bobby empurrou a parte de trás dos joelhos contra o banco, para se firmar. — Você precisa de uma carona ou...

— Não — respondeu Bobby. — Vou pegar o ônibus. — Os dois se remexeram, desajeitados, as mãos saindo dos bolsos, em seguida cruzando os braços, mudando o peso de um pé para o outro. — Olha, eu preciso fazer uma coisa agora. Uma coisa que eu tenho que resolver e, honestamente, não sei no que vai dar. Sei que parece misterioso e coisa e tal. Mas isso... — Ele balançou o dedo indicando os dois. — Será que a gente pode fazer isso de novo? Conversar?

— Claro. — Robert deu um leve sorriso. — É, a gente pode.

Bobby rabiscou seu endereço numa cartela de fósforos e entregou a Robert.

— Amanhã, no final da manhã?

Robert assentiu e pegou a cartela. Bobby estendeu a mão para um aperto. Robert olhou para ela e a empurrou de lado, indo na direção dele. Passou os braços em volta dos de Bobby e o envolveu num abraço apertado. Os braços de Bobby penderam no ar, mas Robert continuou segurando-o. Bobby puxou Robert mais para perto e Robert pôs a mão na nuca de Bobby, puxando o rosto dele para o peito. Bobby ficou parado, tenso, depois soltou o choro. Sacudia-se com os soluços e a respiração entrecortada. Robert puxou-o mais para perto ainda, murmurando:

— Respire.

Um reservatório tóxico de medo e raiva, ressentimento e tristeza, se esvaziou em Bobby a cada exalação lacrimosa, mas cada inalação trazia algo novo: segurança. Ele se sentia seguro. Apesar de Bobby ser adulto, os braços de Robert pareciam fortes e seguros. Protetores, como ele sempre havia pensado que os braços de um pai deveriam ser, como sempre havia desejado que os da sua mãe fossem. Apesar de estar aterrorizado com o que sabia que precisava fazer agora para resolver a situação, seu pai estava ali.

Bobby se acalmou e ele e Robert se separaram ligeiramente. Robert enxugou uma lágrima de seu próprio olho. Os dois assentiram um para o outro, com os lábios apertados, e se afastaram. Bobby se virou.

— Ei, sinto muito — disse. — Você ter perdido o seu filho. Você sabia se era um menino ou uma menina?

Robert balançou a cabeça, negando.

— Obrigado. Quando encontrar sua mãe hoje à noite, pegue leve, está bem? Converse com ela.

Bobby assentiu e acenou hesitante, indo na direção do ponto de ônibus.

— Você chegou muito cedo ou está realmente atrasado — disse a recepcionista do bistrô abrindo a porta. Bobby tinha perdido a chance de pegar um turno do café da manhã, mas era cedo demais para o segundo turno, por isso ele foi até a área de fumantes. Seu estômago roncava. Com tudo que havia acontecido nas últimas horas, estivera perdido demais na própria cabeça e não tinha comido. Decidiu aproveitar o desconto para empregados enquanto esperava para substituir alguém no turno da noite. Imaginou se Aaron estaria trabalhando.

Quando chegou ao topo dos degraus, viu Michelle. Ela bebericava um refrigerante e lia um livro didático. Quando viu Bobby, revirou os olhos e voltou ao livro. Ele se sentou na mesa para dois perto dela, de costas. Pegou o maço de cigarros, mas tinha dado a cartela de fósforos a Robert.

— Ei — disse.

Sem levantar os olhos do livro, Michele levou a mão atrás e lhe entregou um isqueiro preto com o logotipo da caveira da banda Misfits. Ele acendeu o cigarro e o braço dela saltou para trás de novo, abrindo e fechando a mão com impaciência até ele largar o isqueiro de volta na palma.

— Obrigado — disse ele. Ela resmungou. Um bando de gaivotas brotou dos alto-falantes no alto. Bobby riu sozinho enquanto "I'd Run So Far Away", da banda A Flock of Seagulls tocava. *Eu fugiria para bem longe.* Não era uma ideia terrível, pensou.

— A estação dos anos oitenta — disse para as costas de Michelle. — Russell deve ser o gerente de serviço de novo. Ele é o único que gosta dessa bosta.

Ela virou a página do livro e deu um suspiro exasperado. Os dois ficaram em silêncio até que o garçom trouxe a comida de Michelle e pegou o pedido de Bobby.

— Posso perguntar uma coisa? — pediu ele.

— Estou estudando.

— Tudo bem, numa boa. Desculpe.

Flock of Seagulls se fundiu com "Take On Me".

— Vou pedir ao Russell para me colocar com outro treinador hoje à noite.

Outro garçom trouxe um prato de iscas de frango e batata frita para Bobby. Esfomeado, ele partiu para cima.

— Hoje nem é minha noite — murmurou ele com a boca cheia. — Só estou tentando pegar um turno. Mas tudo bem, saquei.

— Sacou mesmo?

— O que você quer dizer?

— Quero dizer aquela babaquice de ontem à noite com você e o seu coleguinha Aaron. Aquilo é realmente o que você é?

Bobby parou de mastigar e olhou pelo restaurante, como se a resposta certa para a pergunta estivesse em algum lugar nos enfeites de plástico e nos cartazes de cinema retrôs pendurados por todo o restaurante. Mas a resposta certa não estava à vista. Simplesmente não existia.

— Depois do que aconteceu nas últimas horas eu nem poderia começar a dizer o que eu sou. Pra dizer a verdade, também não sei se seria capaz de dizer antes.

Michelle se levantou com o prato de comida na mão e se sentou na cadeira ao lado de Bobby. Seu cabelo liso e preto caía por cima do olho direito. Ela o prendeu atrás da orelha, mas a mecha escorregou para a frente e voltou para cima do rosto, de modo que ela precisava ficar empurrando-a repetidamente. Bobby sentiu vontade de perguntar por que ela cortava o cabelo desse jeito, se isso implicava ter de fazer aquilo o tempo todo, mas queria que ela ficasse. Nessa noite ela estava com uma pedra azul na narina e uma daquelas argolas no nariz, igual a um touro.

Bobby passou a língua sobre os dentes para garantir que não havia nada neles.

Ela enfiou o cabelo atrás da orelha outra vez.

— Como você não sabe? — perguntou ela. — Ou você é ou não é.

— Não sou o quê? Estou confuso.

— É. Acho que você é.

— Será que dá para a gente começar de novo? Não faço ideia do que você está falando.

Ela se inclinou adiante.

— Eu estava certa, não estava? — perguntou. — Você é mestiço, hein?

Bobby se empertigou na cadeira e olhou por cima do ombro, para ver se alguém teria escutado. Apesar do encontro com Robert, não queria que mais ninguém soubesse. Pelo menos por enquanto. Não tinha feito segredo sobre seus sentimentos com relação a servir mesas com negros, por causa do que eles pediam, de como se comportavam ou da gorjeta escassa. Seria motivo de uma quantidade razoável de humilhação se não revelasse a verdade em seus próprios termos, se é que revelaria.

O garçom que trabalhava na área deles se encostou na sua bancada e esfregou o nariz com o nó do dedo, tentando tirar meleca sem parecer que estava tentando. Estava longe demais para ouvir.

Bobby olhou para além de Michelle, escada abaixo, para o salão principal, não muito longe de onde estavam. Ninguém ali, também. Ela inclinou o pescoço para encará-lo de perto, não como um confronto, mas sem deixar que ele desviasse o olhar, sem raiva nos olhos, apenas com uma curiosidade intensa, até mesmo com algo que parecia compreensão.

Em apenas dois dias a vida de Bobby tinha virado pelo avesso como um negativo de fotografia. O que deveria ser luz agora estava escuro. As perspectivas mudaram. As cores se inverteram. Tinha sido fácil demais se passar por branco antes de conhecer Aaron, porque então ele só precisava mentir para si mesmo. Bobby era o Fera no primeiro exemplar dos X-Men, ainda mutante, mas escondido à vista de todos, jamais podendo ser descoberto a não ser que tirasse os sapatos e revelasse os pés mutantes. Quando Aaron e Bobby se conheceram, com Aaron se esforçando tanto para imitar os negros, Bobby sentiu a mutação azul e peluda do Fera tentando abrir caminho, por isso precisava ter cuidado para não escorregar. Jamais levava Aaron para perto de Isabel. Bobby tentava envergonhá-lo por fingir ser igual a "eles", quando "eles" eram "ele".

Observou Michelle continuando a olhá-lo à espera de uma resposta. O dia o havia deixado cansado, mas otimista, defensivo e, no entanto, um pouco vulnerável.

Assentiu.

— Eu sabia! — Michelle deu um tapa na mesa. Bobby sinalizou para ela baixar a voz e viu que sua mão tremia, mas não porque estivesse com medo. Sentia-se leve, como havia acontecido no parque, como o barato daquele primeiro cigarro quando não tinha comido o dia todo. Sem nenhum fardo. Michelle se recostou na cadeira com os braços cruzados em cima da barriga, satisfeita, mas ainda curiosa. — Por que o fingimento, então?

— Como assim?

— "Os negros não dão gorjeta." Aquela merda toda que o Aaron disse ontem à noite.

— Não é fingimento.

— Bom, para ele, não, eu sei.

— É, para mim também não.

Ela soprou o ar entre os lábios.

— Isso é sacanagem.

O balão de ar quente de Bobby se esvaziou quando ele ouviu o tom de julgamento na voz dela, e ele se levantou para sair.

— Espera aí, o que aconteceu? — perguntou Michelle. — Aonde você vai?

— Isso foi um erro. Sabe de uma coisa? Eu menti, para curtir com a sua cara. Rá, rá, foi uma pegadinha e você caiu. Esquece que eu falei alguma coisa.

Ela puxou o pulso de Bobby e sinalizou para ele se sentar. Ainda estava com aquela expressão, como se não quisesse fazer mal, por isso ele se sentou de novo.

— Eu nunca contei isso a ninguém — disse. — Nunca. De modo que talvez haja algum motivo. Talvez você devesse diminuir o julgamento. — Ele levantou o polegar e o indicador. — Só um pouquinho.

— Está certo. Desculpe.

Bobby sugou um jato da bombinha de asma. Seus pulmões relaxaram, mas o remédio provocou uma agitação além do nervosismo que ele já sentia, por isso pegou outro cigarro e acendeu. Michelle pousou o rosto na mão.

— O que foi? — perguntou ele.

— Conta.

— Contar o quê?

— Você falou que tem mais alguma coisa. Conta tudo.

Ele contou. Não conseguiu evitar. Contou sobre o vício de Isabel. A vida com o avô. A briga no beco e o momento em que ficou sabendo sobre o pai. A noite em que eles foram expulsos. Como tinha aprendido, novo demais, a posicionar Isabel à noite quando os roncos não soavam direito, para que ela não sufocasse com o próprio vômito. Contou como conheceu Aaron e como o perdeu para a prisão. Como, trabalhando quase todo dia desde antes de ter idade suficiente para isso, com as gorjetas da mãe na lanchonete, às vezes eles conseguiam pagar o aluguel na data. E contou que depois de vinte e dois anos, apenas algumas horas atrás, tinha conhecido o pai que ele pensava que havia abandonado os dois, o pai que ele achava que tinha morrido.

Michelle não falou nenhuma vez. Bebia cada palavra.

Bobby afrouxou o corpo na cadeira. Sentiu-se como na primeira vez em que tinha terminado a corrida de mil e quinhentos metros na aula de ginástica, exausto mas empolgado. Quando olhou o relógio, sentiu um choque ao ver que estavam conversando por mais de uma hora. Michelle passou os dedos embaixo dos olhos e pegou um guardanapo para limpar o rímel. Ela o ouviu, prestou atenção e não julgou. Ele tinha removido o saco de tijolos dos ombros e derramado tudo na mesa, para ela, mas ainda havia um preso no fundo, embolado no tecido, que não queria sair. Enquanto não fizesse isso, jamais se sentiria livre, se bem que soltar aquele tijolo provavelmente removeria qualquer chance de liberdade verdadeira. Quando terminou, os dois soltaram um suspiro fundo ao mesmo tempo e riram. Começaram a falar ao mesmo tempo e riram de novo.

— Fala você — disse ela.

Faça isso. Você contou todo o resto. Conte tudo. Ela pediu.

— Acho que já falei bastante.

— Anda.

— Eu nunca tinha dito nenhuma merda dessa em voz alta. E agora fiz duas vezes. É como se tivesse recuado e estivesse olhando alguém parecido comigo falar isso.

— E por que me contou? O seu pai, eu entendo. Por que confiou em mim?

— Porque você pediu?

— Tô falando sério.

— Eu também.

Ele realmente não sabia. Depois da noite passada Michelle tinha todos os motivos para sair correndo pela área de fumantes, rindo e apontando para Bobby, entregando-o. Mas, quando ela não fez isso, o resto da história simplesmente veio à tona. Foi preciso que ela perguntasse, para ele perceber por que havia contado tudo, e era uma percepção difícil.

— Acho que contei a você porque não tenho mais ninguém. — Ela franziu a boca e Bobby viu pena. — Não faça isso.

— Não fazer o quê?

— Me olhar como se eu fosse um cachorrinho perdido. — A voz dele ficou mais alta. — Eu estou bem.

— Eu não disse que não estava. — A voz dela permaneceu tranquila e baixa. Bobby sacudiu o maço frouxo para pegar outro cigarro, mas somente aparas de fumo caíram na sua mão. Michelle pegou dois em seu maço, acendeu-os na boca e lhe entregou um.

— Então me deixe perguntar uma coisa — disse ele.
— Vai fundo.
— Como você decidiu? Você sabe, como ser?
— Não estou sacando.
— Você não parece branca. Mas fala bastante bem.
— Que bom! — disse ela. — Eu falo bem.

Ele revirou os olhos.

— Deixa para lá. Você sabe o que eu quero dizer.
— Acho que não.
— Como você decidiu o que queria ser? Qual é, não faça isso parecer um negócio esquisito. Certo, como você decidiu se queria ser negra ou branca?

Ela se recostou e riu.

— Ah, cara. Você não é só mestiço. Você é todo confuso.
— Diga alguma coisa que eu não sei.
— Certo. Eu não sou mestiça.

Bobby se inclinou adiante e sussurrou:

— Corta essa. Você é branca?
— O quê? Não.
— Então é o quê?
— Negra, seu bobão. Meus dois pais são negros.

Bobby se deixou tombar para trás de novo.

— De jeito nenhum.
— Por que é tão difícil acreditar? Porque minha pele é clara? — Ela fez aspas no ar. — Ou é porque eu "falo tão bem"?
— Na verdade as duas coisas. O modo como você fala, com certeza.

Ela balançou a cabeça e apagou o cigarro.

— Então, até aquele dia no beco você achava que era branco, certo? — Bobby assentiu. — Quando descobriu sobre o seu pai, o modo como você falava mudou? Você desceu a escada, segurou o pau e começou a falar tipo: "E aí, mano, tá bolado? Pega a visão, na moral"?

Bobby conteve uma gargalhada e balançou a cabeça.

— Isso parece mais esquisito ainda quando você fala.

— Você sabe o que eu quero dizer. Você não começou a usar o boné virado pro lado, tênis Adidas com biqueira, ouvir rap e...

— Tá certo, tá certo. Sei o que você está tentando dizer, mas para mim foi diferente. Eu sou diferente.

— Não é. Você era negro durante anos e não sabia, mas não falava "negrês". — Ela fez aspas no ar com os dedos. — Você não se vestiu como "negro", não fez nenhuma das coisas que acha que são de negros porque pessoas, pessoas como o seu avô, disseram que é assim que deve ser. Que, se você é negro, automaticamente fala, se veste e age de um certo modo. Mas você não fez isso na época e não faz agora. Essa coisa toda, Bobby, esse absurdo de "falar como branco" e "falar como negro" é besteira. Babaquice. E acho que você sabe. Acho que você sempre soube.

Ela se recostou, esfregou as mãos nas pernas e olhou de novo para Bobby, como se esperasse uma resposta. Mas Bobby não tinha nada a dizer. Em minutos ela havia estripado todas as desculpas por trás de toda a retórica com que o haviam alimentado até ele se convencer de que acreditava. As palavras dela eram garras de *adamantium* cravadas nas tripas de um inimigo, derramando-as no chão, enquanto ele agarrava desesperadamente as vísceras para mantê-las do lado de dentro, ao mesmo tempo em que percebia a inutilidade de tudo isso. Os dois soltaram outro suspiro fundo e ela se levantou.

— Preciso mijar — disse. — Continua no próximo episódio.

Ela pôs a mão no ombro de Bobby e a deixou ali por um breve segundo enquanto passava, e ele se virou para olhá-la se afastar.

Bobby não podia esperar que ela voltasse. Beliscou de novo os calos das mãos e imaginou se esse sentimento era o que fazia Isabel voltar sempre para a bebida, a leveza que toda essa honestidade lhe proporcionava. Tinha se escondido por tempo demais, não sabia como era realmente compartilhar alguma coisa — compartilhar ele próprio — com alguém sem se preocupar em ser julgado nem com as consequências da verdade. Não tinha medo de Michelle ou do que ela faria com todas as coisas que ele havia contado. Talvez devesse ter. Mas o modo como ela o olhava lhe deu vontade de contar mais e mais. Tudo. A ideia era avassaladora e seus olhos ardiam.

— Meu Deus, você está parecendo uma putinha chorona — disse a si mesmo. Em seguida, levantou os olhos para pegar um guardanapo do outro lado da mesa quando viu Aaron na base da escada. Olhando. Parado, sabe-se lá por quanto tempo.

Observando.

Ouvindo.

Ele não podia escutar, disse Bobby a si mesmo. Não com Michelle à frente dele, acima da música, lá embaixo da escada.

De jeito nenhum, porra.

Merda, quando foi que ele chegou?

Mas ele continuava olhando. Bobby acenou e Aaron entrou na cozinha como se tivesse sido arrancado de um transe. Bobby tinha esperado que ele estivesse ali naquela noite. O plano, colocar o resto do dinheiro na picape de Aaron e depois convencê-lo a se entregar e talvez até absolver Bobby, parecia sólido, pelo menos era melhor do que não ter plano nenhum. Até Aaron aparecer como uma porcaria de fantasma xereta. Então a casa caiu.

Bobby sentiu a mão de alguém em seu ombro e deu um pulo. Michelle soltou um gritinho.

— Meu Deus — disse ela. — Eu lavei as mãos. Relaxa.

Bobby deu um riso nervoso e ela o encarou interrogativamente, sentando-se de novo. Michelle começou a falar outra vez, mas Bobby só enxergava balões de histórias em quadrinhos sobre a cabeça dela, cheios de símbolos de taquigrafia e linhas retorcidas. Uma nuvem de pensamento pairava sobre a cabeça de Bobby, onde o rosto de Aaron se transformava no Caveira Vermelha, apontando uma Luger para a sua cabeça.

CAPÍTULO DEZESSETE

Bobby roeu a unha do polegar encostado na sua bancada. Michelle terminou de pegar um pedido de bebida e veio até o computador.
— Ele não escutou nada — disse ela.
— Como você sabe? — Bobby sugou outro jato da bombinha de asma.
— Eu estava pensando em perguntar: como você consegue ter asma e fumar?
— É um talento. Como você sabe que ele não escutou nada?

Ela suspirou e mandou o pedido para a cozinha, depois se encostou na bancada perto de Bobby enquanto eles olhavam para suas mesas.

— Não sei. Mas qual é! Por cima da música? Lá embaixo? E quem sabe quanto tempo ele estava parado ali? Tenho certeza de que está tudo bem. Relaxa. Você tem coisas melhores em que pensar. Certo? Quero dizer, o seu pai. Isso é muito doido.

— É. Sem problema.

Ela não o tinha visto parado, imóvel, avaliando Bobby. Depois de Aaron ter desaparecido na cozinha, Bobby perguntou se Michelle teria mudado de ideia com relação a ajudá-lo no trabalho. Antes de começar ele lhe disse que ficaria cuidando do posto enquanto ela trazia a comida. Ela não perguntou por que, mas ele soube que ela percebeu que ele estava amedrontado, pelo modo como sorriu para ele. Bobby pedia atualizações sempre que ela voltava da cozinha. Ele parecia estar com raiva? O que ele estava falando? Disse alguma coisa a ela? Michelle contou que Russell estava puto porque Bobby não estava levando a comida e que, toda vez que ele dizia isso, Aaron olhava para ela com uma cara esquisita.

— Esquisita? Esquisita como?

— Só estranha, saca?

— Estranha tipo "ah, por que será que o Bobby não está levando a comida" ou "aquele escrotinho está se escondendo e eu vou matar o sacana"? Qual opção?

— Meu Deus, Bobby, como é que eu vou saber? Não conheço o cara. Vá descobrir, você.

Bobby balançou a cabeça e roeu a unha do outro polegar. Michelle continuou atendendo às mesas. Ele ficou encostado e roendo, roendo e encostado.

Ela está certa. Fica frio. De jeito nenhum ele pode ter escutado. Eu teria visto ele parado ali embaixo. Teria mesmo.

Só que não viu. Não tinha tido a mínima ideia de que Aaron estava ali, e Bobby tinha vomitado a história da sua vida para uma garota que ele mal conhecia.

Meu Deus, quase contei a ela o que a gente fez com aquele carinha. Aaron teria ouvido isso também, e na mente de Bobby não existia nenhuma dúvida do que ele faria, se ouvisse. Nenhuma.

Bobby só queria — só precisava — saber se Aaron tinha ouvido a verdade sobre seu pai. Seria melhor saber do que ficar imaginando. Não seria? Talvez Aaron nem ficasse chateado. Ele iria acabar sabendo, e os dois precisariam conversar a respeito.

Mas se ele sabe, não descobriu com você. Só sabe que você mentiu para ele, que você confiou em uma estranha, antes de confiar nele.

Deu mais um trago na bombinha de asma. Não tinha percebido a proximidade de um ataque, no entanto o hábito o fazia sentir-se melhor. Mas era a quinta dose em uma hora, suas mãos tremiam e a agitação o deixava mais ansioso, o que o fazia precisar ainda mais da bombinha. Michelle voltou à bancada.

— Pode cuidar do posto um minuto? — perguntou ele.

— Fiz isso durante a última hora. Olha, não que eu sinta nenhum afeto pelo cara, mas você ao menos parou para pensar que, se ele ouviu, talvez ele esteja numa boa? Quero dizer, ele *é* o seu melhor amigo.

Bobby a encarou incrédulo.

— Não enche o saco, tá bem? E era. Ele *era* o meu melhor amigo.

— Vai me contar o que aconteceu com vocês dois?

— Preciso de um cigarro. Tem certeza de que você segura as pontas?

— Você sabe que vai ter de passar por ele para chegar lá nos fundos.

— Não.

A bancada dos dois ficava perto da porta que dava no pátio, e Bobby apontou para ela.

— Pode ir — disse Michelle. — Mas depressa. Se o Russell aparecer procurando você, aguenta o tranco sozinho. Não vou ser mandada embora.

Bobby fez um sinal sarcástico com os dois polegares para cima enquanto empurrava a porta com as costas. Alguns centímetros de neve se acumulavam na varanda e foram necessários alguns empurrões para conseguir sair. O ar frio foi sugado para dentro como se ele tivesse aberto uma eclusa de ar e alguns fregueses lhe lançaram olhares irritados enquanto Michelle balançava a cabeça e sinalizava para ele sair. Bobby pulou a cerca baixa e foi até os fundos do restaurante.

Acendeu um cigarro que Michelle tinha dado e cuspiu na neve. Eram menos fortes do que os dele e tinham gosto de merda, mas não provocavam a asma, por isso ele tragou. Pensou de novo em Isabel. Em como entendia mais e mais por que ela bebia, mas dessa vez por um motivo diferente da sensação viciante que tinha acompanhado suas revelações a Michelle. Os pensamentos estavam deixando-o louco. Queria ir para casa e sentar-se no sofá ao lado dela, abrir uma garrafa de vodca e esperar a manhã para ver Robert, contar a ela, *me mostra como você faz isso, porque eu não aguento.*

Empurrou o portão de aramado que dava na área de carga e descarga. Como tinha evitado passar pela cozinha, não havia pegado a jaqueta, e esfregou a pele arrepiada dos braços entre as tragadas. A porta dos fundos da cozinha se abriu com força e Bobby deu um pulo. Seus olhos demoraram a se ajustar à luz. Só viu a silhueta de alguém parado junto à porta e se arrependeu instantaneamente de ter ido ali sozinho. Seu coração batia com tanta força que os ouvidos pareciam entupidos.

A porta se fechou e os olhos de Bobby focalizaram. Um dos ajudantes arrastou duas latas de lixo altas, cheias de garrafas de cerveja. Bobby se encostou na cerca e soltou o ar com força enquanto o ajudante colocava uma cunha na porta para ela não fechar. A cortina de calor soprava o ar e mascarava os ruídos e gritos caóticos da cozinha. O ajudante esvaziou a primeira lata. Garrafas se despedaçaram batendo umas nas outras. Bobby se virou e olhou através da cerca, para os carros parados no fundo. Passou os dedos pelos buracos e percebeu que talvez fosse obrigado a se acostumar com uma visão assim. Do lado de dentro olhando para fora, como sempre vivera sua vida. Garrafas se despedaçaram quando o ajudante esvaziou a segunda lata e Bobby se encolheu de novo.

Meu Deus, segura a onda.

O ajudante empilhou as latas e voltou para dentro, mas logo antes de a porta se trancar, alguém a empurrou de volta.

Aaron saiu para a área de carga e descarga.

Olhou para Bobby, surpreso. A cunha que mantinha a porta aberta estava aos seus pés, e ele a enfiou embaixo da porta fechada, chutando-a com força. Bobby pensou que deveria ter corrido quando as costas dele estavam viradas, mas não tinha aonde ir, não tinha ninguém para quem correr. Mesmo se escapasse de Aaron, seria apenas temporário, apenas um pequeno adiamento, e estava tão cansado de sentir medo que não queria mais esperar o fim.

Aaron acendeu um cigarro e tragou. Nenhum dos dois falou. Eram Logan e Creed, Wolverine e Dentes de Sabre, irmãos porém inimigos, circulando, esperando que o outro mostrasse as garras e atacasse.

Bobby tateou o abridor de vinho no bolso do avental, como tinha feito na noite anterior, mas só encontrou o maço de cigarros meio vazio que Michelle havia lhe dado. Ela ainda não tinha um abridor de vinho próprio e ele havia emprestado o seu. Bobby revirou os olhos e pegou outro cigarro.

Se eu tiver de morrer, vou morrer fumando. Uma pena não ter uma venda nos olhos.

Aaron se encostou na parede perto da porta e olhou Bobby olhando-o.

Bobby sabia que Aaron estava esperando que ele se manifestasse, deixando seu medo crescer a ponto de ele falar a verdade, cheio de terror, de modo a sentir-se justificado para o que quer que fosse fazer. Bobby ouviu um *plec* na cabeça quando mostrou as garras primeiro.

— Não sei o que você escutou — disse. — Ou que acha que escutou. — Aaron levantou uma sobrancelha e soprou fumaça pelo nariz como um touro de desenho animado. — Não tenho ninguém com quem falar, mano, e essa coisa que a gente fez, que *você* fez com aquele carinha, está me matando, Aaron, porra. — Ia dizer que o cara tinha morrido, mas se conteve. O fato de ele saber só provocaria mais perguntas. Aaron o encarou na pausa, por isso Bobby continuou: — Não consigo dormir, não consigo comer e parece que estou tendo um ataque de asma constante. Eu não contei a ela o que aconteceu, juro que não contei.

Aaron continuou grudado à parede, tragando e soltando fumaça. Olhava mais para além de Bobby do que para ele. Bobby fechou os olhos e respirou fundo.

— Mas contei um monte de coisas a ela, e se você ouviu tudo e me odeia, pode me odiar, mas não posso mudar isso, por mais que queira.

Aaron jogou seu cigarro na neve e se encostou na cerca ao lado de Bobby. Os músculos de Bobby entraram em alerta máximo, totalmente em estado de luta ou fuga, esperando o menor movimento por parte de Aaron. Fisicamente não tinha nenhuma chance diante de Aaron, mas não cairia sem lutar. Estava cansado de ser jogado de um lado para o outro como um ratinho de brinquedo. Mas, sob a luz da área de carga e descarga, via com detalhes o rosto de Aaron, e ele também estava apavorado.

— Ontem à noite você estava errado. — A voz de Aaron tremia. — Quando eu saquei a arma. Quando você disse que isso não tinha a ver com você. *Tem* a ver com você. *Sempre* teve a ver com você. Tudo que tem alguma coisa a ver comigo, desde que você me conheceu, sempre teve a ver com *você*. — Ele soltou o ar com força, como se tivesse acabado de disputar uma corrida, e pegou outro cigarro. O isqueiro tremia nas suas mãos, e quando a chama iluminou seu rosto, Bobby viu lágrimas nos olhos dele. Aaron estava realmente apavorado. — Tinha a ver com você desde o dia em que a gente se conheceu no ônibus escolar. Na hora eu soube que você ia acabar sendo o melhor amigo que eu jamais teria, e que eu conheceria você pelo resto da vida. Eu odiava a escola. Odiava porque meus pais me obrigavam a ir para aquela escola, onde pessoas como você e eu éramos a minoria. Onde, não importando o quanto eu tentasse me encaixar, me enchiam de porrada. Aí você apareceu, me fez ver a merda que eu fazia e me defendeu, brigou por mim, por minha causa, e você não precisava. Você era meu herói, mano. Mesmo com seu gosto de merda com relação aos quadrinhos.

Os dois deram um riso curto.

— Aaron.

Aaron levantou a mão para impedir Bobby e enxugou os olhos.

— Por pior que fosse para a gente, eu odiava quando o horário das aulas terminava. Queria que o fim de semana acabasse para ver você na segunda-feira. Até comecei a ler as porras das revistas da Marvel.

Ele riu de novo, rouco.

— Eu simplesmente sabia que você sabia. Você tinha de saber. Como poderia não saber? A gente era os Veadinhos dos Quadrinhos, certo?

Bobby assentiu.

— Você se lembra do que me disse depois?

Bobby assentiu de novo, mas a vergonha manteve seu olhar abaixado.

— É — disse Aaron. — Eu também.

Bobby também se lembrava do que tinha acontecido depois. Aaron ficou distante, mas parecia uma coisa normal, o modo como os caras se separam sem que não tenha acontecido necessariamente alguma coisa errada. Depois de pouco tempo Bobby tinha esquecido aquilo. Quando chegaram ao ensino médio, Aaron começou a traficar, Bobby o via cada vez menos. Ele tinha novos amigos. Bobby ainda tinha apenas Aaron, mas trabalhava tanto que, precisando cuidar da mãe e ganhar o dinheiro do aluguel, não sobrava tempo para mais nada. Não pensava muito nisso. Para ele era fácil; para Aaron parecia impossível. Apesar de todo o seu tamanho, encostado ali na cerca ele parecia derrotado. Bobby sentiu vontade de estender a mão e puxá-lo num abraço, mas mesmo agora tinha medo do que achava que isso poderia significar para Aaron e sentiu vergonha de si mesmo por estar com medo. Pensou em contar que ele não estava sozinho nos seus segredos. Se contasse, talvez Aaron sentisse o mesmo conflito de querer fingir que isso não o incomodava.

Mas, afinal de contas, talvez ele não sentisse.

Talvez encontrasse o objeto rombudo mais próximo e acertasse na cara de Bobby.

— Aaron.

— Quer saber por que eu fiz aquilo, Bobby? Porque, quando o cara que dividia a cela veio atrás de mim naquela primeira noite na prisão, ele pegou uma coisa que não pertencia a ele. Uma coisa à qual eu me agarrava, pra suportar, uma coisa que foi apagada quando ele me empurrou contra a parede da cela e me estuprou a seco. Não importando quantas vezes tentei recuperar aquilo, quantas vezes tentei não ficar louco, a coisa tinha ido embora. — Aaron se desgrudou da cerca e começou a andar de um lado para o outro. — Você costumava dizer para eu não ser igual a eles. Que eles eram animais e que eu deveria ter respeito próprio, e eu nunca ouvia. Mas quando saí da enfermaria e a Irmandade me chamou para a mesa deles no refeitório, eu ouvi. Ouvi cada palavra, porra.

Meu Deus. O que eu fiz?

Aaron andou mais rápido.

— Por isso, quando aquele macaco veio atrás de nós saindo da "O", quando ele chegou perto de você e eu vi como você estava apavorado, não pensei duas vezes no que tinha de fazer.

— Tinha? — A raiva na voz de Bobby o surpreendeu, mas ele continuou: — A picape estava ligada. Você poderia ter entrado e eu iria dirigir para longe. Você atraiu aquele cara, Aaron. Você queria que ele viesse atrás de nós. Você não precisava fazer aquilo com ele. Você quis.

Aaron deu um passo na direção de Bobby, que comprimiu as costas na cerca, os rostos separados por centímetros.

— Ele riu, Bobby. Quando eu gritei pedindo socorro. Quando implorei que ele parasse. Ele riu, e quando estava pronto para fazer de novo, fez. — Os lábios de Aaron se enrolaram embaixo dos dentes e ele deu um riso de desprezo, mas seu queixo se franziu e lágrimas escorreram. — De modo que você está certíssimo, eu quis fazer aquilo. Quer a verdade verdadeira, Bobby, na cara? Eu lamento não ter matado o sujeito. Foda-se aquele carinha. Foda-se meu companheiro de cela. Fodam-se todos eles. — Ele recuou em direção à porta e apontou para Bobby. — E foda-se você também, Bobby. Eu só fiz exatamente o que você sempre quis que eu fizesse.

Aaron abriu a porta.

— Você *matou* ele mesmo!

Aaron parou, mas continuou de costas para Bobby. Depois voltou para dentro. A porta se fechou com um estalo.

Bobby não tinha percebido que estivera prendendo o fôlego quando Aaron pôs o rosto perto do dele. Soltou o ar num jato e segurou os próprios joelhos. Tinha fodido tudo, sem ao menos saber. Quando Isabel contou a Bobby e ao avô dele a verdade sobre seu pai, ela disparou uma bomba nuclear, mas Bobby tinha pensado que era o único a ser afetado pela radioatividade. Fingir que era branco nunca afetava mais ninguém. Pelo menos era o que dizia a si mesmo. Sempre que ele e Aaron sofriam bullying, cada insulto pressionava Bobby mais para dentro da sua negação. Com Aaron, Bobby não estava mais sozinho. Ele era praticamente o amigo perfeito, a não ser porque queria ser tudo que Bobby odiava em si mesmo, por isso Bobby zombava as imitações de Aaron, jamais pensando que isso deixaria aquela coisa nele, como um gene mutante esperando apenas algum evento para acionar seu superpoder maligno.

Mas a vida não era uma revista em quadrinhos.

Para Bobby era difícil pensar em Aaron de volta na cadeia. Mas a ideia de ele ter matado aquele carinha, junto ao fato de que ele quisera fazer isso, amedrontava Bobby muito mais do que a ideia do que aconteceria a Aaron se ele voltasse para lá. Amedrontava-o mais do que a ideia de que entregar Aaron provavelmente implicaria a cadeia para ele também. Se tivesse mantido o pé firme e não ido à "O", nada disso teria acontecido. Se tivesse ficado para ajudar o cara, Aaron iria para a cadeia, e não ele. Se tivesse jogado fora a birita da mãe, em vez de se certificar que ela rolasse de lado para não sufocar com o próprio vômito à noite, talvez as coisas tivessem sido diferentes para *eles,* também. Suas desculpas se amontoavam feito merda, só que agora ele não era o único coberto pelo fedor. Precisava se limpar, mas talvez agora não precisasse fazer isso sozinho. Seu pai estava ali, e talvez de algum modo ele pudesse ajudá-lo a descobrir o que fazer.

Robert iria ajudá-lo.

Bobby voltou para a frente do restaurante. Sentiu vontade de continuar andando até o ponto de ônibus e ir para casa, ajudar sua mãe a se limpar. Depois fazer com que ela se sentasse e contar o que havia acontecido, para que pudessem pensar num modo de contar a Robert. Mas ainda precisavam pagar o aluguel, e agora de jeito nenhum ele poderia permitir que ela usasse o dinheiro dado por Aaron. Encontraria um modo de ganhá-lo de volta. Junto à entrada, a recepcionista deu olhares confusos enquanto mantinha a porta aberta para ele, imaginando de onde ele tinha vindo, já que estivera ali dentro minutos atrás. Michelle estava junto à bancada, separando contas e contando moedas. Bobby foi até ela.

— E aí, cara? — perguntou ela. — Se divertiu? Estou toda atolada e o Russell tá puto. — Ela levantou os olhos e parou de separar as contas. — Meu Deus, você tá legal?

Bobby imaginou que sua aparência não devia estar grande coisa.

— Acredite ou não, estou legal. — Ele examinou a pilha de contas. — Em que pé a gente está?

Nas horas seguintes, Bobby afundou no trabalho. Ele e Michelle atendiam e fechavam mesas e jogavam charme para arrancar dinheiro dos clientes. Bobby ria um pouco, até conseguia não pensar durante breves instantes. Ajudava Michelle a levar a comida. Aaron estava na fritadeira, e não supervisionando a fila, mas mesmo nas ocasiões em que Bobby precisava pegar comida no passa-pratos dele, não evitava isso. Até o olhava nos olhos. Saber que daria um jeito na situação, que ela estava quase resolvida, era libertador.

Tinha medo do que poderia acontecer com ele quando entregasse os dois. Não sabia nada sobre leis, mas sabia que dirigir o carro para longe da cena de uma agressão iria lhe garantir mais do que uma bronca séria e um balançar do dedo. Quando pensava em ir para onde Aaron tinha estado — em terminar sua primeira semana do mesmo jeito que Aaron — sua boca ficava seca. Por mais que isso o deixasse temeroso, pela primeira vez nos últimos dias não sentia mais medo de Aaron, e isso o fazia sentir-se um pouquinho melhor.

A agitação do jantar terminou e ele tinha ganhado o suficiente para outro mês de aluguel, mas queria mais. Michelle concordou, por isso ele perguntou ao segundo e ao terceiro garçom se eles queriam ir para casa, e os dois pegaram mais duas seções. A cozinha também fez cortes, e Bobby viu Aaron sentado junto ao balcão com uma garrafa de Bud e uma dose de tequila à frente. Ele abriu um isqueiro e o acendeu, depois o fechou, em seguida repetiu o gesto, entre goles de cerveja. Michelle e Bobby mandaram as recepcionistas para casa e se alternaram cuidando da porta e atendendo a cada mesa que era ocupada. Não havia muitos clientes, porém cada mesa que eles pegavam significava mais dinheiro para Isabel, caso Bobby fosse para a prisão. Menos um turno duplo para ela. Talvez tempo para frequentar o AA. Ele faria com que ela jurasse, indo para a cadeia ou não.

Observou Aaron quando foi sua vez de ficar junto à porta. Tinha contado pelo menos três cervejas esvaziadas em apenas alguns minutos e um número igual de copos de tequila vazios enfileirados no bar, até que Paul os retirou e serviu outro. Paul também nunca havia gostado muito de Aaron, e estava feliz em pegar o dinheiro dele. Até que ponto

Paul deixaria Aaron de porre antes de fazer com que ele parasse? Bobby o viu dirigindo a picape, batendo num poste ou pulando da ponte para dentro do rio Monongahela. Não queria que Aaron morresse, mas sabia que mandá-lo de volta para a cadeia poderia provocar exatamente isso. Também poderia significar que ele obteria ajuda. Bobby contaria à polícia o que havia acontecido com Aaron na cadeia e talvez eles lhe arranjassem um psiquiatra. Alguma coisa. O diálogo interno constante diminuiu sua coragem de fazer essa coisa toda. A porta externa do restaurante se abriu enquanto Bobby barganhava consigo mesmo e ele abriu a porta interna para receber mais um cliente. Darryl entrou com outro rapaz negro. Darryl deu um tapa no peito do amigo ao ver Bobby e riu.

— Esse aí é um deles — disse Darryl ao sujeito. O amigo sugou o ar entre os dentes e olhou Bobby de cima a baixo, exatamente como Bobby tinha feito com ele. Os dois foram até o balcão. Darryl indicou Aaron para o amigo quando chegaram lá e Bobby ficou apavorado de novo. Se eles estavam ali por causa de Aaron e do que ele tinha dito sobre o primo de Darryl, talvez Aaron estivesse ferrado. Mas talvez o primo de Darryl tivesse participado das agressões acontecidas depois da primeira. Talvez Aaron tivesse se vingado dele. Talvez isso não estivesse legal.

Essa noite precisava acabar.

Faltava uma hora para o fechamento.

Aaron não tinha visto Darryl e o amigo dele, ou estava bêbado demais para se importar. Todas as mesas de Bobby e Michelle já estavam servidas, por isso Bobby se juntou a ela, na bancada. Ela inclinou a cabeça para Darryl.

— Aquilo parece encrenca — disse.

— Não tá legal.

— Você acha que eles vieram aqui por causa de você e do Aaron?

— Darryl sabe que a cozinha está fechada. Portanto, duvido que eles tenham vindo jantar.

Michelle deu um suspiro.

— Todo mundo está comendo — disse. — Vou entregar as contas.

— Ela se afastou antes que Bobby pudesse questionar. As mesas que ainda não tinham fechado sinalizaram quando ela levou os trocos e os comprovantes de cartões de crédito para as que tinham. Logo depois fecharam todas as contas. Tinha sido uma noite boa. Juntos os dois ganharam mais do que Bobby jamais havia conseguido num turno duplo. Ele pegou uma nota de vinte num maço e empurrou para Michelle, mas ela não quis aceitar. Bobby a enfiou no bolso, relutante, e olhou de novo para Darryl e o amigo. Eles observavam Aaron, que parecia quase dormindo, aparentemente ainda sem percebê-los. Michelle tirou o avental e o boné e passou os dedos pelos cabelos.

— Tem um encontro? — perguntou ele.

— Pegue o seu amigo e vá para casa. — Michelle começou a ir para o lado do bar onde Darryl estava e Bobby segurou o braço dela. Ela parou.

— Por quê? — perguntou ele. — Depois do que Aaron disse a você ontem à noite. Meu Deus, depois do que eu disse. Você não deve nada à gente.

— Porque é difícil fazer a coisa certa. Não é?

— Obrigado.

— Vejo você amanhã, certo? A gente forma uma boa dupla.

Ela se afastou, chegou por trás de Darryl e do amigo e pôs as mãos nas costas dos dois. Eles giraram nos bancos, dando as costas para Aaron. Bobby contou rapidamente a parte da gorjeta que iria para Paul e se juntou a Aaron no balcão enquanto este pedia mais uma dose a Paul. Paul pegou a garrafa de tequila enquanto Bobby colocava sua parte das gorjetas no balcão e fazia um sinal de "corta a bebida dele". Paul deu de ombros e guardou a garrafa de volta, pegou o dinheiro no balcão e foi atender aos outros.

— É hora de ir, Aaron — disse Bobby.

— Estou bem — murmurou ele. — Cadê minha tequila?

— Cadê suas chaves?

Ele apontou para Darryl junto ao balcão.

— Está vendo os nossos carinhas ali?

— Estou, Aaron. Estou vendo. As chaves? Antes que eles vejam a gente.

— Não sei o que aconteceu com o primo dele, saca?

— O quê?

— Com o primo do Darryl. Nem sem quem ele é. Posso ter ouvido o nome dele antes. Só falei aquilo para deixar ele puto. Acho que deu certo.

— E a tatuagem da teia de aranha?

Aaron engoliu o resto da cerveja e sinalizou para Paul colocar outra, mas Bobby levantou a mão.

— Não foi minha intenção — disse Aaron. — O que aconteceu com ele. Com o garoto. Eu não sou. Eu não sou assim. Juro.

Aaron começou a se levantar e seu banco caiu, mas Bobby o pegou antes que ele batesse no chão. Ficou de olho em Darryl, ainda distraído por Michelle. Aaron olhou para Bobby e se firmou no balcão. Bobby encostou a mão no rosto dele e deu dois tapinhas leves. A voz de Aaron saiu embargada:

— Eu não pude evitar. Você acredita, não é?

— Tá na hora de ir, mano.

Aaron franziu a boca e assentiu, enfiou a mão no bolso e entregou as chaves a Bobby. Seus joelhos se dobraram e se firmaram de novo enquanto Bobby andava atrás dele, as mãos apoiando-o pela cintura. Os olhares de Michelle e Bobby se encontraram por um momento e Darryl se virou para olhar o que ela estava vendo. Bobby manteve a mão nas costas de Aaron e o guiou escada abaixo, e quando olhou de volta viu Darryl chamando a atenção do amigo. Bobby não olhou de novo para trás e saiu rapidamente com Aaron pela porta, para a noite gelada.

Tinha começado a nevar.

A picape foi ligada com um rugido e a carroceria rabeou quando eles saíram na estrada McKnight. Era tarde e havia pouco tráfego. O olhar de Bobby foi da rua para o retrovisor. Um par de faróis apareceu como pontos de luz na escuridão relativa no alto da ladeira, e a pulsação de Bobby acelerou. Ele diminuiu a velocidade da picape para o limite legal e passou para a pista da direita. A mudança fez com que Aaron se remexesse no banco e sua cabeça pousasse na janela do lado do carona. Ele resmungou e inclinou o banco, depois se recostou com a boca aberta. Os pontos de luz ficaram maiores e mais luminosos, mais rapidamente do que Bobby queria, até chegarem a três metros do seu para-choque. Seu pé apertou o acelerador. Ele tinha pensado em ir devagar, esperando que eles o ultrapassassem, mas o medo tomou conta. A picape se afastou e o carro acendeu os faróis altos. O semáforo à frente ficou amarelo, mas o terror de Bobby lhe concedeu uma breve clareza mental e ele percebeu que a velocidade maior aumentava suas chances de ser parado pela polícia, o que fez sua história mudar da verdade de uma confissão para a desculpa de alguém que acabasse de ser apanhado. Diminuiu a velocidade e parou. Uma música com baixo pesado trovejou quando o outro carro parou atrás.

CAPÍTULO DEZOITO

Depois de deixar Robert e Bobby, Isabel esperou até entrar no carro e trancar a porta. Então gritou. Depois chorou intensamente. Depois riu enquanto se abraçava com força até pôr tudo para fora, até sua barriga doer e a garganta ficar ardendo. Quando tudo isso passou, foi para casa.

No caminho, aumentou o volume do rádio. Geralmente o deixava desligado; o sinal era fraco, cheio de estática, de modo que ela jamais conseguia encontrar uma estação boa, mas precisava de uma trilha sonora na volta comemorativa para casa. A estação de jazz tocava uma música animada do Miles Davis e ela aumentou o volume o máximo que suportou. Depois percebeu que ainda não gostava de jazz. Era outra coisa da qual havia se convencido, com relação a Robert, mesmo depois de todos esses anos. Riu enquanto desligava o rádio e batia as mãos no volante com uma música aleatória, sinuosa, que compôs naquele momento. Pensando no quanto estaria feliz, ficou surpresa ao perceber que estava realmente feliz, mas não por si mesma.

Robert iria se apaixonar por Bobby tão intensamente quanto ela. Quereria ser um pai para ele, e Bobby iria querê-lo como pai. Haveria perguntas, perguntas demais, algum pesar, talvez até um pouco de raiva, mas quando eles conseguissem ultrapassar todas essas coisas necessárias poderiam ir em frente com o negócio de pai e filho. Ocorreu-lhe mais de uma vez, no caminho, que Bobby poderia não precisar mais dela, mas fazia muito tempo que ele não precisava. O modo como ele tinha falado antes de ela sair a fez pensar que não era nem mesmo uma questão de necessidade, e sim de querer. Se Bobby decidisse ir embora, de algum modo ir morar com Robert e recomeçar, ele merecia isso. Os dois mereciam. E estaria certo.

Faltavam horas para Bobby voltar para casa e o apartamento tinha uma aparência infernal. Isabel supôs que sempre havia sido assim, mas nessa noite via as coisas sob uma luz muito mais dura. Não sabia por que, mas queria que a casa estivesse perfeita quando Bobby voltasse. O bico do frasco de limpador de ladrilhos tinha criado uma crosta pela falta de uso e o líquido de limpeza de janelas havia secado numa película azul no fundo do frasco de spray. Desatarraxou a tampa, espremeu algumas gotas de gel e esfregou as bancadas com um trapo mofado que eles tinham amarrado nos canos da torneira para não vazarem. Varreu o linóleo, esfregou a banheira, limpou as prateleiras da geladeira, fez a cama, levou o lixo para fora.

Tentou limpar a merda e esperou que ela não fedesse.

Abriu o congelador, esquecendo que tinha acabado com a última garrafa de vodca na primeira noite em que havia esbarrado em Robert, por isso foi até o armário, pegou o vidro de geleia e contou trinta pratas. Só trinta. Eles estavam perto de conseguir o dinheiro do aluguel e Bobby estava trabalhando esta noite. Eles mereciam comemorar. Talvez ele até tomasse uma dose com ela. No dia seguinte brindariam um ao outro. Isabel foi em direção à porta e parou. Aquele dinheiro não estava certo. Teria contado errado? Foi olhar de novo e havia mais do que o suficiente para um mês de aluguel. Será que ele havia trabalhado mais tempo, sem contar a ela? Meu Deus, será que ele havia pegado outro trabalho?

O que você está fazendo, Izzy? Quer comemorar? Quer fingir que qualquer birita que comprar vai ser para alguém que não você? Não. Você está sabotando essa coisa, é isso, e eu sei que é isso que você faz, mas é preciso parar agora. Pelo menos esta noite. Pelo menos para amanhã. Dê a isso, dê a Bobby, dê a eles a chance que eles merecem. Você acha que Bobby vai perdoá-la se estiver bêbada e engrolando a língua? Não faça isso. Não estrague isso para ele. Por quem você está comemorando?

— Por ele — disse.

Voltou à cozinha e guardou o dinheiro, depois foi pelo corredor até o quarto e entrou embaixo dos lençóis bem esticados. As fotos dos dois ainda estavam na mesinha de cabeceira. Pegou-as e as apertou contra o peito. Tinha sido quase um dia inteiro sem beber, de novo. Fechou os olhos e tentou ignorar o latejamento na cabeça.

CAPÍTULO DEZENOVE

Uma buzina tocava para Robert em cada semáforo vermelho que ficava verde. Ele não conseguia se concentrar. Estava preocupado achando que não tinha condições para as longas horas do plantão e se perguntou se estaria em condições para ao menos uma hora de trabalho, quanto mais para falar com os pais de Marcus depois de o filho deles ter acabado de morrer. A última coisa de que eles precisavam era ouvir qualquer notícia de um médico cuja cabeça não estivesse concentrada na situação. Depois de outro semáforo verde perdido e outra buzinada raivosa, Robert saiu da Quinta e parou o carro. Desligou o rádio e repassou na cabeça as últimas vinte e quatro horas.

Quando Izzy tinha contado que o garoto era filho dela, Robert ficou furioso. Depois do aborto, tinha voltado a trabalhar logo, cedo demais. Ele e Tamara estavam mais do que confortáveis financeiramente; poderiam ficar os dois em casa. Mas a casa, apesar de toda a extravagância, parecia sufocante. Tamara se dobrou em si mesma e Robert não tinha mais ninguém. Preparava refeições para o dia dela, colocava-as em recipientes de vidro e depois escapava.

Ele e Tamara tinham gastado milhares de dólares em exames, mudado de dieta, de ciclos de sono. Robert passou a usar cuecas boxer e parou de tomar banhos quentes. Estabeleceram horários para o sexo e apenas em determinadas posições, dependendo do ponto do ciclo em que ela estava, definitivamente não duas vezes seguidas e certamente não depois de beber. Tinham ficado tão clínicos a respeito da concepção que, como casal, se tornaram estéreis. Não era de espantar que tivessem se afastado depois do aborto. Simplesmente não restava nada para eles.

Robert e seu pai costumavam discutir longamente sobre em que sentidos ele não era "suficientemente negro" e como, para Robert, a versão de seu pai para "negro" significava simplesmente seguir o estereótipo que ele deveria ocupar, e que ele jamais faria isso. Entrar para fraternidades universitárias negras, aguentar um trote do seu próprio pessoal, com toda a dignidade de um remo de madeira grande demais, quando nosso povo morria fugindo dos espancamentos. Gire essa bengala e salte, arraste os pés, mostre os dentes. Dance, preto, dance. Seja genuíno.

Como o senhor podia querer que eu fizesse isso?, tinha perguntado a ele.

No entanto ali estava, mais um negro com uma garota branca dizendo que ele era o pai do filho dela.

Seu pai não sentiria orgulho?

Discutiu consigo mesmo sobre todos os motivos pelos quais deveria dar o fora enquanto era possível. Mas não podia ser como os negros que o envergonhavam, do tipo que ele e Tamara ridicularizavam enquanto bebiam e falavam como tinham sido zombados por eles na adolescência e até mesmo depois de adultos. Ele não seria o desfecho de alguma piada que os brancos contavam depois de olhar por cima dos dois ombros.

Os pais de Marcus só tinham falado com o neurocirurgião e os atendentes. Robert sentiu uma pontada de culpa por ter sido poupado "da conversa". Apesar de ser experiente nisso, dessa vez não tinha conseguido juntar a insensibilidade necessária. Esse caso em particular parecia próximo demais. Suas emoções estavam intensas demais.

O resto da noite na emergência foi implacavelmente vagaroso. Foi uma noite de resfriados que não passavam, dores misteriosas e queimação ao urinar, com intervalos de tempo muito grandes para pensar. Robert olhou para a mesma página do mesmo prontuário durante meia hora, procurando não informações, e sim respostas. *Em que pé isso o deixava com Isabel? Precisaria pagar pensão alimentícia? Será que Bobby quereria morar com ele? Robert quereria que Bobby morasse com ele?*

Fechou o prontuário e foi para o próximo paciente, com esperança de respostas na luz do dia seguinte.

CAPÍTULO VINTE

Isabel acordou em meio a um negrume total. A pulsação nas têmporas se transformou em latejamento. Odiava a abstinência. Acendeu a luz da mesinha de cabeceira, sentou-se na beira da cama e desejou a misericórdia de uma dor de cabeça de ressaca, muito mais indulgente do que uma sóbria. Passava das duas da madrugada. A empolgação do dia a havia deixado exausta e ela não conseguia acreditar que tinha dormido tanto. Bobby devia estar dormindo no sofá e ela sabia que deveria deixá-lo descansar, mas não podia esperar até a manhã para conversar sobre o que ele e Robert haviam falado. Durma quando estiver morto, é o que dizia quando não conseguia acordá-lo para a escola.

Não havia luz acesa no corredor. Nem na sala, a não ser uma claridade laranja da luz da rua entrando pela janelinha recortada no bloco de concreto, no ponto em que a parede encontrava o teto. Isabel tateou o caminho pelo corredor até que seus olhos se ajustaram e ela sentou-se no braço do sofá. Quando estendeu a mão para a perna de Bobby, ela não estava ali. O travesseiro continuava sobre o cobertor dobrado.

Bobby nem tocava em bebida. Ele se preocupava com a possibilidade de Isabel ter lhe passado nos genes algo mais do que os cachos dos cabelos. Jamais queria gastar o dinheiro, nem quando estavam devendo o aluguel nem em qualquer outra ocasião. Ela se levantou para acender a luz, ligar para o restaurante, esperando que ele ainda estivesse lá. Talvez alguma mesa continuasse ocupada na sessão dele, depois do fechamento, recusando-se a pagar a conta. Mas tão tarde assim?

Antes que ela chegasse ao interruptor, a sala se encheu com o vermelho e o azul das luzes do teto de um carro da polícia andando devagar pela rua. Isso não era incomum nesse bairro, a essa hora, mas Isabel sentiu uma pressão no peito e os braços ficaram pesados. Não conseguiu pegar o telefone.

O carro continuou lentamente, passou pela janela.

Mesmo assim ela não conseguiu pegar o telefone. Não iria acender sua luz até que as deles fossem embora, mas não foram. Iluminaram a sala um pouco mais enquanto passavam mais adiante da janela, depois continuaram piscando até parar.

Desligando. Não se afastando.

Tinham parado.

Ela disse que não.

Na escuridão da cozinha cada som reverberava como uma explosão em seus ouvidos. O chiado da televisão fora do ar no vizinho, o motor da geladeira ligando, o fechamento da porta de um carro lá fora. Depois outra. A respiração dela, o sangue correndo nos ouvidos, o som de passos no corredor, lentos demais para ser uma emergência, lentos demais para passar por sua porta. A batida fraca dizendo que não estavam ali por causa *dela*, mas estavam *ali* por ela.

Disse a eles que não.

CAPÍTULO VINTE E UM

Bobby olhou os faróis halógenos pelo retrovisor, a claridade deixava pontos laranjas flutuando na visão quando ele desviava os olhos. O som grave abafado vibrava através da picape, penetrava no seu peito, mas ficava muito atrás do ritmo do coração. O motorista acelerou e depois buzinou com força.

Aaron se empertigou, com os olhos sonolentos.

— O sinal ficou verde, velho.

Bobby não tinha visto. Tirou o pé do freio e o carro acelerou de novo antes de fazer uma curva fechada em volta da picape, partindo pela estrada McKnight, as luzes traseiras deixando uma trilha de cometa até desaparecerem na noite. Bobby pôs o pé de volta no freio, meio esperando que o carro desse meia-volta a qualquer minuto, ver Darryl e o amigo pelo para-brisa fumê. Mas a rua continuou vazia, a não ser por outro carro que passou pela esquerda de Bobby e buzinou.

— Qual é o problema? — perguntou Aaron, com a voz engrolada e irritado. Bobby levantou a mão num gesto de desculpas, passou pelo semáforo agora amarelo e seguiu pela rua. Riu sozinho.

Obrigado, Michelle.

Aaron perdia e recuperava a consciência, com o sono inquieto de alguém totalmente de porre. Bobby suspeitou que Aaron não compartilhava o mesmo sentimento de liberdade a partir das revelações respectivas. Alternava o olhar entre a rua e Aaron. Ele parecia calmo demais no sono relativo, os ombros relaxados, as linhas do maxilar meio sumidas, a raiva controlada, pelo menos por enquanto. Imaginou se ele tinha realmente dormido desde aquela primeira noite na prisão. Ocorreu-lhe que talvez não lembrasse o caminho até o apartamento de Cort. Tinha dirigido até lá num medo intenso demais, esperava que o corpo lembrasse. Como essa corrida parecia diferente daquela! Agora que a ameaça de Darryl e seu amigo havia passado, Bobby sentiu uma serenidade pensando que o caminho que o esperava seria da sua escolha.

Que essa noite não terminaria como aquela.

As ruas de Oakland estavam vazias outra vez e Bobby não conseguia ignorar o sentimento de déjà-vu, ainda que esse sentimento tivesse significado e razão, que a lembrança fosse concreta, e não um sussurro de um resíduo dos eventos da vida passada de outra pessoa, ainda que muitas vezes parecesse ser assim nas horas e dias que se seguiram. Ignorou a Original ao passar pela frente e tentou ver se Aaron percebia onde estavam, mas a cabeça dele permaneceu no encosto do banco, balançando-se a cada calombo da rua. Bobby viu, para além dele, que a radiopatrulha em frente à delegacia estava iluminada por dentro, com dois policiais. Resistiu à ânsia de acelerar.

Chegou ao semáforo. Ninguém veio atrás.

Minutos depois diminuiu a velocidade ao se aproximar de um semáforo na esquina da rua de Cort. Olhou para a direita e acelerou para virar. Mas ao olhar para a esquerda pisou no freio. Na frente do prédio de Cort estavam duas radiopatrulhas com as luzes do teto piscando. Os cotovelos de Bobby se travaram e ele apertou o volante enquanto quatro policiais andavam até o prédio. Bobby se virou para acordar Aaron e se posicionou de novo no banco ao ver que ele já estava empertigado, com os olhos se arregalando na direção de Bobby.

— O que você fez? — perguntou ele.

— Aaron, juro, não fui eu. O jornal. Disseram que havia câmeras. Fitas de segurança.

— Continue em frente. Devagar.

— Aaron.

Aaron abriu o porta-luvas e pegou a .45.

— Eu mandei continuar.

— Jesus Cristo, caralho, tá legal, tá legal.

Bobby soltou o freio e passou devagar pelo cruzamento, observando os policiais até eles estarem fora de vista. Chegou ao fim do quarteirão e não ouviu nenhuma sirene, nenhum pneu cantando.

— Vira aqui — disse Aaron.

Bobby virou o volante. Quando rodeava a esquina, olhou pelo retrovisor e viu uma radiopatrulha no fim do quarteirão do qual tinham acabado de sair.

— Merda, merda, merda, merda — disse.

Aaron se virou para olhar pelo vidro de trás e xingou. Enrolou-se e apertou a cabeça com as mãos, com a .45 em uma delas, e gemeu. Apertou o cabo da arma contra a testa.

— Por quê? — perguntou. — Por que você fez isso?

— Aaron, juro por Deus, porra, não fui eu. Juro!

A radiopatrulha, agora atrás deles, acendeu as luzes do teto e a sirene soltou um uivo único. O policial gritou pelo alto falante:

— Motorista, parado aí!

Bobby pulou ao ouvir o som e obedeceu. As luzes piscando iluminaram o interior da picape. Segundos se passaram até que o policial ordenou que baixassem as janelas e colocassem as duas mãos do lado de fora. Bobby estendeu a mão para a sua porta e Aaron rosnou:

— Não toca na porra desse botão.

Bobby levantou as mãos e as colocou no volante, as palmas escorregadias de suor. Aaron olhou para a arma na mão e falou num sussurro:

— Por quê? Por que você fez isso comigo? Com a gente? Sabe o que vai acontecer se eu voltar? Tem alguma ideia do que eles vão fazer com *você*?

— Aaron, escuta o que estou falando, juro que não fui eu. Eu não fiz isso. — Bobby olhou pelo retrovisor lateral. As duas portas da radiopatrulha se abriram e os policiais apoiaram os braços em cima delas, com as armas nas mãos. — Ah, porra, Aaron. Meu Deus, eles estão apontando as armas, mano. Por favor, se entrega.

Aaron abriu o porta-luvas, pegou o pente e o enfiou no cabo da pistola com um estalo. As cordas vocais de Bobby quase se estrangularam com as palavras na garganta. Se abrisse a porta, os policiais atirariam nele, ou Aaron faria isso.

— Aaron, por favor, não faz isso, por favor, por favor. Eles vão atirar na gente, mano. Eu não quero morrer.

Aaron irrompeu em soluços histéricos. Segurava a arma com as duas mãos. Uma lágrima bateu no cano e ele a enxugou enquanto respirava fundo. Bobby olhou de novo pelo espelho e viu os policiais andando lentamente na direção da picape.

— Aaron, guarda essa porra, eles vão matar a gente!

— Não vão, não. Desculpa, Bobby. Eu te amo.

Aaron encostou o cano no olho de Bobby. Estava frio.

Um trovão explodiu na cabine da picape. Uma luz branca acompanhou o guincho agudo nos ouvidos de Bobby. Seu rosto parecia molhado, mas ele não conseguia levantar as mãos para enxugá-lo. Nada se mexia. A claridade da lâmpada sumiu, assim como todas as outras luzes na picape. Bobby viu Aaron abrir a boca, viu os tendões e músculos no pescoço dele ficarem retesados e rígidos. Ele gritou, mas a pressão nos ouvidos de Bobby abafou o som.

Enquanto as bordas pretas em volta da visão de Bobby cresciam, ele viu Aaron colocar a .45 na boca.

Ouviu outro estrondo da arma ecoar na cabine e a cabeça de Aaron saltou para trás.

As bordas se fecharam.

CAPÍTULO VINTE E DOIS

A manhã não trouxe respostas, apenas mais perguntas. A ansiedade de Robert tinha alcançado alturas de tsunami. Em cada semáforo ele pensava em virar a esquina e pegar as ruas que iriam levá-lo de volta a Sewickley, mas não para Homewood. Continuou. Conhecia o quarteirão da Frankstown onde Isabel tinha dito que morava. Passar por ele agora pela primeira vez provocou uma tristeza que Robert achou difícil suportar. Os carros estavam estacionados para-choque contra para-choque, mas o quarteirão parecia abandonado, a minutos de onde ficava a casa da sua família. Sua mãe tinha criado um mundo para eles para protegê-los deste. O gramado minúsculo estava sempre aparado e a floreira do lado de fora da janela estava sempre cheia de petúnias. Numa horta no fundo, não maior do que um quadrado de calçada, cresciam quiabos que ela fritava, enchendo a casa com cheiros que pareciam mãos quentes no rosto de Robert quando ele chegava da escola. Mas, no minuto em que pôde, Robert partiu correndo para a faculdade e deixou a mãe com essa desgraça a minutos da porta, lutando para manter aquele mundo do lado de fora. E o tempo todo um garoto, neto dela, uma criança que tentava achar o caminho para ser um homem no meio disso tudo, tinha um mundo que poderia tê-lo protegido a apenas alguns quarteirões de distância. Robert parou o carro.

O corredor do prédio de Isabel cheirava a abandono. E a condição das paredes e do piso refletiam o cheiro. Um televisor berrava em volume máximo. Robert parou diante da porta dela e bateu. Alisou a frente da camisa e enxugou os cantos da boca. Estava nervoso e pensou em qual seria o cumprimento adequado quando estivesse para sentar-se e falar com o filho sobre as décadas passadas. A luz através do olho mágico permanecia constante e Robert bateu com mais força. Começou a sentir-se idiota e bastante irritado.

Ela não estava.

Seria armação? Será que tinha sido manipulado e forçado a reviver lembranças que havia se esforçado para manter enterradas?

Bateu repetidamente com a palma da mão na porta.

— Isabel!

A porta atrás dele se abriu e um homem branco de cabelo oleoso, com calça de moletom e uma camiseta branca pequena demais apareceu, com um marrom-acinzentado nas axilas. Encarou Robert com suspeita.

— Quer abaixar o volume? O dia inteiro só veio barulho desse apartamento — disse ele.

— Barulho? Como assim?

— Ontem, tarde da noite, ou hoje de madrugada, como você quiser. A gritaria me acordou.

— Era Isabel?

— Esse é o nome dela? Acho que é. Olhei pela porta e a polícia estava aí.

Robert beliscou o osso do nariz. Tinha sido algum tipo de armação.

— Vieram prendê-la?

— Parece que não, porque a próxima coisa que eu vi foram dois paramédicos levando ela para fora, de maca. Berrando alguma coisa medonha.

Um peso se acomodou no peito de Robert.

— Espero que ela esteja bem — continuou o homem. — Só ficava dizendo "não", "não", repetindo sem parar.

Não era armação, pensou Robert. Ela não tinha sido apanhada fazendo algum trambique. Meu Deus, o que teria acontecido?

— Onde o filho dela estava?

— Não vi ninguém, só ela.

Robert agradeceu e partiu correndo. De volta ao carro, pegou a Frankstown e dirigiu o mais rápido que pôde para o único lugar onde alguém talvez soubesse onde encontrá-la.

O Lou's estava fechado, mas através da porta de vidro Robert viu Nico atrás do balcão, cortando limões. A expressão dele ao ver Robert não foi a mesma da noite anterior. O desdém continuava lá, mas outra coisa envolvia as margens daquilo. Ele destrancou a porta e deixou Robert entrar. Quando Robert ocupou um banco, Nico cruzou os braços e se encostou no balcão.

— Olha, sei que você não gosta de mim, certo? — disse Robert.

— Não sei por que, mas faço ideia. Não sei o que Izzy contou a você ou não, mas sei que, a não ser que você tenha falado com ela depois de ontem à noite, muita coisa provavelmente não é o que você pensa. Estou pedindo, por favor: se você sabe onde ela está, diga o que aconteceu.

Nico cruzou os braços na barriga e soltou o ar entre os lábios comprimidos. Robert continuou:

— Nós nos encontramos ontem, eu, Izzy e Bobby. A gente deveria conversar de novo hoje. Fui ao apartamento deles, mas nenhum dos dois estava lá. Bobby disse que precisava resolver um negócio. Isso tem alguma coisa a ver?

Nico pegou um copo com gelo e colocou na frente de Robert. Robert disse que não, mas Nico tirou uma garrafa de Glen Fiddich da prateleira e serviu uma dose generosa.

— Pode acreditar — disse. — Você vai querer uma bebida.

Robert tomou um gole enquanto Nico apoiava os antebraços no balcão e contava a história que, segundo ele, a polícia lhe contou.

Robert olhou para além de Nico, para seu próprio reflexo no espelho manchado que cobria a parede atrás do balcão.

— Houve uma agressão há duas noites — disse Nico. — Por acaso foi um grandalhão tatuado que estava na picape com Bobby. Deu uma tijolada na cara de um garoto do lado de fora da Original em Oakland.

Ah, meu Deus. O garoto da UTI.

— A coisa toda foi gravada por uma câmera de segurança — disse Nico. — De acordo com os policiais, tinha outra pessoa lá, porque o maluco musculoso pulou no banco do carona de uma picape branca e eles partiram a toda velocidade. A imagem na câmera estava meio granulada e eles não conseguiram enxergar pela claridade do para-brisa quem estava dirigindo, mas pegaram uma parte da placa. Os policiais tentaram falar com o outro cara, o que estava com o garoto que ficou todo arrebentado...

— Ele morreu — disse Robert.

— Ah, merda. Isso é uma bosta. De qualquer modo, o cara não quis falar com a polícia. Nem para ajudar o amigo. Não é incrível?

Robert olhou irritado para Nico, mas ele não pareceu notar.

— De qualquer modo, a placa indicou que o carro era do outro cara, que saiu da prisão sob condicional. A polícia descobriu com o agente da condicional onde ele estava morando e mandou dois carros. Os policiais já iam entrar no prédio quando... imagina só, a picape branca apareceu.

Nico se serviu de uma dose e tomou um gole.

— Eles acham que Bobby estava dirigindo o carro na noite da agressão? — perguntou Robert.

— Por enquanto é só uma suposição. Mas é, provavelmente.

Robert balançou a cabeça como se quisesse se livrar da história. Bobby o havia abraçado de um modo tão caloroso quando tinham se conhecido! Será que ele era capaz de algo assim? Será que ele tinha esse tipo de ódio no coração?

— Por que ele foi embora dirigindo o carro? — perguntou. — Por que ele deixou aquele garoto lá, para morrer?

— Bobby era um bom garoto, cara. Antes que você comece a fazer julgamentos.

— Não foi isso que eu quis dizer.

— Merda, ele provavelmente estava apavorado. Com vinte e poucos anos, ele provavelmente nunca tinha visto nada assim na vida. Imagine que você estivesse vendo aquele show de terror. Eu também teria dado no pé.

Os dois soltaram o ar simultaneamente.

— Onde Isabel está? — perguntou Robert. — Um homem do prédio dela disse que ela foi tirada do apartamento gritando.

— Você é médico, não é? Qual é aquele número de quando eles levam uma pessoa surtada mesmo contra a vontade?

— Três zero dois.

Nico estalou os dedos.

— Esse mesmo. É. Eles fizeram um três zero dois com ela e levaram pra ala psiquiátrica do condado. Provavelmente era o melhor, mesmo.

Pra ela enfrentar isso vai precisar ficar sem beber e segurar as pontas. O garoto era tudo pra ela. Ele não gostava muito de mim, mas cuidava dela quando ela não conseguia se cuidar sozinha. — Robert pensou ter ouvido um embargo na voz dele. Nico viu Robert observando-o e pigarreou. — De qualquer modo, ela vai ficar comigo quando sair.

Robert pôs a cabeça nas mãos.

— Meu Deus.

Nico levantou sua bebida e sinalizou para Robert fazer o mesmo, e os dois tocaram os copos.

— Amém — disse Nico. — Agora me deixe perguntar uma coisa.

Robert levantou a cabeça e assentiu.

— Quando Isabel acordou na enfermaria, começou a falar comigo sobre o pai do Bobby.

Robert engoliu em seco e olhou de novo para dentro do copo, girando os cubos.

— Ela ficou dizendo que Bobby tinha encontrado o sujeito. Nesse ponto ela ainda estava bem dopada. E, pelo que eu sabia, o pai de Bobby estava morto, por isso a coisa até fez sentido para mim, saca? Os dois finalmente se encontrando e coisa e tal. Achei que era a porra mais triste que eu já tinha escutado, mas entendi. — Ele terminou de tomar sua bebida e lavou o copo na pia. — Mas aí você aparece aqui hoje, depois de ter saído do nada há dois dias. — Ele colocou o copo no secador e parou de novo na frente de Robert, com os braços cruzados. — Ela estava falando de você, não é?

O movimento de girar o copo tinha derretido o gelo e o exterior do copo de Robert estava suado. Nico perguntou como se já soubesse a resposta, esperando que Robert falasse.

— É — disse ele.

Um sentimento gigantesco de pavor, que tinha começado na barriga de Robert diante da porta de Isabel, se expandiu até comprimir tudo por dentro e empurrar o coração contra as costelas até que cada batida ressoava nos ossos. E quando Nico disse que Bobby estava morto...

Queria descobrir um modo de dizer a Tamara que sentia muito. Que finalmente entendia. De certa forma ele jamais havia tomado posse do filho que os dois tinham perdido. Como ela o havia carregado, conhecia-o de um modo que ele era incapaz. Compartilhava com o bebê um sentimento que estava apenas entre os dois, e ainda que na época não soubesse, Robert se ressentia de ambos por causa disso. Mas nesse momento soube sem dúvida que Bobby era seu, porque por um breve instante, quando Nico disse que ele havia morrido, Robert sentiu vontade de morrer.

— É doido como ele se parecia com você — disse Nico. — Mesmo sendo tão branco. Não acredito que não percebi antes, mas acho que não estava olhando de verdade.

Lágrimas rolaram pelo rosto de Robert.

Robert respirou fundo e enxugou os olhos.

— O que eu posso fazer?

Os ombros de Nico relaxaram e seu rosto se suavizou. Ele apoiou os cotovelos no balcão.

— Fique longe dela. Se ela vir você, vai ver Bobby.

Robert fechou os olhos e apertou os punhos. Queria agarrar Nico pelo colarinho da camisa e arrastá-lo por cima do balcão, por ser tão territorial nesse momento, mas alguma coisa que ele tinha dito fazia sentido. Pensou de novo em Tamara e imaginou se ela teria se sentido assim: sempre que olhava para ele, se lembrava do que os dois tinham perdido.

Abriu as mãos, apoiou-as no balcão e se levantou.

— Por favor, diga a ela que eu lamento muito. — Robert enfiou a mão no paletó para pegar a carteira, mas Nico dispensou o gesto e deu um tapa no peito, indicando que a bebida era por sua conta. Robert imitou o movimento, agradecendo, e olhou para trás uma vez, enquanto saía. Nico assentiu e voltou aos preparativos para o dia de trabalho.

    Do lado de fora estava mais quente do que de manhã cedo, mas o vento disparava pelas ruas em jatos congelantes. Grandes flocos caíam do céu cinzento e trovões ribombavam ao longe. Previam outra nevasca, a última parte da tempestade nordeste que fazia redemoinhos sobre Pittsburgh e subia pelos estados. Robert voltou ao seu carro, atônito. Sentia-se fora do corpo, mas não somente se observando. Observava tudo, de outro lugar no tempo, onde as vidas de todos eles seguiam por ruas separadas, a princípio paralelas, mas convergindo num ponto. Quando entrou e fechou a porta, essas vidas se juntaram, todos os carros tentando chegar ao semáforo antes que a luz mudasse e colidindo.

    Robert chorou, mais intensamente do que jamais havia chorado. Chorou por todos eles, por todo mundo ao mesmo tempo, e quando terminou, ligou o carro e foi para casa.

AGRADECIMENTOS

Começo com o aviso de sempre: se esqueci alguém, por favor saibam que essa omissão não é intencional. Houve um número tão grande de pessoas tremendamente generosas com seu tempo, seu amor, seus conselhos e seu apoio que é fácil deixar escapar. É um bom problema para ter.

À coordenadora editorial Chantelle Osman, sou eternamente grato por você ter visto alguma coisa nesta história e se arriscado com ela e comigo. Correndo o risco de parecer um clichê, eu não poderia ter pedido alguém melhor nem mais paciente, e estou ansioso para trabalhar com você por um longo tempo.

A Jason Pinter, meu editor. Agradeço sinceramente por sua visão ao criar a Agora e ao confiar em mim para fazer parte da primeira turma. A uma parceria longa e duradoura!

Michelle Richter, minha agente, você deu o salto comigo e eu não poderia ser mais grato. A mais contratos futuros!

Paula Munier, minha história jamais teria chegado onde chegou sem suas ideias e seus conselhos valiosos. Espero que nossos caminhos continuem a se cruzar em nossas jornadas escrevendo.

Mamãe e papai, demorei um tempo para descobrir o que deveria fazer da vida, mas, com o apoio de vocês, descobri.

Ted Flanagan. Meu chapa. Desde o primeiro dia do programa MFA fizemos amizade rapidamente, e agora somos melhores amigos. Não somente isso, mas você é meu segundo leitor, minha caixa de ressonância e meu terapeuta de mais confiança quando a síndrome do impostor levanta a cabeça feia. O dia em que faremos palestras e leituras juntos está se aproximando rapidamente. Obrigado por estar presente durante todo o caminho. Que sua cabeça continue balançando para sempre.

Diane Les Becquets, Richard Carey, obrigado por verem alguma coisa na minha escrita. Um telefonema mudou a direção da minha vida.

Merle Drown, Chinelo Okparanta e Mitch Wieland, obrigado pela orientação e por compartilhar sua visão, sua amizade e o conhecimento do ofício. Eu jamais teria encontrado minha voz sem vocês.

Gabino Iglesias e Matt Coleman, o apoio precoce e contínuo para um sujeito aleatório que vocês conheceram no Twitter continua a me espantar. Sinto orgulho de chamá-los de amigos e de fazer parte da sua comunidade.

Uma grande saudação para Kellye Garret e o resto da comunidade Crime Writers of Colour, que está ficando grande demais para citar todo mundo, e isso é tremendamente bom.

Obrigado ao pessoal da Cognoscenti, principalmente Kelly Horan, Frannie Carr Toth e Kathleen Burge. Vocês deram uma voz e um fórum para as minhas palavras, e jamais esquecerei isso.

Bob Shaffer e Sharon Brody, da WBUR Boston, conhecer vocês dois e ter a oportunidade de trabalhar com vocês foi uma das experiências mais memoráveis da minha vida. Tenho dívidas para com vocês, pela oportunidade que me deram.

Por fim, Michelle Vercher. Seu amor inabalável e o apoio a este sonho me fizeram ultrapassar muitos períodos de dúvida e insegurança.

Você é minha melhor amiga, minha parceira no crime, uma mãe incrível e a melhor esposa que um homem pode querer. Não consigo imaginar um dia em que o riso não preencha os cômodos da nossa casa. Adoro você, Amendoim.

DIREÇÃO EDITORIAL
Daniele Cajueiro

EDITOR RESPONSÁVEL
André Marinho

PRODUÇÃO EDITORIAL
Adriana Torres
Mariana Bard
Júlia Ribeiro

REVISÃO DE TRADUÇÃO
Larissa Bontempi

REVISÃO
Daiane Cardoso
Mariana Gonçalves

DIAGRAMAÇÃO
Futura

Este livro foi impresso em 2021
para a Trama.